Bussy d'Ambois

ビュッシイ・ダンボア

ジョージ・チャップマン　作
川井万里子　訳

George Chapman

目次

はじめに

シェイクスピアの好敵手劇詩人（ライヴァルポエット）チャップマンの最高傑作
『ビュッシイ・ダンボア』について

ジョージ・チャップマン George Chapman（一五五九―一六三四）は七十五年の生涯で、ホメロス英訳ほか、詩、喜劇、悲劇、史劇、宮廷仮面劇（マスク）など多彩な創作で、エリザベス朝文学に大きな足跡を残した。しかし、その足跡の大きさにも拘わらず、思想の哲学的難解さと、文章の晦渋さが禍（わざわい）して、今日、シェイクスピアに比して、読まれることが少ない。だが、一五九〇年代の半ばから一六一〇年頃にかけて、シェイクスピアのほとんど唯一人の実質的ライヴァルとして、詩と演劇の両分野で活躍したチャップマンの歴史的地位と、個々の作品の面白さの見直しは、盛期エリザベス朝文学の総合的理解のために欠かせない作業ではなかろうか。

＊

本書はチャップマンの代表作・悲劇『ビュッシイ・ダンボア』（底本 George Chapman, *Bussy d'Ambois*, ed. N. S. Brooke, The Revels Plays, Manchester University Press, 1964）の全訳である。『ビ

ュッシイ・ダンボア』には初版の一六〇七年版と一六四一年の改訂版と二種類がある。初版の扉には「聖ポール少年劇団 St Paul's Boys によってたびたび上演された」と書かれている。当時チャップマンは、女王祝典少年劇団 The Cihldren of the Queen's Revels のために台本を書いていたが、女王祝典少年劇団のマネージャー、エドワード・カークハム Edward Kirkham が一六〇五年頃聖ポール少年劇団に移籍する際に『ビュッシイ・ダンボア』の台本を聖ポール少年劇団に譲渡した。以後聖ポール少年劇団はこの劇をたびたび上演したが一六〇六か七年に劇団解散。初版一六〇七年。一六一〇か一一年に、伝説的な名優ネイザン・フィールド Nathan Field の女王祝典少年劇団による白僧座 The Whitefriars における続編『ビュッシイ・ダンボアの復讐』*The Revenge of Bussy d'Ambois* 上演に備えてチャップマンが『ビュッシイ・ダンボア』の初版を改作した。フィールドは一六一六年に国王座 The King's Men に移籍、一九年の死まで『ビュッシイ・ダンボア』の主役を張って絶賛された。

チャップマンの死後、一六四一年に出版された改訂版の扉には「たびたび上演され大いに喝采を受けたが、作者は死ぬ前に沢山の訂正と修正をほどこした」と書かれている。訂正や修正がどこまで作者によるものかは正確には特定できないが、改訂版の方が演劇として優れているとするパロットなどの意見もある。本書では初訳であることを考慮して、N. S. ブルック編の初版(一六〇七)を用いた。曖昧・晦渋の定評のあるチャップマンの文体には注釈者たちも不明とした箇所が数ケ所ある。拙訳への大方の批判と改良を待ちたい。本訳を一つのたたき台にして、改訂版の翻訳もなされるように願っている。

*

チャップマンはハーフォードシャー Hertfordshire、ヒッチン Hitchin にて裕福な郷紳トマス・チャップマン Thomas Chapman の次男として誕生したが、家督は長男が継ぎ、次男のチャップマンは生涯貧しく詩人劇作家としての自立を余儀なくされた。彼は、オックスフォード、ケンブリッジ両大学で二年程学んだが学位はとらず、ほとんど独学で、ホメロスはもとより、プラトン、アリストテレス、ヘルメス、ヴェルギリウス、エピクテタス、セネカ、プルタルコス、オヴィディウス、プラウトゥス、テレンティウス、ホラティウス、ダンテ、フィチーノ、ピーコ、ペトラルカなど古典を耽読し、自己の学識を自負していた。「卑俗な大衆は好きではない。私は自分の風変わりな詩を、学問によって高貴になり、高貴さ故に神聖になった探求心ある人々にのみ捧げる」（『オヴィドの感覚の饗宴』につけたマシュウ・ロイドンへの献辞[1]）というのが、チャップマンの詩人としての信念であった。詩人が内面の光によって表現する聖なる知識を読む読者にも、高い知性を要求したのである。チャップマンは、詩「平和の涙」で、彼の詩作の霊感源であるホメロスの霊魂（その「外見は盲目だったが、内面の目で、過去から未来までの万物を見通していた」）が、生まれ故郷「ヒッチンの左手の丘の上」に顕れて、ホメロスの英訳という使命を彼に与えたと述べている。[2] そして詩「アキレウスの盾」で、自らの詩才の乏しさを「隠れ棲むわたしの詩魂が、哀しみの夜の中で、蛍のように瞬（またた）きながら、黒豹のような大地（訳注：世俗的な圧力の象徴）の爪の下でもがきながら生まれ出ようとしている」[3]と慨嘆しながら真摯な詩作を続けた。

だが、ホメロス翻訳や詩作を本業としながら、生活のためにやむなく一五九〇年代にニュー・ビジネスとして脚光を浴びつつあった商業演劇、中でもバラ座 The Rose に本拠を置く劇場支配人ヘンズロウ Philip Henslowe（C. 一五五〇—一六一六）率いる海軍大臣一座 The Lord Admiral's Men のために書いた喜劇『アレクサンドリアの盲目の乞食』*The Blind Beggar of Alexandria*（一五九五）、『気まぐれな日の楽しみ』*An Humorous Day's Mirth*（一五九七）、『みんな愚か者』*All Fools*（一五九九）の三部作、その他いくつかの悲劇や牧歌悲劇などが好評を博した。評論家フランシス・ミアズは一五九八年に出した『知恵の宝庫（パラディスタミア）』に、喜劇と悲劇の双方に優れた英国の最良の劇作家の一人としてチャップマンの名前を挙げているから[4]、一五九〇年代の後半には、チャップマンは悲劇と喜劇の両分野ですでに相当の名を成していたことが推察される。その頃には、彼は『夜の影』（一五九四）の他に『オヴィドの感覚の饗宴』（一五九五）、ホメロスの『イリアド』七巻英訳（一五九八）、マーロウの未完の長詩『ヒアロウとリアンダ』の続編（一五九八）も出版しており、詩人としても一家を成していた。シェイクスピアの『ソネット集』の出版は一六〇九年であるが、書かれたのは一五九三—九八年頃であると推定される。その七八—八六番はチャップマンと思しいライヴァル詩人が、シェイクスピアと青年貴族サウサンプトン伯ヘンリー・ローズリーの愛顧を争って詩作に励む様子を、「全くの無学の輩の上を高く飛んで学識ある翼に羽を加え」（七八）、「彼の巨船は測り知られぬ深海を疾走してゆく……高くそびえる威風堂々の姿」（八〇）、「あの偉大な詩人が勇ましく帆を広げ、大海に乗り出す……先人の精霊に導かれて筆を執る彼の詩心」（八〇）、「ぼくを打ちのめしたのは、人間の能力を超えた、高い調子で書くように霊によって教えられた彼の精神」（八六）などと詠っている。シェイクスピアはホメロスによって霊感を与えられたチャップマンの詩魂に対して揶揄を交えて敬意を捧げているのである。ファーレイヒルズは一五九〇年代の後半、劇詩人チャップマンは、シェイクスピアにとって唯一人の實質的なライヴァルであったと述べている。(5)

　チャップマンとシェイクスピアは一度も互いの名を書き記していないが、二人の間に敵対的な対抗意識があったことを強調するアチソンによれば、チャップマンが『夜の影』でシェイクスピアの卑俗性を批判すれば、シェイクスピアは『恋の骨折り損』（一五九四）で、「丘の上の学舎で教えています」（五、一、七二）と語るラテン語文法に口やかましい文法学校教師ホロファーネスの戯画像を描いて、故郷ヒッチンの丘の上（チャップマンがホメロスの霊魂との遭遇を果たした場所）の文法学校（今もその遺構の一部がヒッチンに残存している）でしばらく教師を務めたチャップマンの経歴を揶揄した。そして、当時「夜の学派」The School of Night と呼ばれていた深遠な哲学的、数学的研究を行う貴族、科学者、芸術家のグループ（第九代ノーサンバランド伯ヘンリー・パーシー、数学者トマス・ハリオット、ウォーター・ローリー、クリストファー・マーロウ、チャップマンなどが成員で、無神論者の集団との疑いが持たれていた）の衒学趣味を「黒は地獄の印でしょう。地下牢と、〝夜の学派〟の色でしょう」（四、三、二五一―五二）と風刺した。シェイクスピアが豊麗な感覚美に満ちた『ヴィーナスとアドニス』（一五九三）を書けば、チャップマンは感覚美の精神性への昇華の必要性を強調する新プラトン主義の『オヴィドの感覚の饗宴』で応え、シェイクスピアは『ソネット集』でチャップマンの詩『愛の黄道』（一五九五）をもじり、チャップマンがアキレウスを理想化して描いた『イリアド』七巻を出せば、シェイクスピアはアキレウスを殊更に卑小化した『トロイラスとクレシダ』（一六〇〇）で応酬したことになる。[6]

確かに『恋の骨折り損』の田舎教師、ホロファーネスは「いわば紙を食べ、インクを飲んで、書物の中の美味なものを味わって知力が磨かれている」（四、二、二四―二六）衒学者（ペダント）で、彼のラテン語マニアぶりは笑いの対象になっているが、入門読本（ホーンブック）を使って村の少年少女を熱心に教える彼の教育力は父兄たちの信望が厚く教区牧師から「国家の人材の育成者」（四、二、七三）と称讃されている。ここにはシェイクスピアの単なる嘲笑や批判に終わらないチャップマンへの敬愛と、その学識や誠実な人柄に学びたいという積極的な意欲が透けて見える。

チャップマンは人気絶頂の海軍大臣一座のいわゆるヘンズロウ・グループ（チャップマン、デカー、ヘイウッド、ヘンリ・チェトル、ジョン・ディなど）の筆頭座付き作家として次々ヒットを飛ばし、片やシェイクスピアは、一五九四年に編成されて海軍大臣一座を追い上げようとしていた内大臣一座 The Lord Chamberlain's Men を背負って立つ唯一人の大物座付き作家で、ハーヴェイジの年代記[7]に従えば『ヘンリー六世』三部作（一五九〇―九二）、『リチャード三世』（一五九三）、『じゃじゃ馬馴らし』（一五九四）、『恋の骨折り損』（一五九五）、『夏の夜の夢』（一五九五）、『リチャード二世』（一五九五）、『ロメオとジュリエット』（一五九五）、

『ジョン王』（一五九六）、『ヴェニスの商人』（一五九六）、『ヘンリー四世』二部作（一五九七）、『空騒ぎ』（一五九八）、『お気に召すまま』（一五九九）、『ヘンリー五世』（一五九九）、『ジュリアス・シーザー』（一五九九）などを相次いで発表していたから、両者の間に強い競争心と自分にはない相手の長所を自作に取り込みたいとの意識が生まれて当然であった。

一六〇〇年を分岐点としてエリザベス朝演劇の傾向は公衆劇場から室内私設劇場へ、成人劇団から少年劇団へ、一般市民の観衆から法学院の学生を中心に貴族やジェントルマンが多い知的観衆へ、歴史劇やロマンティック喜劇から機知に富んだ風刺劇へと変化する。学識ある詩人として、大衆よりコテリー（coterie 洗練された趣味を持つ有閑階級で私設劇場の常連）に親しみを感じていたに違いないチャップマンは、ヘンズロウのもとで商業演劇のノウハウを懸命に学んだ後に一六〇〇年頃にチャペル少年劇団 The Children of the Chapel に移籍する。『ハムレット』のローゼンクランツが語っているように、十七世紀初頭の少年劇団は成人劇団をしのぐ人気であったが、特にチャペル少年劇団は聖ポール少年劇団 St Paul's Boys と共に長い歴史を持ち、風刺色の強い劇を上演して人気を博して、一六〇四年にアン女王の庇護を受けて「女王祝典少年劇団」The Children of the Queen's Revels に昇格した。

十七世紀の最初の約十年に、シェイクスピアが国王一座 The King's Men のために書いた四大悲劇をはじめとする喜劇、史劇、悲劇、問題劇、ロマンス劇の数々（『ハムレット』（一六〇一）、『オセロ』（一六〇四）、『リア王』（一六〇五）、『マクベス』（一六〇六）、『ウィンザーの陽気な女房たち』（一六〇〇）、『十二夜』（一六〇〇）、『終りよければすべてよし』（一六〇二）、『トロイラスとクレシダ』(一六〇二)、『尺には尺を』(一六〇四)、『コリオレイナス』(一六〇八)、『ペリクレス』(一六〇八)、『テムペスト』(一六一一)、『シムベリン』(一六〇九)、『アントニイとクレオパトラ』(一六〇七)、『アセンズのタイモン』(一六〇七)はよく知られているので、チャップマンがチャペル少年劇団のために書いた『ビュッシイ・ダンボア』『ビュッシイ・ダンボアの復讐』以外の喜劇と史劇の特徴を簡潔にまとめたい。

『メイ・デイ』 *May Day*(一六〇一)黒僧座 The Blackfriars

ピッコロミーニのローマ喜劇風のイタリア喜劇『アレッサンドロ』(一五四五)から引用の、(1)父親に意に染まない婚約を強制された娘が、父親に逆らって恋人と結ばれる。(2)隊長の女房に横恋慕した老人が、変装して恋人に会いに行くが、急に帰ってきた亭主に見つかり、ほうほうの態で家に逃げ帰ると、娘は見知らぬ男の腕の仲にいる、という二つの物語を混ぜて踏襲する。

劇の根底にあるのは、季節のめぐりと人間の生命のリズムを重ねる民衆劇の伝統であり、年齢も地位も忘れて隊長の若妻に恋するヴェネツィアの上流紳士ロレンゾは「余命いくばくもないのに、五月のかぐわしい胸の奥に白髪の額をつっこむ一月」(一、一、九―一〇)であり、その娘エミリアは「まだ緑の若木で、実も熟していないのに」、「葉っぱは全部風に吹き飛ばされて禿げ、空洞になった樫の木のようでごつい森を形づくるのに相応しい老人。そのてっぺんにカラスがとまって、葬式の予告をしている」(二、一、六五―六七)老道化ガスパローと婚約させられている。これらの不自然な組み合わせは、生命の秩序を攪乱するものとして嘲笑され、矯正されるのだ。

そしてエミリアの嘆き、「習慣によって特権化、公式化された親の仕打ちはひどすぎる。天の定めた掟は、調和のとれた心と心を婚姻によって結びつけ、人の生活の一番の慰めと、愛すべき神の似像としての人間を殖やす筈なのに、今では富を殖やすためのものになってしまった。……そしてカッコウみたいに他人の卵を孵し、男と女ではなく、材木や石を選んで組み合わせ、家と家を結びつけるのだ」（一、一、一八七―一九四）は、家父長制と金銭万能主義に縛られた初期近代の結婚制度への鋭い批判となっている。また、ほらふき兵士の変種である隊長クィンティリアノが語る戦争の過程を宴会の進行に譬（たと）える語り、「要するに、宴会の残りものでさんざん飲み食いした挙句の残飯のことだが、まだいける場合は別の日のためにとっておくし、形が崩れたものや、腐っちまったのはごみためとか料理場に送りこむ。同じように戦闘の生き残りで役に立つ奴は次の戦争にとっとくし、戦いの余りもの、つまり傷痍軍人は、牢屋や病院に送りこむのさ」（四、三、八七―九四）は、当時の帰還兵士の過酷な扱いに対する確かな社会風刺になっている。溌剌とした十四、五才の少年俳優が若造りの老人を演じる可笑しさ、早口でまくし立てる饒舌、挿入される歌や踊り、仮面舞踏などの音楽劇的要素、つまり春祭りに相応しい生命の躍動感は、読まれるより上演されてこそ生かされるであろう。

『サー・ジャイルズ・グースキャップ』 *Sir Giles Goosecap*（一六〇一）チャペル少年劇団、黒僧座

詩人クラレンスが、若き伯爵夫人ユージェニア（育ちの良さの意）への片思いと、彼らを結びつけるユージェニアの伯父モムフォードという設定は、チョーサーの『トロイルスとクリセイデ』（一三七四―八五）からの借用。名もなく貧しいが「無知以外に精神の病いなし」（五、二、三〇）と昂然といい放ち、ユージェニアと結ばれて感覚的肉体愛以上の高次の精神愛への昇華を経験する詩人学者クラレンスは、チャップマンの理想化された自画像であると思われる。クラレンスと対比されるユージェニアの卑俗な求婚者グースキャップ（間抜けの意）とその同輩たちの生態。一種の金ピカ時代であった物質的飽食の世紀末ロンドンを泡沫のように漂い、流行のファッションや仲間の噂話し、諸所のサロンと宴会の品定めをとめどなく楽しむしゃれ者たちの空虚な社交生活は、『ビュッシイ・ダンボア』で、「香水をつけた麝香猫」のような享楽的な廷臣たちの生態となって再登場するのである。

『先ぶれ役』 *The Gentleman Usher*（一六〇二）チャペル少年劇団、黒僧座

特定の材源はみつかっていないが、父と息子が一人の女性の愛を競う筋は、プラウトゥスの『カスィーナ』以来のテーマであり、マルガルテが自らの顔を損傷する逸話はフィリップ・シドニーの『アーケイディア』（一五九〇）や作者未詳の『騎士道の試練』（一六〇五以前）などに類似の筋がある。マルガレテは、公爵が彼女に着せようとした公爵夫人の座とい

う「借り着の名誉」を脱ぎすてて、ヴィンチェンチオとの愛に生きようとする。若い二人が、因習的な儀式を排し、二人だけで挙げる「内面にとりおこなわれる神聖な婚礼」（四、二、一三七）で結ばれる場面には、張り詰めた高揚感が漲っている。マルガレテが誇らしく謳うストイックな思想――自己が自己にとっての法である人間は、地上的な法の拘束を受けない――という『ビュッシイ・ダンボア』をはじめとする後年の悲劇のテーマとなる思想である。ロマンス風の物語の神話性、様式性、大胆な劇中宮廷仮面劇（マスク）、最後の一場で悲劇が喜劇に転じる悲喜劇、流麗なブランクヴァースを駆使する修辞は劇作家としてのチャップマンの成長を語るとともに、ボーモント・フレッチャーや後期シェイクスピアのロマンティック悲喜劇への道を準備するものであった。

『ムッシュウ・ドリーヴ』 *Monsieur D'Olive*（一六〇五）女王祝典少年劇団、黒僧座

一六〇四年の秋から翌冬にかけてフランス、低地方、スペインへ三人の大使が派遣されることになり、その派手な準備がロンドン子の耳目をひいた。この時事的事件をもとにフランス王の元に派遣される大使として選ばれた紳士ムシュウ・ドリーヴをめぐる笑劇を副筋とし、ペトラルカの『わが心の秘めたる戦いについて』（一三七四―八五）を下敷きにしたロマンティックな物語を主筋に、一六〇三年の独占禁止令（一、一、二八四―八五）やジェイムズ一世の騎士乱造（四、二、七七―八〇）などの時事風刺も含む。無為の不遇から突然宮廷の晴れがましい表舞台に引き出されたムシュウが公爵夫人に無礼を働き、ひんしゅくを買う場面は、

ビュッシイ・ダンボアが、宮廷に出仕してギュイーズ公爵夫人に大胆にふるまい、廷臣たちの反感を買う場面に応用される。しかしドリーヴの魅力の真骨頂は言葉の豊富さにあり「あたしゃ自分の部屋を、才気走った奴らのたまり場、面白い言葉の出店、うまい冗談の造幣局、素敵な会話の食堂にするんだ。批評家、エッセイスト、言語学者、詩人、その他、頭で勝負の教授連がわんさと来て、一日の何時間はそこで過ごすから第二のソルボンヌ大学ってとこさ。そこで学問上のすべての疑問や違いや名誉について論争し、批評や詩を議論するのよ」（一、一、三〇二—八）。タバコ礼賛や随行員志願者への悪罵など、とどまるところを知らない彼の言葉の洪水は、廷臣たちの奔放な会話とともに、この劇の大きな楽しみである。

『東へおーい！』 *Eastward Ho!*（一六〇五）女王祝典少年劇団、黒僧座

一六〇四年の末に、チャペル少年劇団の対抗劇団である聖ポール少年劇団が、デカーとウエブスター共作の『西へおーい！』を上演して成功したのに刺激されて、チャップマン、ジョンソン、マーストンが共作した市民喜劇の傑作である。チープサイドの金銀細工師ゴールドスミス（銀行の前身で、新興中産階級の花形職業）のタッチストン（試金石の意）は、二人の徒弟（詐欺師クイックシルバーと地道な働き者ゴールディング）と二人の娘（商人を軽蔑し放蕩騎士サー・ペトロネル・フラッシュつまり一発屋の放蕩騎士と結婚して、親ゆずりの土地を失う姉娘ガートルードと、ゴールディングとつつましく結婚して、勤勉な夫は市議に出世する妹ミルドレッド）の対照的な生き方の試金石となる。風俗喜劇と道徳喜劇を融

合させながら、没落貴族の堕落と、高利貸セキュリティや、一攫千金を狙うヴァージニア渡航者などの投機的金儲け主義に対して、まっとうな生活信条を旨とする新興中産階級の心意気を高らかに歌いあげて、デカーの『靴屋の休日』の正統な後継作品となり得ている（しかし、チャップマンとジョンソンは『東へおーい！』の劇中のせりふに盛られたジェイムズ王およびスコットランド人への風刺の科で投獄され、危うく耳と鼻をそがれる刑に処せられるところであった）。一六〇六年には劇作家の風刺禁止令が出され、「女王祝典少年劇団」The Children of the Queen's Revels は女王の庇護を失い、只の「祝典少年劇団」The Children of the Revels に格下げされた。

『未亡人の涙』 *The Widow's Tears*（一六〇五）女王祝典少年劇団、黒僧座

ペトロニュウスの『サテュリコン』（一世紀）のエフサスの未亡人の物語を下敷きにしているが、舞台を貞潔の象徴である月女神シンシアの聖域であるエフサスから生殖の女神ヴィーナスの生誕島キュプロスに、墓所で未亡人を誘惑する男を、夜番の兵士から変装の夫へ、失われた礫囚の遺体に代用される夫の遺体を収めていた棺を、空の棺に変えている。サルサリオ（自信）、アルガス（アルゴス、見張り番）、ユードラ（寛大）、シンシア（貞節）、エロロス（エロス）などの人名は、その人物にとっての皮肉な寓意がこめられている。二夫に目見えずという誓いによって、貞女の鑑と謳われたユードラの変節と再婚は、シンシアのそれの伏線となり、ともに「未亡人の涙の短命さ、彼女たちの泣き顔は仮面の下の笑顔である」（一一二、一四三

―四五）ことへの揶揄になっている。見かけと本質の乖離はすべてのチャップマン喜劇に通底するテーマだが、ここでは未亡人の再婚を死者に対する合法的姦通とみなす「世論」に合致する「公けの顔」を保つために、「自然物」である本能を押し隠して「無知な者が貞節と呼ぶしとやかな道徳的変装」で鎧っているユードラやシンシア、貞潔の女神という「絵」に目を奪われて妻の肉体性という「本体」に盲目のライサンダーとその変装、太守の親族という身分と高官の推薦状という「他人のラードを身体に塗り付けて太っている痩せた」スパルタ貴族レビュ、粗衣の時と中身は変わらないのに美服で高く評価されるサルサリオ、低能なのに「無分別な運の手に導かれて、高位に就いている」現総督の在り方などに繰り返し描かれている。『未亡人の涙』は、互いの間に信義も彼岸への信仰もない出口なしの状況を生きる人間の不安を低音部に響かせている。この劇で最も意義深いイメージは、シンシアが取りすがって泣く「空気以外は何も入っていない」（一、三、一三二）空の棺のそれである。それはユードラやシンシアが、死者に誓った信義の虚しさと、貞女の名誉に固執することの虚しさ、ライサンダーとシンシアが抱いた互いの理想像の実体のなさと、彼らが生きる世界そのものの中心の喪失を象徴する。本質的に、秩序や調和や人間性への信頼において、最後のエリザベス朝作家と言われるチャップマンだが、世紀転回後、悲劇創作に転じる直前の最後の喜劇作品である『未亡人の涙』では、生命賛歌に向かおうとする高揚感と、底知れぬ人間の堕落を見つめる下降の眼ざしに引き裂かれ、その未決の緊張が異様に迫力ある、悲喜劇効果を生み出しているのである。

『シャルル・バイロン公爵の陰謀と悲劇』二部作 *The Conspiracy of Charles, Duke of Byron/The Tradegy of Charles, Duke of Byron*（一六〇八）祝典少年劇団、黒僧座

チャップマンの同時代のフランス宮廷の政治を描く歴史劇の一つ。一六〇二年に反逆罪で処刑されたデュク・ド・ビュロンの肥大化した英雄的自我の悲劇を描く。一六〇一年のエセックス伯のエリザベス女王への反乱と比較された。

一六〇八年の上演後、フランス女王マリ・ドゥ・メディチが夫アンリ四世の愛妾をなぐりつけるという場面がフランス大使の重大な抗議を受けて、ジェイムズ王はロンドン中の劇場封鎖を決意するなど、祝典少年劇団も一時は深刻な存亡の危機に直面したが、その後再編されて一六一〇年までには再び「女王祝典少年劇団」を名乗ることが許された。しかし、劇団中最も過激な風刺作家マーストンは追放され、チャップマンも政治的風刺を捨てて、内省的で哲学的な悲劇『ビュッシイ・ダンボアの復讐』*The Revenge of Bussy D'Ambois*（一六一〇）に転じるなどして、女王祝典少年劇団は、二度と以前の誇り高い戦闘的な姿勢を回復することはなかった。[8] 十七世紀の最初の十年間に、果敢な国王及び宮廷風刺で特異な地位を占めたチャペル少年劇団にチャップマンは最も長くとどまった（一六一〇迄）有力な作家だった。彼がこの少年劇団のために書いた劇の扉の多くに、「何回も」（『メイ・デイ』）、「大いなる喝采と共に」（『サー・ジャイルズ・グースキャップ』）、「数回」（『ムッシュウ・ドリーヴ』）、「度々」（『未亡人の涙』）上演されたとわざわざ明記されているのをみれば、これらが人気を博した作品であったことがわかる。海軍大臣一座とチャペル少年劇団、エリザベス朝からジャコビ

アン期にかけての二大劇団で、最も人気のある劇作家として活躍したチャップマンの仕事は今日再評価されてしかるべきである。

*

チャップマンの代表作、悲劇『ビュッシイ・ダンボア』（作一六〇四年頃、初演聖ポール少年劇団、黒僧座）は、テーマ、プロット、人物の配置のすべてにおいてシェイクスピアの『ハムレット』（作一六〇一年頃、初演内大臣一座、地球座 The Globe）の影響が強い。両作とも主人公である志高い有為の青年（ハムレットは廷臣、武人、学者の範となるべき理想の王子であり、ビュッシイは神話的な原初の黄金時代の「完全なる人間」の末裔である）が過酷な境遇に置かれて苦闘する姿を描くが、環境に違和して群集を離れ、孤独の瞑想の中で、人間の生死と、世の行く末を想う独白場面が秀逸である。

主人公を巡る人物の配置にも両作の並行が見られる。父王ハムレットの亡霊による復讐の命令と、魔霊ベヘモスによるビュッシイの運命の警告、現実世界と亡霊や魔霊が出没する幻想の異界との二重構造も両作に共通している。兄王ハムレットを毒殺する弟クローディアスと、兄王アンリ三世の王位簒奪を目論む王弟(ムシュウ)。ガートルードとタミラの姦通、妻の不貞に憤る先王ハムレットとモンシュリ伯、訳(わけ)知りの策士で仲介役のポロニアスとコモレット、主人公の敵味方の友人たち、父王を毒殺したクロディアスへのハムレットの復讐と父ポロニアスを殺害した王子ハムレットへのレアティーズの復讐、そしてタミラを誘惑したビュッシイへのモンシュリ伯の復讐。犠牲となる女性オフェリアと侍女ペロ、権力の周辺から風刺と諧謔の矢を放つ道化役の墓堀り二人と王弟の執事マフェなどである。

ハムレットが生きる時代は、「時代の関節が外れてしまった」（一、五、一八九）乱世であるが、『ビュッシイ・ダンボア』の背景となる十六世紀後半のフランスも、聖バルトロメオ祭日プロテスタント教徒大虐殺（一五七二年八月二十四日）をはじめとする宗教戦争と相次ぐ内乱（ヴァロア期のアンリ三世、ナヴァールのアンリ、ギュイーズのアンリによる三アンリの戦いといわれる。一五八五―八九）で混乱を極めた時代で、モンテーニュは当時「我々が三〇年このかた置かれているような混乱の中では、すべてのフランス人は個人としても、全体としても一時間ごとに自分の運命の全面的な転覆に際会しているように感じる」[9]と書いた。

劇は、ハムレットが、ルター派の牙城ウィッテンベルグ大学に留学した学生であると設定して、当時のヨーロッパ世界のカトリックとプロテスタントの対立、煉獄の存在を否定するプロテスタント、教皇制と免罪符販売に抗議したルターの合理主義を継ぐハムレットの憂鬱質の理性主義などを暗示し、彼が煉獄から訪れた亡霊の実在をにわかには信じられず、狐疑逡巡して復讐を遅延する態度を合理化している。レアティーズのフランス遊学も、当時の文化大国フランスなどへの大陸旅行（グランドツアー）が貴族青年の必須の教養教育であったシェイクスピアの時代の慣習を示唆している。

『ビュッシイ・ダンボア』でも、モンシュリ伯は、思いもよらぬ妻の不義を助けた女衒が、それまで崇敬の対象であった告解僧コモレットであることを知って驚愕して叫ぶせりふで、十六世紀後半から十七世紀前半の世界像を激変させた宇宙的異変の数々を列挙する。

飛んでもない異変をもたらした者だ！
どんな新しい炎が、天から飛び出し
前代未聞の説を唱え出したのだ？
地球が動き、天が静止するとは、本当か？
その天すらも腐敗を免れない。
世界は、あまりに傾いてしまったので
下半身をせりあげ、口を極めて嘲っていた
こちらの半球に向けて放屁する。

『ビュッシイ・ダンボア』五、一五〇―五七

すなわち、超新星の出現（一五七二）、天動説に代わる地動説（ジョルダーノ・ブルーノはコペルニクスの地動説を支持し、閉ざされた宇宙論に対して複数の無限宇宙を主張して異端とされ一六〇〇年に処刑された）、ドレークの世界周航（一五八〇）が象徴する大航海時代の新世界への関心の高まりと旧ヨーロッパ世界の相対的評価の下落などである。「地球が動き、天が静止する」という地動説によって、地球と人間は宇宙の不動の中心点から失墜し、

太陽のまわりをさ迷う弱小の星々の一つに過ぎなくなった。大航海時代の新大陸発見は世界地図を塗替え、せりあがった下半身の新世界の目新しさに比して旧弊なヨーロッパ世界は面目を失う。中心の喪失は世界の空洞化を招き、中世的世界観の支柱であった身分制階位秩序(ヒエラルキア)の原理(神を頂点とし、天使、人間、自然を経て、質料に至る階層的秩序が存在し、それに対応して、社会の領域においても王を頂点とする封建的階層秩序が存在しているという思想。有限な宇宙の中心に地球があり、地球のまわりを重層的な天球が回転しているというアリストテレス・プトオレマイオス的宇宙論もヒエラルキア思考に合致するものであった)も崩壊した。神の摂理、救済の確証、永世へ向かう時間も失われ、物事を決めるのは、予測し難い「蓋然性」「偶因性」「意外性」「無秩序」の法則としてのfortune(運、機会(チャンス))となった。

物事の有様をきめるのは、道理ではなく運なのだ

『ビュッシイ・ダンボア』一、一、一

『ビュッシイ・ダンボア』は、ヴァロア王朝末期のアンリ三世(在位一五七四—八九)の爛熟、頽廃、閉塞の宮廷に実在した美貌の剣士、ルイ・クレルモン・ダンボアーズをモデルとしてビュッシイ・ダンボアの愛と死を描く。不遇の詩人兵士の身から宮廷の権勢の頂点へ、そして情事発覚後、たちまち暗殺され果てたビュッシイの短い生涯は、チャップマンと同時代のフランス史の忘れ難い一挿話であった。「美徳によって出世したい」というビュッシイ

の高邁な志を裏切るモンシュリ伯爵夫人タミラとの密通。タミラのモデルは、月の処女神ディアヌに譬えられたアンリ二世の側室ディアヌ・ドゥ・ポアティエであったといわれる。宮廷一の貞淑な月処女神と謳われる清らかな表情にふと蠱惑的な微笑を浮かべるタミラ。ビュッシイへの「外側の愛を内側の憎しみに変えた」王弟（ムシュウ）の内面に黒々とわだかまる王位簒奪の野心、妻タミラの背信を知って、「扉を開けて燃えあがる嫉妬の溶鉱炉」に変貌するモンシュリ伯、敬虔な告解僧でありながら、いそいそと女衒を務める怪僧コモレット。高貴と卑俗、貞淑と淫蕩、愛顧と憎悪、理性と情動の葛藤に苦悩する主要人物たちはいずれもが、「自分の敵をしっかりと自分の腕の中に抱きしめている」（二、一、二三）。

表面と内実の乖離は『ハムレット』でも重要なテーマである。劇冒頭の見張りの兵士が発する「誰だ？」の第一声は、人間の主体的な実存の正体を問う劇全体の問題意識を代弁して鋭い。この劇では、劇中劇や劇中劇的場面（たとえば、先王の毒殺場面を再現して、クローディアスの真意を探る「ゴンザーガ殺し」の劇中劇（第三幕第二場）、王妃ガートルードの寝室で、母の邪淫を厳しく責め、壁かけの陰にひそむポロニアスを王と誤解して刺し殺すハムレットと、再び現れて息子とだけ対話する先王の亡霊という緊迫した劇中劇的場面（第三幕第四場）、ハムレットとレアティーズの剣術試合で秘密の毒杯や毒剣の策略が露見して主役四人が殺害され、二つの復讐劇が成就する大団円（第五幕第二場）など）は、それぞれの人間の隠された深層心理を劇的に暴露する。

『ビュッシイ・ダンボア』でも、理性の下層にあって人間を駆動する不可避の非合理な情動の存在が劇中劇的構造で開示される。劇は戸外の緑陰の瞑想ではじまるが、王弟に誘われたビュッシイは宮殿の入口でマフェに阻まれ、これを殴り倒して王宮の内部に闖入する。王侯貴族、貴婦人たちが談笑する華やかな明るい公的大広間を過ぎて内奥に進めば、陽のささぬ私的領域に四つの閉ざされた部屋――タミラの隠し扉のある私室、ビュッシイが魔霊たちに会いにゆく「暴力的な熱気のこもった」密室、そこではビュッシイの霊肉の分裂を表して空気は天井高く上がり、大地はビュッシイの足もとに縮こまる。モンシュリ伯がタミラを責めて黒い快楽を堪能する地下の窓のない拷問の部屋、そして王弟がビュッシイと密談し国王殺しの野望を吐露する小部屋――がある。これら四つの「禁じられた部屋」は、主要四人の秘密の内面世界、出口なしの迷宮世界である。シェイクスピアの悲劇『リア王』で、姉娘たちのあやかしの甘言の底意を知ったリア王は、女体の腰から下の領域に「下方の罪達」がうずくまり、目を凝らせば、「その場所には腐敗が在り、暗闇があり、硫黄の穴があり、燃え上がり、焼けただれ悪臭を放っている」とつぶやく（四、六、一二九―三一）。『ビュッシイ・ダンボア』の王宮も巨大な有機的人体であり、腰から下の暗黒の領域から異形の魔霊たちが飛び出して松明を振り回して舞台を駆け巡る。ビュッシイがタミラの私室の隠し戸を通って降りる地下世界は、人間の理想や意図に反逆する暗い情動の領域を意味する。劇の終盤、魔霊の警告を無視して刺客が待つタミラの私室に急ぐビュッシイと、死を予感しながら、すべてを神の摂理と受け入れて宿命的な剣術試合に臨むハムレットは「覚悟がすべて」（『ハムレット』五、二、二二〇）の心境を共有する。

『ハムレット』のガートルードは、二夫に目見えずと誓いながら状況に流されて無自覚のうちにクローディアスの求愛を受け入れる「弱き女」であるが、タミラは偽りにみちた自己の二重性を直視している。彼女はビュッシイの中に「形式のための」婚姻で結ばれたモンシュリ伯にはない魂の分身を見出し、「英雄的狂気」(「英雄的狂気」とは、ジョルダーノ・ブルーノが一五八三年にアンリ三世の紹介状をもって来英した時、知人であり、かつルネサンスを代表する英国詩人でもあったフィリップ・シドニーに捧げたイタリア語著作の題名であるが、プラトン的愛の究極の形態を意味する。即ち現世を軽視し、超越的彼岸を憧憬するプラトン的愛は英雄的狂気をもって神性を求めれて飛翔し、ついに神性と合一して神になるという思想である)を以ってビュッシイとの合体に命を賭ける。だが、婚姻外の愛欲が神的直観へと跳躍する至福の瞬間の社会的侵犯を痛切に意識している彼女は、魅入られたように自らの内奥をのぞき込み罪の自意識の苦悶に身を捩る。彼女は近代人の視覚の中に類型づけられる自己凝視の不安と痛みをすでに知っている。「敬虔な罪」を恥じて初々しく身を捩り、広大な宇宙に一人佇んで、己が運命を凝視する孤独なタミラ。チャップマンはタミラの中に宇宙的想像力と近代的な自意識と憂愁美とをあわせ持つ新しいヒロインを創造したのである。

＊

ハムレットは演劇の目的は今も昔も「自然に対して鏡を掲げて……時代の形と本質を示す

ことにある」(『ハムレット』三、二、二〇―二四)と喝破した。『ハムレット』と『ビュッシイ・ダンボア』は、シェイクスピアとチャップマンという二人の稀有な才能が、互いの長所(シェイクスピア劇の緊密な構成と、生き生きと血の通った生身の人物造型、チャップマンの深遠な思想性と風刺の精神、そして両者の豊かな言語能力)の相乗効果で、二人が生きた十六世紀後半から十七世紀初頭という中世末から近代初期への危険な曲がり角の不安の時代の形と本質を活写した傑作である。両作品が描く爛熟、頽廃、閉塞の世相、変転極まりない不可解な人間性。中心の喪失と階層的秩序(ヒエラルキア)の崩壊、価値の相対化、生の目的を見失った虚無、表面と違うものを隠し持ち、刻々と変幻して止まない人間の両義性と不確実性。相互不信、意志疎通の困難、そして過剰な自己意識。シェイクスピアとチャップマンが直視したこれら近代初頭の社会と人の諸相は、近代の行き詰まりを生きる我々自身の精神状態の写しとして切実に迫ってくる。四百年も前の作品でありながら、現代の分断と断片化、孤独と相互不信をあぶり出すその内容の新しさに驚かされる。ハムレットの独白による内省的な自己検証と、「上を仰ぎながら下に向かって身を焼き尽くす蝋燭のように」上昇を切望しつつ限りなく下層へと牽引されるビュッシイの自己反逆的自己の悲劇は、改めて我々自身に「お前の正体は一体誰なのだ」という根源的な問いを突きつけてくる。

人間の両義性と可変性を直視するチャップマンにとっては、事件や人間が因果律に縛られて、持続と完成を目指して一直線に進むアリストテレス的作劇術は真実に反する虚構であり、プロットや性格が瞬間ごとに出発する非連続性、断片性、矛盾と人間の両義性こそが人間の真実に即した新しい作劇術となるのである。かつてチャップマンの劇作家としての致命的な稚拙さとして批判された『ビュッシイ・ダンボア』のプロットの不整合性と曲折、性格の不統合、テーマの両義性は、ポスト・モダンの懐疑主義を先取りした前衛的な作劇術として今日改めて見直されるのではないだろうか。

注

（1）*The Poems of George Chapman*, ed. Phyllis Brooks Bartlett, New York, Russell and Russell, 1962, p. 49

（2）*ibid.*, pp. 174-175

（3）*ibid.*, p. 382

（4）G.Gregory Smith, *Elizabethan Critical Essays*, II, Clarendon press, Oxford, 1904, pp. 319-320, where extracts from Palladis Tamia are reprinted.

（5）D.Farley-Hills, *Shakespeare and the Rival playwrights 1600-1066*, Routledge and Kegan Paul, New York, 1990, p. 74

（6）A. Acheson, *Shakespeare and the Rival Poet*, The Bodley Head, London, 1971, pp. 50-75b

（7）A. Harbage, Annals of English Drama 975-1700, Revised by S. Schoenbaum, Methuen, London, 1963

（8）A.H.Tricomi, *Anticourt Drama in England 1600-1642*, Virginia University press, Charlotesville, 1989, pp. 42-50

（9）モンテーニュ著『エセー』下、松浪信三訳、河出書房新社、一九七六、四〇六頁

悲劇

『ビュッシイ・ダンボア』

ジョージ・チャップマン作

川井万里子訳

登場人物

ビュッシイ・ダンボア　失業中の軍人
ムシュウ　王弟
マフェ　ムシュウの執事
アンリ三世　フランス国王
ギュイーズ公爵
モンシュリ伯爵
エレノア　ギュイーズ公爵夫人
タミラ　モンシュリ伯爵夫人
ボープレ　エレノアの姪
ペロ　タミラの侍女(こしもと)
シャルロット　ボープレの侍女(こしもと)
パイラ　侍女(こしもと)
アナベル　エレノアのイギリス人侍女(こしもと)
廷臣兼軍人たち、ビュッシイの敵
バリゾー

ラヌー
パイロ

廷臣兼軍人たち、ビュッシイの友人
ブリザク
メリネル

ボーモン　　　　　　　廷臣
ナンシィウス　　　　　使者
修道士コモレット　　　モンシュリ伯爵とタミラの告解僧、後に亡霊となる
べヘモス　　　　　　　上級の魔霊
カルトフィラックス　　手紙を預かる下級の魔霊
魔霊たち
殺し屋たち
従者たち、召使たち、小姓たち
劇の舞台は、一五七〇年代のフランス宮廷

主要登場人物とモデルになった史上の人物紹介

アンリ三世……ヴァロア王朝最後のフランス国王(在位一五七四—八九年)。アンリ二世の四男。母はカトリーヌ・ドゥ・メディシス。シャルル九世の弟で「王妃マルゴ」(アンリ四世の王妃)の兄。

ビュッシイ・ダンボア……ルイ・クレルモン・ダンボアーズ(一五四九—七九年八月一五日)。アンリ三世と王弟(ムシュウ)に仕えた貴族。美貌、多情、喧嘩早いことで知られ、一時期アンリ四世王妃マルゴ(マルグリット・ドゥ・ヴァロア)の恋人。一五七二年八月二四日聖バルトロメオ祭日プロテスタント大虐殺で従兄弟の新教徒(ユグノー)アントワーヌ・ドゥ・クレルモンを殺害。一五七五年アンジュー地方行政官。一五七八年フランダースに従軍、フランシス・ウォルシンガムと折衝して王弟とエリザベス女王との結婚交渉を推進。モンソロー伯爵夫人フランソワーズ・ドゥ・マリドールとの情事発覚後に謀殺される。

ムシュウ……「ムシュウ」はフランス国王の最年長の弟の通称。作中ではフランソア、アランソン公爵、後のアンジュー公。カトリーヌ・ドゥ・メディシスの末息子、イギリス人にはエリザベス女王の求婚者として知られる。

ギュイーズ公爵……アンリ・ル・バラフレ。宗教戦争時のカトリック教徒の指導者。新教徒の指導者コリニー提督を暗殺、自身もアンリ三世の命令によりブロアにて一五八八年に暗殺される。

モンシュリ伯爵……シャルル・ドゥ・シャンブ、モンソロー伯爵。アンリ三世とムシュウの狩猟頭。

タミラ……モンソロー伯爵夫人フランソワーズ・ド・マリドール。

コモレット……アンリ三世の暗殺に関与したイエズス会士ファーザー・ジャック・コモレットにちなむ名前。

第一幕第一場

〔パリに近い森。貧しい身なりのビュッシイ登場〕

ビュッシイ　物事の有様をきめるのは、道理ではなく運なのだ、
報酬は後ろ向きに歩くし、名誉は逆立ちして行く。(1)
貧しくないものはぞっとする程醜く、窮乏だけが
それぞれの人間に優れた姿と価値を与えるのだ。(2)
ヒマラヤスギの木が絶え間なく
嵐に打たれて成長するように、お偉方たちは
繁栄するが、下手(へた)な彫刻師(ほりものし)と同じことだ。(3)
彼らは（巨像をこしらえ）、彫り上げた像はふんぞり返り、
大股でのし歩き、巨大な姿で口をかっと開き
そりゃあ大したものだと思っている。同じように慢心した政治家たちは
（作り物の重々しい声や、
しかめ面や冷酷そうな身のこなし、
権威、富、その他のすべての幸運の落とし子たちで身を飾り）

目の前に王国の価値あるものすべてを集めたと思い込む。
だが、彼らとて、件（くだん）の巨像と変わらず、
四肢を伸ばした英雄的な外見とは裏腹に、
内側にあるのは漆喰、石、粘土などがらくたばかり。
人間は風に吹かれる松明の灯り、
その本質を余すところなく集めても、影の夢に過ぎないのだ。[4]
偉大な船乗りたちは、あらん限りの財と
技を注いで、大海原の深みに目には見えない道を探り、
見事に建造され、真鍮の肋材を張った丈高い船に乗って
世界にぐるりの帯を巻こうとする[5]――
仕事をなし終えて、（郷里（ふるさと）の港近くに戻り）
ほっと安心、号砲を鳴らして、郷里の陸影が見えない沖には
一度も出たことのない、貧しいが心落ち着いた漁夫を呼んで、
船を先導して港の中に引き入れて貰おうとする。
そのように、我らも滑り易い栄光の波を乗り越え、
政治の深い裂け目を渡りながら、果てしなくさ迷い、
頭上にはあらゆる称号（タイトル）を飾り、思い切り手足を伸ばし、
腕（かいな）で世界を抱こうとするかのよう。

我らは美徳を導き手と恃むべし。
さもなければ我らの船は一番安全な港で難破してしまうのだ。(6)
〔大地にごろりと横たわる〕(7)
〔富貴の身なりのムシュウが、二人の小姓を伴って登場する〕
ムシュウ　多くの人間がひしめく宮廷で(8)、第二位という地位は零に等しい。
国王という地位にはあらゆる特権が与えられているのだ。
その言葉、その表情の一つ一つがジョウヴ大神の稲妻と雷のよう、
その行為は模倣を赦さない。船が通って水脈が開いても
すぐに跡形もなく閉じて、有象無象の輩には
船跡を辿ることも出来ない海のようだ。
わたしと王冠の間には、毛筋程の間隙しかないのだが、
自然の順序を待たずに、目上の玉の緒を断ち切らせる気にはなれぬ。
しかし、有り得る幸運に備えて
気概のある男を、身辺に抱えておくことは望ましい。
俺はダンボアの跡をつけてこの緑陰(9)まで来た。
奴は恐れを知らない根性のある男だが、
（自分の価値が認められないのが不満で）
光を避けて、薄暗いところに身を潜めることを好んでいる。

だが、奴は若く気位が高い。
今にも火がついて出世と地位と繁栄を求めようとしている、[10]
奴が出世すれば、俺の気前のよさも輝くというもの。
世間を忌み嫌い、軽蔑したがる人間でも
黄金と名誉を呉れてやれば、いやという程俗世を愉しむものだ。
〔ダンボアに近づいてゆく〕
ダンボアか？
ビュッシイ　まあ、そんな者だ。
ムッシュウ　生きながら大地と化したのか？
起(た)て、太陽が頭上を照らしているぞ。
ビュッシイ　勝手に照らしていればいい、
俺は陽光の中で戯れる塵のような権力者たちとは違うのだ。
ムシュウ　高位高官たちを陽光の中の塵と呼ぶのか？
お前を日陰で凍りつかせたがっている連中が、そんなことを言うのだ。
シチリアの大食漢[11]が、連中しか食わないような代物(しろもの)を
ご馳走と称して鼻の穴をふくらませて貪り食うようなものさ。
お前は光を掲げて、幸運がお前の前に供えてくれた宴席につけばいい、
そうすれば、やせ衰えた暗闇など死のように忌み嫌うようになる。

お前のような気質のものを、怠惰によってさび付かせ、
消耗させてしまうなんて誰が信じよう？　アテネの国で
もしテミストクレスが[12]、このように日陰者として暮していたなら、
クセルクセス[13]は、彼とアテネの双方を奴隷としてしまったであろう。
勇敢なカミラス[14]が、ローマでこのように日陰に潜んでいたら、
五回も執政官になることも、四回も凱旋式を行う事もなかったであろう。
エパミノンダス[15]が、テーベの町で四十年間も無名のまま過ごした後も
世に隠れて暮していたら、名を顕すことも出来なかったであろうし、
国家に対しても、自分自身に対しても、当然の義務を果すことが
出来なかったであろう。だが、行動に出ることによって、彼は国と自分とを
身に迫った破滅から救い出すことが出来た。
そして、長く使って鍛え抜かれた刀のように、彼は輝き渡ったのだ。
光は自らを目に見えるようにするばかりか
我らを互いに役立つ存在にしてくれる。我らの生涯も、
称賛に値する行いによって、自らに名声をもたらすばかりでなく、
有益な行為で、他人の人生にも充実感を与えることが出来る。
役に立つ行為こそ、我らが生きる支えなのだ。
ビュッシイ　俺にどうしろというのだ？

ムシュウ　濁った流れを去り、
繁栄する人たちの棲む澄み切った水の源に棲むように。
ビュッシイ　水の源だって？　ああ、その魔鏡[16]で、
俺はどうしようというのか？　そこに見えるのは悪魔の姿？
それとも（娼婦のように）、何があっても、顔色一つ変えない[17]術を学んだり、
ごまかして表情はあくまで硬く引き締めながら、
心はだらしなく緩める技を習おうか、
それとも、（女教師が謎々遊びをするように）
おためごかしの二枚舌を使い分けるとか。
お偉方に取り入って、なぜ彼らが高位の座に昇り詰めたかを
たえず思い出させたり、あるいは身のこなしの優れた
堂々たる貴婦人に、便秘薬がよく効くように
つまらぬ話をして差し上げるとか。男の一生を
お目通りと訪問に費やした挙句、女主人の心のように
虚ろな目付きになってしまうとか。
善意の行為も無駄な結果しかもたらさず
実りあることをしようと勇み足で逸（はや）っても、断食を断つ前に
すべての戒律を破ってしまうのが落ちだったり、

教義の最終項目である「われ神を信ず」を「信じない」と反転させて、[18]
自分に都合のいいように、解釈してしまう。
つまり（悪事についての説教を聴いて）、悪事のやり方を教えてくれていると思い、[19]
悪事を犯す事を学んでしまうとか——これが身分ある人のやり方なのだ。
俺も、そんな事をそこで学ぶことになるのか？

ムシュウ　いや学ぶまでもないこと、
お前はすでに理論を身につけているのだから、後は実行するのみさ。

ビュッシイ　そう、すりきれた服装でな。宮廷に参上する時には
厚手のビロードずくめで[20]出掛けて、帰る時には素寒貧の裸というのが相場だ。
十人分の豊かな才能を一着の貧相な態（なり）で
台無しにすることも有り得るのだ、派手な身なりや外見の輝きが
宮廷では好まれる。ぼろにくるまっていては損というもの。

ムシュウ　お前には十分立派な態（なり）をさせてやろう。長い間不遇であった
お前の気概（ガッツ）を見せつけてやるのに相応しい装飾品も添えて。
ではわたしの言う通りにしてくれるか？　粗野なスキタイ人が、[21]
盲目の幸運の女神の力強い腕に、翼が生えているのを描いたのは、[22]
幸運の女神の贈り物は、ある時突然訪れるので、
女神の寵愛を受けた者がそれを素早く掴（つか）まないと

永遠に失ってしまうことを示そうとしたのだ。言う通りにすることだ、
しばらくここにいてくれ、使いの者を寄越(よこ)すから。
〔ムシュウが小姓たちを伴って退場する。ビュッシイは一人佇む〕
ビュッシイ　何を寄越すのかな？　数枚のクラウン銀貨か？　俺の根性に種を蒔いて、
彼が寄越すクラウン銀貨の種の数百万倍の価値のある
王冠(クラウン)の芽を出させようという魂胆だな。彼には土地を耕す百姓仕事は向いていない。
平坦で石ころ一つない土地では策略家の種は育たないのだ。
わたしは誠実に生きたいし、権力も欲しくない。
この俺が新しい流行を築いて、
善行によって宮廷で出世すれば、彼が打ち込んだ鋤も無駄になるまい。
王弟(ムシュウ)ばかりか、王もわたしの存在は以前からご存知の筈だが、
わたしの運命は、お二人に取り立てて頂くには
今のいま迄、寸法が合わなかったと見える。
時の休みない車輪には、それぞれの人の幸運を告げる深い刻み目がついていて、
刻み目のところにくると時はチンと音を告げる、
巧みな弁舌が説得力を生む訳ではなく
雄弁は説得力がより効果的に機能する為の一手段に過ぎない。(23)
自己の真の価値によって出世する人間など一人もいない、

取り立ててくれる人の気分に合致してカチリと音が鳴った時[24]が肝心なのだ。
出世に無縁の人間の多くは、
上昇の第一時間目は、墜落への第一歩だと言いたがる。
わたしは思い切ってやってみよう、底の近くにいる者も
天から真っ逆さまに墜落する者と同様にどうせ一度は死ぬのだから。

〔マフェが登場する〕

マフェ 〔傍白〕君主の気まぐれか[25]! こんなしけた野郎に
一千クラウン銀貨程も与える価値があるのだろうか?
殿はそんな大金を、不釣合いな
こんなにショボイ男に下賜するように言いつけて、
このわたしを、財産管理の下手な執事にしようというのか?
こいつはよく調べてみなくては。——お名前はダンボアさんで?

ビュッシイ はあ?
マフェ 名前はダンボアか?
ビュッシイ お前さんは誰かね?
ムシュウ殿にお仕えか?
マフェ え?
ビュッシイ ムシュウ殿に仕えているのか?

マフェ　怒りっぽいお人だな。いかにもわたしはムシュウ殿にお仕えしておるが、
　他のすべての使用人に
　命令を下す立場を与えられておるのじゃ、
　殿は有難くもわたしの手を通して
　下賜金(26)を、お前さんに恵んでやろうというのだから、
　わたしに対してもう少し丁寧な態度を採るべきではないかな。
ビュッシイ　これは失礼！
　お陰で、やっと霞んだ目が開いて君の姿が見えてきた、
　君の言うお恵みが、なんだか見たいものだ。
　なんとお呼びしたらいいのかな？
マフェ　ムシュウ・マフェと。
ビュッシイ　ムシュウ・マフェ？　では、マフェ殿、
　もっと貴方のことを詳しく知りたい。
マフェ　そうしたらいい、そうすりゃわたしにもっと丁寧な口を利くようになるだろう。
　ところであんただが、そのしけた態(なり)じゃ大方
　詩人かなんかだろう。何か殿に
　ちょっとした小冊子(パンフレット)でも献上したのかい？
ビュッシイ　小冊子(パンフレット)？

マフェ　そう、さ。
ビュッシイ　君のお偉いご主人は、
お恵みを君の一存でわたしの手に渡るかどうか決めるように
お取り計らいになったのかい？
マフェ　そういう訳ではないが、
どういう理由でわたしからあんたに渡すように
お命じになったのか、聞いても無礼にはあたるまい？
ビュッシイ　そりゃその通りだ。
マフェ　結構、結構。
じゃあ、言わせて貰うが、もし小冊子（パンフレット）じゃないとすれば、
他にどんな取り柄があって
殿の同情心を買って、施しを受ける事になったのか教えてはくれまいか？
ビュッシイ　取り柄なんてないよ。
マフェ　そいつは妙だ。
あんたは貧乏な兵隊さんだろう？
ビュッシイ　そうだ。
マフェ　そして隊の指揮を執ったんだろうが？
ビュッシイ　そう、執らなかった事もあるが。

マフェ 〔傍白〕この男の本性が読めてきたぞ。百クラウンも貰えば
ふんぞり返って歩き、殿下の寛大さに乾杯し
これ以上のご厚情は望めぬと、感涙にむせぶ手合いだ。
だから、九百クラウンはこちとらの懐に入れてと——さあ、背の高い兵隊さん、
殿があんたに百クラウンもの大金を遣わされたぞ。
ビュッシイ 百クラウン？ いや、主人の指示に正直に従い給え、
殿の下賜金はもっと多い筈だ。わたしという人間には、
みすぼらしい見かけ以上の価値がある筈なのだ。
わたしは軍人だが詩人でもある。（その気になりさえすれば）
恵み深い殿の名声と、殿が与えて下さったものを
（忠実な執事に相応しく）、きっちり届けてくれたあんたの誉れを
詩に書いて歌ってやるよ。
マフェ なんという題で？
ビュッシイ どうでもいいが、
御恵み深い殿の為に、
その立派な大きなお鼻(27)と、君に関しちゃ
忠実な執事としての美点を褒め称えるとすれば、
その金鎖とベルベットの上着(28)の他に

どんな取り柄があるのかな。踊りは踊るのか?
マフェ 〔傍白〕面白い奴だな、全く。どうやら殿は
奴を道化として抱えるおつもりらしい。だが、本当のところ
こういう連中は今日道化じゃなくて、騎士階級に成り上がった者(29)なのだ。
もし(俺が殿の出費を数クラウン減らして差し上げようと)
下賜金の額を少なめに言ったら、奴は納得しないだろうな。
なんとしても、俺は道化になりたいよ、
そうすりゃ、お偉方の道化として長いお耳をつける事(30)が出来るもの、
だが、今じゃこうした連中がれっきとした道化の耳をつけているのだ。
こいつの機嫌を取っておく方が得策だな、
しかし奴が取り立てられて出世したことは無視して、わざと
重々しく真面目な顔をしてやろう、奴の木刀(31)を怖がっているなんて
思われるのも癪だからな。〔ビュッシイに〕おいアンボさん、
殿からお前さんに千クラウン銀貨を持ってきてやったよ、
心して、大切に使えよ、これだけあれば
堅い暮しが出来る(32)のだから。さっき言ったよりは多めに
殿は下されたらしい。
ビュッシイ 悪党め、行ってしまえ、ひどい奴だ!

マフェ　どういうことです？

ビュッシイ　出てゆけ！　これ以上つべこべほざくな。

じゃないと、その下司(33)の血を流して、喋るのもそれで最後にしてやるぞ！

無知な下郎でありながら、主人の雅量に文句をつけるとは。

殿は友人に与えたものに召使風情(34)が口出しするのをひどくお嫌いになるのだから。

議論好きの報いとして、これでも取っておけ。〔と殴りつける〕

〔ビュッシイ退場する〕

マフェ　そのクラウン銀貨の種は流血のうちに蒔かれたのだから、流血の果実が実る定めだ。

〔マフェ退場する〕

第一幕第二場

〔宮廷内の部屋。カーテンが開くと、内舞台にテーブル、チェス盤、何本かの蝋燭が置かれ、アンリ三世とギュイーズ公がチェスに興じている。モンシュリ伯、エレノア公爵夫人、タミラ、ボープレ、ペロ、シャルロット、パイラ、アナベルが前舞台にいる〕

アンリ三世　ギュイーズ公爵夫人、貴女のご威光は
お傍に侍るイギリス人乙女[1]のお蔭で、一段と豊かなものになったようだ、
その乙女は〔宮廷への出仕を好み〕、花の盛りを
イギリスのいずれの宮廷にもまして
貴女の教えと監督の元で過ごしたいと申しておる。
キリスト教王国広しと言えども
イギリス宮廷の貴婦人たちの優美で落ち着いた立ち居振る舞いに
並ぶ者はないにも拘らず、
彼女たちが生まれ育った宮廷よりも優れた場所として、
我が国の宮廷を選んだのだ。
ギュイーズ公　わたしは、イギリス宮廷の流儀は好みませぬ、

あそこでは、あまりに唯々諾々と上の者に恭順を示す習[2]があり
高位の貴族を半神の如く敬い、年老いた女王[3]を
永遠に若い、ほとんど不死身の女神のように崇めております。
モンシュリ伯　あのお方は、確かにヨーロッパ一の稀有な女王であらせられます。
ギュイーズ公　だが、不死身という点はどうでしょうか？
アンリ三世　ギュイーズ殿、あの方は全く偉大な宮廷人であり
威厳と王侯に相応しい資質を十分に備えておられる。
キリスト教王国の中でも、最も矜持をもった女王であらせられる。
女王の宮廷[4]もそのことを誇示している。[5]あれこそまさに宮廷と言える。
下々の家庭でよく見られる無礼講が罷り通ることもなく、
宮廷は王国全体の縮図[6]であり、
その美と威厳と価値を要約して示すものだが、
あの方の宮廷は、まさしく女王ご自身が範を垂れることで、
国家を十全に表している。
世界の縮図が一人の人間の中に見出される以上に、
世界の似姿が均整[7]と表情そのままに、
あの方の王国である宮廷に映し出されている。我がフランス宮廷は
それに比べれば単に混乱の鏡でしかない。

王と臣下、高位の者と下郎風情がともに
いつまでも田舎輪舞（カントリーヘイ）[8]を踊っているのだ。我が政庁は
厩舎（うまごや）並みの状態で、喧騒を極めた市場程度にしか尊重されていない。
この誰もが認める混乱状態をわざと見ないようにするのが
我らの習い性になっているが、見ないからといって醜さが減るという訳ではない。
イギリスの廷臣たちは、我々のみっともない服装（なり）を見るなり、
服装を我らと同じものに改め、我彼を比べる。
我々はそんな変化を決して望んではならぬ。
なぜなら、国王が代わると臣下が恐慌を来（きた）してしまう国では、
よかれと願う一途な刷新も[9]、過ち以上に害をもたらしてしまうのだからだ。

モンシュリ伯　確かに連中が（遠くにありながら）
わたしたちの宮廷の流行の真似をしているのは[10]、疑いのない事実であります。
彼らは今までだって、ずっとわたしたちの服装の猿真似してきたのです。
誰よりも自分たちの装いに飽きてしまって、自らの殻から飛び出し[11]、
珍人種を連れて来ようと、苦労して旅をして[12]
本国に辿り着くなり、素敵なフランス風のスーツを荷物から取り出すのです。
連中の頭は、フランス人の仕立て屋と共寝して
正統の世継ぎとして赤児を生み出すのです。新しい流行を携えて、

この世の光に最初の挨拶をする赤児は、どこから見ても
非の打ち所のない嫡男なのですが、
その新流行は、人間の服装を身につけることで
猿がみっともない姿になってしまうように、彼らには似合わないのです。
アンリ三世　彼らの真価が、わざとらしい軽薄な服装によって
著しく損なわれてしまっているのは、確かな事だ。
しかし、彼らに欠点があるとすれば、我々にだってある。
彼らは愚かにも、他人の羽飾りをつけて誇らしく胸を張っているが、
我々は、彼らが愚かしさを得意がっていると得意気に自慢しているのだ。
〔ムシュウと、宮廷風の美服を着た[13]ダンボアが、登場する〕
ムシュウ　さあおいで、可愛い奴、紹介してやろう。
〔国王に向かって〕陛下に伺候する為にこの紳士を連れて参りました。
どうかお引き立ての程、よろしくお願い申し上げます。
アンリ三世　ダンボアのようだな？
ビュッシイ　まだその名前のものです、陛下、
服装はすこし改めましたが。
アンリ三世　改めてよかったではないか。敢えて言うが
お前の伺候の申し出を、ずっと心待ちにしていたのだ。

（徳ある謙虚な人間を思い上がらせてはならぬ、という気持ちから）

こちらの方から、徳性が宿っている人間を探し求めるようなことは控えているのだ。

ビュッシイ　徳ある人間の方でも、主人を探し求めることは致しません。抱えてやろうと、そちらの方からお声をかけて頂きたい。徳性は慎み深い性質（たち）ですので。

ムシュウ　陛下、わたしはこの慎み深い男をその気にさせる為に

本人が望む売値に対価を支払いました。

アンリ三世　この男を口説き落としたのなら、王弟のお前が抱えたらいい。

ムシュウ　これで俺の輩下になったのだ。さあ、こちらにおられるのはギュイーズ公爵夫人、モンシュリ伯爵夫人、ボープレ嬢。お前を紹介して気に入って頂こう。皆さん綺羅星のように勢揃いしておられるので、政庁が狭く感じられる程だ。

友人を連れて参りましたのでどうか、お仲間に入れて頂きたい。(14)

公爵夫人　ムシュウ殿、もしこのぶっきら棒な者をわたしどもの仲間に入れようとお考えでしたら、彼には態度を変えて、もうすこし社交的になって頂かないと。

タミラ　あの方は廷臣であったことはございませんの？

モンシュリ伯　一度も。

ボープレ　どうして宮廷に伺候しようなんてつまらぬことを思いついたのかしら？

ビュッシイ　盛（さか）りがついたのですよ。(15)廷臣と交りたくなったという訳です。

タミラ　一見したところ、廷臣のようにお見受けしますのに。

ビュッシイ　初対面でも気の利いた歌曲の一つも披露出来ます。立ち所に廷臣に早変わりして見せるなど、お安い御用でございます。
ボープレ　成熟する前に腐ってしまう廷臣だわ。
ビュッシイ　厚かましい男とお思いにならないで下さい。わたしはまだ廷臣ではありませんがなりたいと思っております。〔公爵夫人に〕どうかお仲間に入れて頂きたい、奥様の庇護のもとに。
ギュイーズ公　君、わたしが誰か分かるか？
ビュッシイ　はあ？
ギュイーズ公　わたしの方では君の事は知らない。誰の色男になるつもりなのだ？
ビュッシイ　色男ですか！
ギュイーズ公　そうさ、お前のご婦人に対する態度があまりに生意気だから。
ビュッシイ　〔傍白〕生意気だと！　お前ときた！　ギュイーズ公だな。だが、このような言い方はさすがのギュイーズ一党だって口にしないものだ。お前か！　この分だとどうやら嫉妬していなさるらしい。公爵殿、そこが盲点なのだな？　それならもう一度話しかけてみよう。〔公爵夫人に〕畏(おそ)れながら、奥様にはお見知り置き願いたく。
ギュイーズ公　言い寄るのはやめろ。やめないとお前の喉元を掻き切ってやるぞ。
ビュッシイ　わたしの喉を掻き切る？　それより砥石を切ったらよかろう！　若いアクシウス・ナヴィウスが剃刀の刃で砥石を切ったように、(16)舌でわたしの喉を切ったらいい！

わたしの喉を掻き切るですと?
ギュイーズ公　この手でお前の喉を掻き切ってやる。
ビュッシイ　貴方様の御手はそんな事はなさいませんよ。ギュイーズ公爵、貴方様はもうすでに多すぎる程の人の喉を切り、(17)王国から何千もの人々の生命を奪ってしまった。貴方様ご自身よりずっと尊い人々です。さあ、奥様、お話を続けて下さい。
〔公爵夫人に〕さ、奥様、お話し下さい。出来ませんか?　お話しさせて下さい、よろしかったら、ご懇意の程を。
〔ビュッシイのせりふの最後の部分で、バリゾー、ラヌー、パイローが登場する〕
バリゾー　ギュイーズ殿の出鼻を挫く(18)とは、いったいこの新入りの洒落男はどういう奴だ?
ラヌー　うん、こいつがダンボアだ。公爵殿はきっと彼を新版の騎士(19)の一人と思い違いしておられるのだ。
ビュッシイ　わたしの喉を掻き切る!　わたしが貴方様に喉を掻き切られるのを懼れていないのと同様、国王陛下も、貴方に喉を掻き切られるのを懼れておられないと存じますが。
ギュイーズ公　その通りだ。
パイロー　おやおや、場違いにも逆上(のぼ)せあがって。
バリゾー　やあ、ダンボア殿の急なお引越しか、債務者牢の騎士用コーナー(20)から公爵夫人のご寝所に。

ラヌー　錦の衣を身につければたちまち大変身か。
パイロー　馬鹿者め、近づいてギュイーズ殿がどういうご身分の方か、しかと見ればいい。
バリゾー　飛んでもない、新しい衣装の効果を見ようじゃないか。結果をとくと御覧じろ、
　という訳だ。
ギュイーズ公　言い寄るのをやめ給え。
ビュッシイ　やめません――奥様、敢えて申しますが、もし女に三人の恋人を持つことが許
　されるのなら、男は六〇人の妾を囲ってもいい事になります。
ギュイーズ公　馬鹿者、そんな侮辱的な言を吐きおって、鞭で宮廷から叩き出してやる。
ビュッシイ　鞭で叩き出す？　そんなことをなされば、私闘を禁じた宮廷の掟に触れますよ。
ギュイーズ公　畜生、覚えておけ、卑怯者。
ムシュウ　まあ、堪えて頂きたい。
ビュッシイ　飛んでもない！　国王のご前でなかったら、公爵を床上のイグサ[21]のように
　叩き散らしてみせるものを。
ムシュウ　それなら夫人に言い寄るのを止め給え。
ビュッシイ　いやだ。公爵がなんと言おうと続けるのだ。言い寄るのをやめ給えだと！
　さあ、奥様、お話しをお続け下さい、何も怖れる事はありません。
　〔ギュイーズ公に〕たとえ貴方がご主君を宮廷から追放しても、ダンボアを追い
　払うことは絶対に出来ません。

ムシュウ　〔傍白〕彼の恐るべき精神は決して鎮まらない。それはまるで大海原のよう、
　一部は自身の内部からの熱によって、
　一部は星々の日夜の動きと
　燃える熱と光によって、そして一部は岸と海底のさまざまな地形によって、
　何よりも月の影響によって、
　逆巻く大波は、鎮まる事はない。
　（すべての力を集めたその精神は、爆発する時）
　穏やかな白い泡の王冠を頂上に頂くまでは
　岸辺に退いて鎮まる事は決してないのだ。
アンリ三世　王手をかけられましたな。もう一局どうです？
ギュイーズ公　もう結構です。
　〔短いトランペットのファンファーレ。ギュイーズ公に続いて国王、ムシュウが囁き合いながら退場する〕
バリゾー　やあ、獅子が糞溜めで鬨(とき)の声をあげる雄鶏(22)の喉に脅かされたか。
　債務者牢の足枷(あしかせ)をかなぐり捨てた奴が、
　勝利の鬨(とき)の声をあげてらあ。
ラヌー　こんな傑作の道化狂言は、見たことないね。
パイロー　ギュイーズ公は奴のことを誰だと思っているのだろう、君どう思う？

ラヌー　もちろん新しく帰化した連中[23]の一人としてさ、そしてあの服は高級服地屋の帳簿に記帳されていたのを引き出したばかりという風だ。
バリゾー　牛攻めを見ていたら、想像力が働いて自分の額からてっきり二本の角が生えてきたと思い込んでしまった男の話を聞いたことがある。この洒落者もムシュウ殿が投げ与えた気の利いた服に喜び過ぎて、自分自身がムシュウ殿に成り上がってしまったと思い込んでしまったようだ。
ラヌー　当然でしょう？　獅子の皮を着てのし歩くロバ[24]が獅子になった気で、騒々しいわめき声を上げげて、自分より大きな動物たちを、森から追い出してしまったのと同じじゃないか？
パイロー　しい、こっちを見ているぞ。
バリゾー　勝手に見させておけ。だが、ギュイーズ公は、奴を包んで放り上げる毛布[25]を取りに行かれたんじゃないかな？
ラヌー　絶対そうにきまっている。
パイロー　だが、もしダンボアがそれに負けずにやり抜いたら？
〔貴婦人たち退場する〕
バリゾー　そう、毛布の中でクルベット[26]を踊ったりして。
パイロー　そうだとも。

ラヌー　ほら、我々の事をじっと見ているぜ。
バリゾー　くわばら、くわばら、退散しよう、
ビュッシイ　見たいだけたっぷり見給え、
　お気に召しましたか？
バリゾー　わたしの感想をお求めでしたら、
　そのお召し物はまるで誂えたようにぴったりだ[27]と思いますよ。
ビュッシイ　その事をからかいながら、陽気に騒いでいたのですか？
ラヌー　君には関係ないことだろう？
ビュッシイ　貴方方が人を馬鹿にする表情をしたり話したりする様を
　すっかり見ていたのだ。覚悟し給え、責任をとって貰うから。
　〔ブリザックとメリネルが登場する〕
パイロー　なんという早とちり！　君は自分だけが話題の中心になり
　笑いの対象になるとでも、
　あるいは我々には君以外に楽しい話題がないとでも思っているのかい？
ラヌー　そんなに逆鱗に触れたところを見ると、
　どうやら君には我々が夢想だにしなかった
　後ろ暗い[28]ところがあるのじゃないかと勘ぐりたくなる。
パイロー　我々は、香水をつけたロバのことを話していたのさ。

そいつは獅子の皮を着こんで、自分が獅子だと思い込んでしまったのさ。

君には関係のないことだろうとは思うけど。

ビュッシイ　君たちのそのあからさまに侮辱的な言い草はこの場にぴったり合っているね。(29)

次に君たちと会う時にはその道化笑いの代償として
君たちの体の貴重な血潮を流すことになるだろう。

バリゾー　命が惜しいから退散しようじゃないか、さもなければ、今にも我々を殺しにかか
りそうな勢いじゃないか。

ビュッシイ　好きなように退出し給え。幽霊になって付きまとってやるから。

君たちは寝ている間もわたしから離れられないのだ。

ラヌー　かまわん、夫人への求愛も続けたらいい。

パイロー　だが覚悟しとけ、我々は君とは一戦を交えるつもりだから。

ビュッシイ　ちぇ、勇気は数など恃(たの)まないぞ！　一対三でやっつけてやる。

ブリザク〔廷臣たちに〕いや、皆さんは数を恃んでこの人と事を構えないで頂きたい。

彼は皆さんの中で最も誇り高い方と肩を並べる程立派な紳士なのですから。

侮辱するような事はなさらないで下さい。

バリゾー　してはいけない？

メリネル　いけません。彼はそれ程豊かではありませんが、貴方方のうちの最上の人より上
等の人間です。彼を侮辱するなんて我慢出来ません。

ラヌー　君もか？
ブリザク　わたしもです。
ビュッシイ　〔ブリザクとメリネルに〕ご親切に対しては感謝しない訳にゆきません。この香水をつけた麝香猫(30)ども（宮廷の則を破って）もう一度我々に向かってニャアと啼いたら、目に物見せてやります。
バリゾー　自信満々の態度なのに我々が受けて立たないとでも疑っているのか。ついてき給え、やろうじゃないか。
ラヌー　さあ、ダンスの手解きをしてやろう。
〔一同退場する〕

第二幕第一場

〔宮廷内の一室。アンリ三世、ギュイーズ公、ボーモンと従者たちがいる〕

アンリ三世　この猛烈な争いは、ダンボアの急激な華々しさと負けじ魂[1]に対する
　彼らの嫉妬から起きたのだ。

ギュイーズ公　どちらも、嫉妬する程のものでもありませぬのに。

アンリ三世　もっと些細なことでも
　「嫉妬」[2]の苦い胆汁を溢れさせる場合だってある。
　嫉妬はトビのように捨てられた臓物を食って生きているのだ。
　臓物の山の中に、もしも邪悪なものが潜んでいると、
　彼女はくちばしを突っ込んで掘り起こし、
　皆に見えるように、まわり中に撒き散らす。
　腐敗こそが嫉妬の栄養だが、貴重な
　聖油をひとたらし注げば、たちまち彼女は死んでしまう。
　人々の中に穢れを見つければ、彼女はそのご馳走を食べて、
　(元気一杯健康になり)、黒い喉も張り裂けよ、と

大声で穢れの噂を世界中に広める。
しかし、ほんのちょっとでもおいしい美徳を味わうと、
すぐに食べ飽きて、すべての体の最も健康な部分を嫌がる
銀バエのように飛び去って、膿ただれた傷口に留まる(2)のだ。
そのやぶ睨みの目(2)を凝らしても、
穢れ一つ見つけられない場合には、何かの穢れをでっちあげてしまう。(2)
まっすぐな物でもひん曲げて、
勇気を気紛れ(きまぐれ)だと、正義を独裁だと言い張るのだ。
智慧者なら彼女を避けることが出来ようが、彼女は自分自身を避けることが出来ない。
彼女は、自分自身の害毒から飛び去ろうとしても
自分の敵をしっかりと自身の腕の中に抱きしめているので、どうにもならない。
だからね、ギュイーズ公、我々は嫉妬だけは避けようではないか。

〔使者ナンシィウス(3)が登場する〕

ナンシィウス　アトラス山やオリンポス山(4)の頂上が、
頂きを覆う(5)木々を突き破って、いかに遥かに高く聳(そび)えていようと、
わたしの語る言の葉は、更に高く風に乗って響き渡る(6)でありましょう。
世界中の人々がわたしの姿を見、わたしの言葉に耳を傾けるのではないでしょうか？
類まれな、そして驚異に満ち(7)た出来事(8)が、

わたしの口から今にも語られようとしているのです。

アンリ三世　ダンボアのもとから来たのか？

ナンシィウス　彼と、他の方々、味方と敵の双方の元から参りました。
彼らの激しい戦いをこの目で見ました。戦う以前と最中に交わされた
言葉も、この耳でしかと聞きました。

アンリ三世　お前が見たもの、聞いたものを、存分に物語るがよい。

ナンシィウス　勇猛なダンボアと二人の勇敢な友人が
決闘の場に現れるのを見ましたが、彼らの踵に接して登場したのが
その名も名高い勇者たち、バリゾー、
ラヌー、そしてピロー、いずれ劣らず武術に長けた面々でありました。
決闘場の中で最も平らな場所に到着した一同、
すなわち三人の挑戦者[9]が
頭を巡らせ、全員が鞘から細身の剣を抜き払って整列し、
受けて立つ三人は挑戦者たちと面と面を合わせて対峙しました。
挑戦者に劣らず用意万端整い、決然たる面持ち。
方々(ほうぼう)から上がる火の手が互いに全体の火勢に加勢する野火[10]のように
互いの勇気に勇気づけられたそれぞれの顔が、
互いを映す鏡のように、

相手の中に見出した生と死の形そのままに、
彼らの中で張りつめた生と死とが入り混じります。
それゆえ、生への希求から死への恐怖は見られず、
死の近さから生への愛着も見られません。
どの顔にも生と死とはどこまでも同一のものなりという
ピュロウ[11]の哲学的命題が大文字で描かれ燦然と輝いているのです。

アンリ三世　相対した時に彼らは言葉を交わさなかったのか？

ナンシィウス　（パリスとスパルタ王が
九年間の戦いを終らせようとしていた時、）
ギリシャとトロイの両軍の大将たちの間に立ったヘクター[12]が、
青銅の槍を掲げて両軍の将に戦いを中断して
彼の話を聴くように合図しました。
そのようにバリゾーが（熟慮の上で）、抜き身の剣で両陣の争いを分け、
六人の大切な命と、六人が発する無意味な諍い（いさか）の言葉を比べて、
相手を赦し、自らも反省しようと提言しました。
さもなければ、自分とダンボアのみが一騎打ちで決着をつけ、
他の者たちの危険は避けようではないかと申し出たのです。
ダンボアは、後の案に賛成しましたが、

バリゾーの友人たちは、(争いの主な原因に
等しく関与していましたので)、バリゾー一人の生命を、
一同の責任ある危険に晒そうとは、夢思いませんでした。
そして(赦し合おうというもう一つの提案については)、
ダンボアは(火にくべられた月桂樹[13]のように
火花を散らし火を噴いて)侮蔑以上の感情を顕に
自らの受けた不当な扱いへの怒りを募らせました。その様は火がついた途端に
消える籾殻か、点火された紙のよう、
その精神は火であると同時に灰であることを証明しておりました。
そこで彼らは籤を引き、運命は籤の行方を
バリゾーが勇猛なダンボアと
ピローがメリネルと、ブリザクとラヌーが対決することに定めました。
そして彼らは炎と火薬のように勢いよく[14]戦闘を交えたので
わたしは彼らが精霊であって欲しいと願った程でありました。
そうであれば、彼らの剣によって傷口が裂けて人間の力では塞ぎ切れなくとも、
精霊であれば傷[15]が開いても忽ち閉じて殺傷することが無いからです。
だがダンボアの剣は(飛ぶ時には稲妻のように輝き)、
先の尖った彗星のように、

男らしいバリゾーの顔面めがけて打ち込まれました。
ダンボアは三度まで剣を引き抜こうとして、その度にバリゾーからの突きを引き出しましたが、バリゾー自身の突きは火のように自由自在でありました。
ダンボアが剣を抜くとバリゾーは突きました、（信じられないことに）
ダンボアは巧妙な目、手、肉体の動きでもって逃れ、
ついに死のように恐ろしい剣先を押し出し
怯まぬ敵に激しく斬りつけました。
敵は（受けた傷により一層勇猛になったので）、
さすがのダンボアも怯んで地歩を少々譲りましたが、
すぐに立ち直り、危険な力を倍増して、
その怒りの剣先をバリゾーの心臓のど真ん中に埋め込みました。
かつてわたしは、アーデン[16]の森で見た事があるのですが、
一本の樫の巨木が[17]、長い間嵐に揺さぶられて、
その聳え立つ梢が、根元の方に身を屈（かが）め、根は
（重みに耐えかねて）ついに弛み、梢はあちらを向いては頷き、
こちらを向いては頷き始めた。（かつては空中に屹立して嵐にしばしば揉まれた）
葉群の巻き毛に覆われたその額を屈めるのを、巨木は嫌がっているようでした。
しかしながら、命と恃む根幹[18]が、突然ぼっきりと折れてしまったので、

樫の木は嵐のようにどうと倒れ、恐怖に冷え切った大地を覆い隠してしまいました。
丁度そのように、剛毅なバリゾーは倒れ伏したのです。
国王陛下が、世界で唯一人の勇者と謳われたナヴァール公[19]と対戦した折り、
十回もの激闘を耐え抜いたかの勇猛果敢なバリゾーでしたが。
ギュイーズ公　ああ、なんとひどい身の毛のよだつ殺戮！
ボーモン　彼程の男を倒した人間なら、
人類が存続する限り[20]
生き延びそうじゃないか。
アンリ三世　そういう人間は得てして早死にするものだ。
〔ナンシィウスに向かって〕お前の報告を聞いて心を動かされたが、知りたいものだ。
バリゾーの対戦相手たちがどうなったのかを。
ナンシィウス　かけがえのない勇者の訃報に、
悲しみと怒りが
雲が湧く上空で合流する二つの反対方向の気流のように、
大地を割って沸き上がり、それらの激情とともに復讐の念が立ち上がると、
バリゾーの二人の高貴な友人は、新たな勇気を揮って前へ進み出ました。
次なる戦闘で友人ブリザクが劣勢に陥り
果敢なラヌーの前に倒れたのをダンボアは見ました。

わたしはかつて若き日に、アルメニア[21]に旅した時に目にしたのですが、
一角獣の額にある宝石[22]を狙う宝石商人が、木の陰に隠れる前に
怒った一角獣が満身の力をこめて
全速力で追いつき
立派な角で宝石商人を
突き刺し大地に縫いつけてしまったのです。
そのように、ダンボアは走りかかってラヌーに復讐を遂げました。
ラヌーは、顔面に鋭い剣先が迫り来るのを見て、
後ずさりして仰向けに倒れました。
倒れる時に、敵の勢いに乗った剣が彼の心臓を突き刺して止まりました。
その時までに、残りの二人の勇者の玉の緒は
断ち切られ、二人ながらに倒れました。
二人の魂は天高く飛び、視野に入った
獲物を狙う猟犬のように名誉を追っているでしょう。
そして今や、六人の中で唯一人、ダンボアだけが無傷のまま
他の者たちが流した血潮の海に、立ち尽くしたのであります。
アンリ三世　彼以外の者が、一人残らず殺されたのか？
ナンシィウス　彼以外の者は、一人残らず殺されました。

彼は、友人たちのまだ暖かい命の中に跪き、
（その剣が雨と降らせた血潮で、全身血しぶきの模様を点々とつけたまま[23]）
二人の青白い唇に口付けし、双方に別れの言葉を告げました。
ご覧下さい。フランスの大地が生んだ最も勇猛な男が参りました。
〔ムシュウと武装を解いた[24]ダンボアが登場する〕
ビュッシイ　いよいよその時です。殿は高貴なご身分に相応しい友情を約束して下さいました。その約束を立派に果たして、陛下のお赦しをわたしめの為にお取り付け下さい。
ムシュウ　さもなくば、天もわたしを罰しようぞ。勇敢なる友よ、さあ、参れ。
〔二人はアンリ三世の前に跪く〕
もしも、一つ腹から生まれた兄弟同士であるという肉親の情と、
国王の臣下への義務が対立するのが自然だとするなら、
どうか、肉親の情が国王の義務と一つのものであることを
証明して頂きたい。あるいは、真の君主の務めとして、
肉親への義務を果たすことで、
王権の権威を更に高めて頂きたい。つまり
（真の美徳のうちでも特別な）兄弟愛に免じて、殺人を赦すという、
王の身分でなければ出来ないことを敢えて実行して頂きたいのです。
アンリ三世　弟よ、お前の願いは分かっている。

だが、この恣意的な殺人は、王の認める範囲を超えている。

ムシュウ　高貴なる殺害には
恣意的殺人という汚名を、着せられません。
それは一種の正義なのです。法の範囲を
超えた罪を犯す者の命と、（その者を
実定法[25]より優れた）自然法[25]で以って、罰する者の命は
同じ重みがあるのです。（実定法の正規の法令が、過ちに相応しい
満足のゆく規則を定めていない以上）
実定法が、人間の真の勇気ある人間に任せていたものを
自由な人間の傑出した勇気が引き受けて
欠落した部分を補うしかないのです。

アンリ三世　それでは、不正や害を受けたと考える人間は、その考えに理があろうと
なかろうと、法を私物化して、暴力行為に及びたい誘惑に駆られるではあるまいか。
（たとえ正義からのものであっても）この決闘が赦されれば、
単なる虐殺者であっても、自らを法の不足を改善し
補うものであると、名乗るのではなかろうか？

ムシュウ　飛んでもございません、陛下。正しい人の決闘が赦されれば、
臆病者は怖くて真の人間[26]の名誉を傷つけるような事は致しません。

真の人間だけが、法の不足を補う事が赦されるならば、[27]
正義は、正当な復讐者と、殺戮好きの輩を峻別するようになるでしょう。
もしも我が友が殺され、その敵が生き残れば、
殺された名誉が、更に一つ増える事になります。
名誉が抹殺された為に、友は復讐しようと決心したのですから、
敵を殺すのは当然の事であります。
名誉の命に比べれば、劣った価値しかない敵の肉体的生命を奪うことで、
生命より尊い名誉の命を救ったのですから、
この決闘は、恣意的な殺人とは申せません。
敵は自らの罪の贖いとして、肉体を犠牲にする義務があったのです。
我が友は、自らの名誉を守るというその正しさにおいて、
幾万の殺戮者の攻撃にもかかわらず、
生き永らえるに相応しい人間なのであります。

アンリ三世　もうよい、弟よ、立ちなさい。
そして友人を死の淵より命へと引き揚げるがいい。
一方、ダンボアよ、（当然与えられるべきであった死を生き延びたのであるから、
その試練に、より己の品性を高めるように）浄められてこのような汚らわしい行いに
二度と手を染める事のなきよう。死を逃れたからといって、

蛮勇をふるって、再び暴力沙汰に及ぶ事は決してならぬ。
ビュッシイ　陛下、理なくして人を殺める行為と圧制を憎む点にかけて、
わたくしは、法に退(ひ)けはとりませぬ。
いささかの勇気と行動を起こす力を
我が身に備えておりますゆえに、
圧制に甘んじる事は、出来兼ねるのでございます。
(もう一度膝を折りまして)〔と、再び跪いて〕、
お慈悲にお縋りして、頂いたこの短い命を二倍に致せば、
陛下の寛大なお心は、百倍にいや増し、わたくしは、
神と自然がこの身に与えたものを償うことが出来ます。
(正義の法に反する事のない)わたくしは自由でありますので、
いかなる法も、不法にわたくしの命を法の奴隷とすることは出来ません。
わたくしが貶められ、法によって名誉を回復出来ない場合には、
(人間は本来そう創られているように)自分自身が王として振舞い、
法を越えた正義を行うことをお赦し下さい[28]。
もしもこの身に加えられました不正が、一人の人間の勇気の手に余り、
正義で贖う事が出来ない場合には、
陛下ご自身がわたくしの王となり、

法と自然を凌駕して正義を行なって頂きたい。
そのような王は、ご自身が法であり、法を必要とせず、
いかなる法を犯すことなく、真の王であらせられます。
アンリ三世　望むものを享受するがよい。
わたしが与えるのは王権の及ぶ範囲のものに限るが。
〔王、ボーモン、お付きの者たち、ナンシィウスが退場する〕
ビュッシイ　ムシュウ殿によって与えられましたこの生命は、永久に殿のものでございます。
ギュイーズ公　なんてことだ、あんな殺人を赦すとは前代未聞ではないか？
〔退場する〕
ムシュウ　さあ、宮廷の余興で恐怖を消し去ろう、
余興に参加する為に、この香油で身を浄め身繕いするがよい。
ビュッシイ　ご厚意に、いかにしてお報いする事が出来るでしょうか。
ムシュウ　最後まで忠誠を尽くして呉れ給え。
わたしは友人を救うことで王国を獲得する程の働きをしたのだから。[29]

第二幕第二場

〔モンシュリ伯邸の一部屋。モンシュリ伯、ムシュウ、タミラ、ボープレ、祈祷書を手にしたペロ、シャルロット、パイラがいる〕

モンシュリ伯　彼が赦されるのは確実だな。

タミラ　そうでなかったら、お気の毒ですわ。
あの方の果敢な精神は、どこかやり過ぎの所があるけれど、
偉大さゆえの過ちは、いつも大目に見られるものですから。
でも、あんなに急に廷臣として出世なさった方は、見たことがありません。

ボープレ　あまりに急なので、礼儀知らずな感じを与えてしまうのですわ。

タミラ　本当に。陛下の御前にいる事や、人々の身分というものを
全然弁(わきま)えていらっしゃらない[(1)]、という事を示していますね。
女のこともご存知ない[(2)]。わたしたち皆
(ああいう方に言葉を掛けられるのは、初めてですから)[(3)]、
あちらの方でも、歓迎されるような態度を執るべきなのですわ。

モンシュリ伯　あの人が、公爵夫人に言い寄り、

お前の存在を、無視したのが悪かったのだ。

タミラ　いいえ、公爵夫人をお喜ばせして差し上げればいいのですわ。
夫人の名誉を妬む気持ちは、毛頭ございません。
あの人が、あのように高慢なお顔で(4)
近づいてきたら、そのままやかしの華々しさを、
公爵夫人より厳しく取っちめてやりますわ。

ボープレ　あの、僭越ながら、ここで言わせて頂きますが、
（公爵夫人はわたくしの叔母でございますが）、控え目な方ではなく、
夫である公爵様が
例外的に、あの人の先程の口説きを認めたと考えて
言い寄ってくるのを赦しているのですわ。(5)

タミラ　言い寄るに任せたらいいのですわ。(6)
旦那様が奥様の僕(しもべ)(7)をお認めになっておられるのですから。
あの人は男らしく戦ったけれども、公爵夫人も女性らしくお受けになればいいのです。

［ギュイーズ公が登場する］

ギュイーズ公　ダンボアが赦された。国王の権威はないのか？　法は何処にいったのか？
法がどのように執行されているか見るがいい。まるで荒れ狂う海のようだ。
波は高く躍り上がって勝ち誇り、競って

天を洗い、星々の光をより清らかにするかと思うと、
こちらでは、海面が低くなり、地獄の泥を誰の目にも剥き出しに曝す。
さあ、モンシュリ伯爵、行って
このことについて相談しようではないか。

タミラ　いらして下さい、貴方。

モンシュリ伯　心配しなくてもいい、すぐに戻るから。

〔ギュイーズ公と共に退場する〕

タミラ　そうなさって下さいね。

ボープレ　奥様を、思い悩むにお任せ致しますわ。
お顔色が変わっていらっしゃるようですから。

〔シャルロットとパイラが共に退場する〕

タミラ　〔独白〕もはや隠すことは出来ない。熱く、乾いて、濃厚な蒸気が
〔大地の子宮の中から、
あるいは、大地を覆う外殻の中から生まれると〕[8]、
極端な冷たさが、その蒸気を大地の心臓に押しつけてくる。
蒸気は押し込められると尚更荒れ狂い[9]、
それを閉じ込める牢屋を破壊する力で
神聖な神殿などを突き上げて、空中高く吹き飛ばしてしまう。あらゆる障害が

蒸気の爆発の原動力となり
突然恣（ほしいまま）の情欲(10)が
心の中に迸（ほとばし）る。その激情に対して
今のいままで大事に守ってきた名前も家も
信心さえも抵抗出来ない。命が去る時の死よりも激しく
その激情は心の弦を、ずたずたに引きちぎってしまわずには措かぬ。
ゆりかごの幼時からわたくしの魂の導き手であった
尊いお坊様に
今やわたくしの欲望(10)の仲立ちをお願いしなければならない。

［ムシュウが登場する］

ムシュウ　奥様、まだ、色よいお返事は、頂けないのでしょうか？
タミラ　お返事はもう致した、と存じますが？
ムシュウ　わたしの為でなくとも、ご自分の為にお考え下さい。
その為にはわたしの厚意を無下になさらない方がいい。ご存知ないのだ、
わたしの采配一つで貴女の立場がどうなるか、わたしなしでどうなるかを。
わたしには誰でも出世させたり、引きずり降ろしたりする力があるのだ。
タミラ　そのようなことは、わたくしの関心事ではございませんわ。はっきり申して、
貴方様にわたくしを引き下げるようなことはおさせ致しません。夫の志の

高さこそわたくしの最高の希望なのでございますから。夫がどんなに低い地位に退くことになりましょうと、それはわたくしの望むところでございます。たとえ王侯の求愛をお受け致しても、わたくしの操(みさお)はこの両手の中にございます。

ムシュウ　操、それは一体何です？　第二の貞操、[11]それは何です？　唯の言葉。言葉は失われても、モノ[12]は残ります。バラの花が摘まれても茎はそのままです。損失が目に見えないのであれば大した損失ではない。ね、そうでしょう。失う時にほとんど苦痛がない程度の損失しかないのですよ。弓術家は一本の矢に、つねに二本の弦をつけているそうです。(男女を問わずあらゆる弓術家の中でも、真正の弓術家とも言えるかの偉大な愛神キューピッドが)、事もあろうに、並の弓術家程の備えがないなどと考えられましょうか？賢い妻女なら、夫と愛人の両刀使いは当然でしょう。

タミラ　しっかりしたご主人がいらっしゃるのに、浮気な愛人と掛持ちして二本の弦に頼るなんて、ほんとに賢い奥様方ですこと。

ムシュウ　まだご主人にばかりに頼っていらっしゃるのですか。並の身分の女なら、それもいいでしょう。一人しか相手がないのですから浮気の仕様もない。でも周知のように

貴女はご自分で選んで宮廷で暮して、
いろいろな遊び[13]や、行事[14]にもどんどん参加して、
若い廷臣たちとも、しょっちゅうつきあっておられる。
どうしてそんなことをなさるのです？ ご主人を喜ばせる為？
笑わせないで下さい。もしもご主人を喜ばすことだけが目的で、
ご主人の傍で暮して、操を守るのがお望みなら、
宮廷から離れてお暮しなさい。家で十分ご主人と一緒にいられますよ。
そんなありふれた言訳は、女なら誰でも使う言い逃れです。
ご主人べったりの奥さんなんて、おためごかしを言ってごまかしているのですよ。
「わたしの操が！ 主人が！」などの決まり文句。
はっきり仰ったらいい。「わたしは貴方が嫌いです。
わたしの目には、貴方は見目よく映りません」と仰れば
わたしも納得が行きます。

タミラ では、どうか納得なさって下さい。
本当申して、貴方様がお望みになるようには
貴方様のことを好きになれませんの。

ムシュウ じゃ、さっそくアタックさせて下さい！
（分別がおありなら）この真珠の首飾りを受け取って下さい。

たとえ愛情は感じられなくとも、賢く身を処したらいい。
分別を以てわたしを受け入れて下さい。貴女が愛する方を
貴女から遠ざけるようなことは決してしませんから。
タミラ　でもそれにはあまりに悪条件が付いているので
お買い得の薬という触込みで
毒薬を受け取ることになってしまいますわ。
全世界に等しい価値あるものでも、その贈り物を受け取る訳には参りません。
ムシュウ　なんと酷いお言葉。わたしの顔さえよければ
わたしを失うまいと同じような贈り物を下さる筈なのに。
「わたしの操と夫！」ですか！
タミラ　こういう貴方様のなさりようから
お察し致しますと、殿様、貴方様はお行儀のよくないお方ですわ。
ご婦人方と宮廷の名誉を汚す貴方様の仕業を
陛下に言いつけて差し上げます。レディとして生まれて
身分相応の娯楽を楽しみながら暮そうとしても
恥知らずの殿方の中傷によって名誉が傷つけられてしまうのですわ。
あからさまで、公然の誘惑(15)に耐えなければならないとしたら、
宮廷に我慢して暮す者などありますかしら？

そこにいるのはだあれ？ 〔ペロに向かって〕こちらにいらっしゃい、
殿方が、女主人に浮気を仕掛けている間、
祈祷書に目を向けて、見て見ぬ振りをするという訳ね。(16)
そういう作法を、侍女のお前に教えた事があったかしら？
ムシュウ さようなら、「夫第一主義！」の奥さん。
〔ムシュウが退場する〕
タミラ さようなら、素行の悪いお殿様！
〔モンシュリ伯が登場する〕
モンシュリ伯 今行かれたのは、ムシュウ殿じゃなかったのか？
タミラ その通りですわ、
貴方としては、あの方を捜し出して
尾行なさって当然ですわ。
モンシュリ伯 どうして、何かあったのか？
タミラ 大抵の夫なら、決闘で話をつけるところですわ。
私室でゆっくりもしていられないなんて。
たびたび言い寄られて、もうすこしであの方に
操を汚されそうな目に合わされて。
モンシュリ伯 堪（こら）えて差し上げなさい。

あの方は独身(ひとりみ)のうえに宮廷人で、
そう、それに王弟というご身分だ。王侯たちは
恩赦を与えながら、国会の会期が済むと、
恩赦を取り消してしまう。そのように、王侯の遵法の精神など、
形だけのもので、王侯の大権を行使することで、無効にされてしまう。(17)
大権と法が、互いに相殺してしまうのだ。悪徳を押さえ込むより、
悪徳に阿(おもね)る王侯の方が、美徳の評価で得点が高いという訳だ。
だから、今のところ、ムシュウ殿の出方は我慢なさい。あの方の持つ特権を、
別の男が濫用すれば殺してやるが。だから、安心なさい、
いや、勝ち誇ったっていいのだ、名誉な事だとして。
お前は勝利者として、あの方の元を辞して来たのだから。
お前には、わたしの存在だけが大事なので、
他の男たちの姿が、実際以上に醜く映るのだ。
だが、今夜はよんどころない用事で留守にするが、赦してくれ。
わたしの仕事のことはわかってくれるね。どれ程の責任感をもって
その仕事を引き受けると誓ったかも。
タミラ　ええ、甲斐ないわたくしの愛で
貴方の大事なお仕事のお邪魔をしてはなりませんわ。

でも、貴方、長くはお留守になさらないでね。
ご存知のように、貴方がいらっしゃらないと、わたくしの魂も
わたくしからさ迷い出て、わたくし、死んでしまいますわ。

モンシュリ伯　この口づけによって、わたしの魂を人質として預かっておくれ。
もういちど相まみえるまで。

タミラ　朝にはお目にかかれて？

モンシュリ伯　太陽とともに
更に嬉しいお前の美しさに会いに来るよ。

タミラ　わたくしの太陽[18]が行ってしまう前に、
その太陽が全世界の美を残して下さったのは心の慰めですわ。

モンシュリ伯　もう夜も更けた、本当に。さらばだ、我が光！

〔退場する〕

タミラ　さようなら、我が光、そして命！　でもそれは夫にではない。
ああ、愛情が欠けてくると、
わざとらしい美辞麗句を一杯並べて不足を補おうとする。
そうしているうちに、うら若い生娘は母親になってしまうのだわ。
誘惑に負ける弱い心は子沢山で、一つの罪が別の罪を生む。
愛情は花火と同じで、消える瞬間にこそ最も華やかに輝く。

悪は大きければ大きい程、神々しく見える。
〔ペロに〕もう、お休みなさい、お前の祈祷書を貸しておくれ。
読んでいる振りをしながら聞き耳を立てるお前の真似をする訳ではないけれど。
今夜はお前の手を煩わせる事はないわ。戸締まりをしっかりして
皆にもう休みなさいと声をかけて頂戴。

ペロ〔傍白〕分かりました。でもわたしは奥様がなぜ夜鍋をされるのか
見張っているつもりです。〔退場する〕

タミラ　さあ、夜を司る静かな摂政たち、
音も無く滑り落ちる流れ星、
萎える風、噴水からしたたり落ちる雫の低い呟き、
やるせない心、不吉な安らぎ[19]、
しびれる恍惚、死のような眠り、
人の命を蘇らせる休息のすべての友、
お前たちの力を精一杯尽くして、この魔法の時間を、
宇宙の不動の中心[20]と定めておくれ！　小止みなく回る
時間と運命の怖ろしい車輪[21]を止めておくれ、
そうすれば、今は見えない（創造主の宝[22]である）大いなる実存[23]が、
近づいてくる恋人とお坊様とわたしだけに姿を顕す。

二人が来る、ああ、やって来る！　一つの事への憧れと希望が
一度にわたしの中で闘っている。
わたしは最も嫌悪するものを愛し、死に至るものを[24]
手に入れなければ、生きていられないのだ。
なぜなら、愛は愛で報いなければ憎むべきものになり。
わたしが愛する人は、わたしが女の道を捨て、美徳と評判から逃れ
無名の見知らぬ男(ひと)に狂ったように走り寄るのを見たら、
きっとわたしのことをお嫌いになるわ。
〔地下道への扉が開く〕
ほら、ほら、深い穴の入り口が開いて、
わたしとわたしの評判を永遠に飲み込もうとしている。入って、
自分自身を投げ捨てましょう。これまでの自分自身がなかったかのように。[25]
〔タミラが退場する〕
〔奈落からコモレットとダンボアが上がってくる〕
コモレット　さあ、（その男らしい為人(ひととなり)をずっと前から憎からず思っておった）
お前が、かのやんごとなき方の憧れ多い
愛を受けるに至った事は、わたしには望外の喜びだ。
お前は智慧と勇気の限りを尽して、

あの方のか弱さを、支えて差し上げたらよい。あの方の真価と徳性は
お前も心得ている筈だ。知る者すべてが口を揃えて褒め称える
あの方の評判は、周知のものだから。
お前も弁(わきま)えているだろうが、欲望から湧き上がる愛情の嵐を
理性で鎮めることは出来ない。
あの方は、愛欲を満たしたいと願っておられるが
(さもないと不満が残るから、どうしても満たされずには措かぬのだが)、
あの方の心の平安をもたらす事こそ
肝心ということが分かるであろう。
そして(わたしの智慧が、教えて進ぜる口実の元で)(26)、
お前の方から一方的に働きかけた恋であり、
巧みにしつらえた(27)愛の駆け引きの世界で、お前だけが、
発端の仕掛け人(28)であるという振りをしなければならないのだ。
ビュッシイ　敬愛するお坊様、どうか口実を教えて下さい。
後は上手くやりますのでお任せ下さい。
コモレット　よし、よし。(お前が殺害した)バリゾー殿は
あの女(ひと)にいたく執心しておった。そしてあらゆる手を使って
受け入れて貰おうと、せっついておったが、

中でも、バリゾーの血潮で書かれた一通の手紙が
あの女の手に残されておるのだ。
だから、お前は次のように言えばいいのだ。
つまり、バリゾー殿は、陛下のご臨席での
お前のギュイーズ公爵夫人への求愛も、
実は自分が心に選んだ
恋人に向けたものだと想像した。
だから、あの方に真実を説明する為にわたしを手引きにして、
(わたしの指示に従い)、夜更けを選んで参った、とそう言えばよい。
それはお前のぶしつけな訪問が目立つのを
避ける為であり、そうする事であの方の手から
そのような恋人の血を拭い去る為でもある、と言えば良い。
あの方は、お前に深く感謝してもてなしてくれるに違いない。
(恐らく)、まず十中、八、九まで間違いなく
バリゾーの血潮で書かれた手紙を、証拠としてお前に見せるであろう。
噂とともにあの方が作り話を拵えたのだ、とお前に思わせないように、な。
そうすれば、お前は回り道をして、真っ直ぐなものを
手に入れることになる。そういう手を使う必要があるのだよ。

なぜなら真っ直ぐなものは曲がっているし、
恋は飛び去ると見せて近づいてくる。(29) 恋の勝利も
否定することによって勝ち取ることが出来るのだ。

ビュッシイ　有り難うございます、お坊様。

コモレット　彼女がいささかでも恋心を抱いているのを、お前が知っていることを、
夢あの方に知られてはならぬぞ。
というのも、わたしの言葉を覚えておくがいい、
女人は何か一人でやろうとする時
本心を偽っても、偽ったとは思わぬものだ、逆に、
本心を隠したり、ちょっとすねて見せたりする機会がないとなると、
たとえ望みを遂げても、満足感を味わうことが出来ないのだ。
男に、彼女の方では少しも求めてはいない、と思わせる事が
女にとっては、欲しいものすべてを手に入れること以上の快感なのだ。
この弱点は、女人という性にはつきもので、
それを直そうとしても、理性は混乱するばかり、
女に理性を強いても、少しも上手くいかない。
女の場合、(体の各部に栄養を運ぶ) 気紛れな気分から
生まれる情熱を、滑らかに運ぶ為に、

まず情熱を満足させなければならぬのだ。
しい、静かに。
〔タミラが祈祷書を手に登場する〕
タミラ 〔傍白〕よそよそしくすれば、あの人は身を退くのじゃないかしら。
退けば、わたしは死んでしまう。それだけは防がなくては。
わたくしの姿をちらと見せて彼に積極的になって貰わないと。
それが一番大事なこと。彼が一歩前に出るたびに
心臓が止まりそうになるけれど。
よそよそしくないと思われる位なら死んだ方がまし。冷たい素振りこそ大事なの。
コモレット 奥様
タミラ ああ、
コモレット お赦し下さい、
奥様にとって思い掛けなく、
(しかも訪問には相応しくないこんな時間に)
(品性卑しからぬ友人を伴って)お訪ね致しますことを。
ご存知のように、わたしはどんな時でもこちらに
出入りの自由を認められておりますが、この友人も
何処からみても、わたし同様

歓迎されるに相応しい、立派な人物と
確信致し、連れて参りました。
タミラ　おお、教父様、こんなうろんな時間では、
毛筋程の大きさの影だって、疑いの的になる場合では
どんなにいい方でも、わたくしたちのことを疑ってしまいそうです。
お坊様のせいですわ。とりわけ
夫が他所に泊まる今夜に限って？　主人がいない時は眠れないので
今夜は起きているつもりです。
すべての扉を閉めても、すべての召使たちが
ぐっすり眠りについても、一者[30]がおられます。
すべての者の上に座し、その目は眠りによって閉じられる事はありません。
その目は、扉も、暗闇も、わたくしたちの想いも突き抜けて見通すのです。
ですから、その探る目に射竦（すく）められた、わたくしたちは
誤まった想いを抱かないようにと懼れ惑（まど）い、
他の人に悪く思われそうな原因を避けたいと
細心の注意を払う[31]のですわ。
ビュッシイ　奥様、飛んでもございません。わたしはただ、
こちらの尊敬すべきお坊様から、貴女様の良心が

バリゾーの血潮が貴女様のお手を汚したという
偽りの噂のことを苦にされていると伺ったのです。
わたくしが大胆にも公爵夫人とお話したのは
本当は貴女様への求愛であったとバリゾーが想像して
決闘を行ったのであると。（貴女様の細心の名誉心が
一層用心深くなる）こんな時間に敢えて
お坊様のお供をしてこちらに参ったのは、そんな噂は嘘であると申して、
貴女様の良心を安らかにして差し上げたいとの思いからなのです。

タミラ　その為にわざわざお越し下されたのですか？
ではお二人に申し訳ないことを致しました。
お出で下さって本当に助かります。
手持ちのものは、ご要望にお答えして
なんでもお見せ致します。
確かに、わたくしへのあの方の愛が
決闘の原因であるという噂が広まっておりますの。
あの方が宮廷風の恋愛を執拗に仕掛けたことを、
ご自分の名誉として自慢していると思って頂かない為に、
彼がそのようなつまらぬ目的で自身の血で書いた

手紙を貴方様にお見せ致しますわ。どうかお入り下さい。

お坊様。ほんとうに有り難うございました。

〔タミラとビュッシイ・ダンボアが退場する〕

コモレット　では、ご機嫌よう。

〔コモレットが奈落に下りてゆく〕

第三幕第一場

〔モンシュリ伯邸の一室。ダンボアと真珠の首飾りを手にしたタミラが登場する〕

タミラ　ああ、愛しい貴方、貴方に抱きしめられて
わたくしは、四方を敵に囲まれている自分の名誉と、生命に通ずる
危険な扉を、すっかり開け放ってしまいました。
以前は、死と地獄に対して、しっかりとこの身を守っておりましたのに、
今では、ちょっとした人影にも、ふとした一言にも気弱く恐れ戦いて、[1]
気丈さは何処へやら、ポプラの葉のように震えてしまう。[2]
一点の曇りない良心は、どっしりと自信に満ちていますのに、
罪ある身は、この上なく弱いもの。
ああ、罪は、わたしたちの囲りに危険な包囲陣を敷き、
わたくしたちを征服して、猛威を揮っています！[3]
それは暴風雨と入り混じった
冬の雷の怖ろしさに似て、
地上には動くものの気配さえなく、

荒れ狂う嵐の激しさしかない。
罪がわたくしたちの頭上に、その兵を集結させる時[4]、
いかなる屋根も避難所も、わたくしたちを守ってはくれず、
わたくしたちは、罪の想いに、ただ頬を恐怖や悲しみの涙に溺れさせるだけ。

ビュッシイ　奥様、罪は臆病者で
こちらが弱いと見れば、勇気百倍、
わたしたちを支配して勝ち誇るのです。
そしてわたしたちは、無知な為に気が弱くなり、
無知が創り出すさまざまな影に脅かされてしまう。
わたしたちが誤まり易い判断で[5]、形のない[6]、実体もない雲から、
勝手に龍や獅子や象などの姿を創り出すように[7]、
罪は、似ても似つかぬものを、狡猾さによって[8]
村祭りの小銭稼ぎの見世物みたいな怪物に仕立ててしまうのです。[9]
狡猾さというペテン好きの老婆は、形のないものを、
見世物小屋の入り口に下げる安物の壁布の絵柄[9]のように、
実際よりも、十倍も恐ろしい姿に塗り変えてしまう。
密会の秘密は、わたしたち三人の間でだけ守られています。そして三人の友人は
ずっと一つに結束してきました。人間の三つの力は[10]

一つの魂の中で、結ばれているのです。
それなら、なんで懼れる必要がありましょう？ 心から誓って申しますが
たとえ苦しみが喜びに勝り、
健康が長患いの病人の嘆きとなると言う、理不尽な事が起きようと、
貴女様の尊い名誉が、わたしのせいで
恥辱となるような事には、絶対に致しません。
（貴女様の美徳にとって神聖な）わたしの人間的価値が
貴女様の価値を公言するばかりか、
君主たちの口からあふれでる力強い翼を持つ、黄金の風[11]という言葉で
貴女様の美徳を、天下に知らしめましょう。
タミラ まるで君主の印籠のように、あの秘密は、貴方の手中に握られているのですね。
〔ビュッシイは退場し、タミラが一人舞台に残り、独語する〕
わたし自身ではなく、差し迫った宿命が、
（まるで大物政治家が、政治的には正しいと判断される
大義の為に、地位の低い小者たちに悪事を犯させるように[12]）
わたしの罪に強いて、自身を正当化させてしまう。
自然全体が、わたしたち一人一人を強い指で押さえつけている時
か弱い女は、どうすればいいのかしら？

まだ仕上がっていない儚(はかな)い蜘蛛の巣を
必然という一陣の強風が、あっという間に吹き飛ばしてしまう。
仕事がわたしたちの力を、まだそれに向けている最中なのに。
垂らされた測深糸に対して、直角に建築石材が積まれるのであって
積まれた石に対して、糸が垂らされる訳ではない。(13) わたしたちは
美徳の道を、常に弛(たゆ)まず歩く事は出来ない。
各部分がすべて同じものなどあるのかしら?
どの日も他の日とは違う。どの時間もどの分も違う。
そう、どの想いも、人生の狂った時計針のように
しばしば文字盤の円周を、逆回りしてしまう。(14)
わたしたちは、ある時はこうだけど、また別の時にはああなの。
肉体は、魂を覆う厚い雲に過ぎないが、
魂は願っても、雲を通して輝くことが出来ない。
あらゆる星は、いや太陽自身さえ、
その美しい光を、わたしたちのもとに届けるまでには、自分の吐き出した
蒸気が過ぎてゆく間、待っていなければならない――だとすれば、
ああ、どうしたら出来るでしょう、太陽に比べたら
太陽の規則正しい光線の中で、あてどなくさ迷う塵に過ぎないわたしたち(15)

地球全体から吐き出される蒸気よりもなお厚い、
黒い情念の煙[16]を弱々しい努力で吹き払うことなどどうして出来るのでしょうか？
〔モンシュリ伯が登場する〕
モンシュリ伯　おはよう、おや、もう起きて服まで着ているのか！
タミラ　そうなの、一晩中
服を脱ぎませんでしたし、一睡もしませんでした。
モンシュリ伯　どうした、何か悩みでもあって
心静かに眠れなかったのか？
眠りが美しいお前を、当然の報償として我がものにしようとしている時に
思い留まって、お前を捕えないなんて事が有り得ようか？
タミラ　貴方によってのみ、わたくしはこの世で力を持ち得るのですわ。
なんの為に、ベッドに向かう必要があるのかしら、
ベッドの慰めがすっかりお留守なのに？
どうして眠りが、わたくしの体を捕えることが出来ましょう、
眼を閉じて下さる、肝心の方がいらっしゃらないのに？
モンシュリ伯　じゃあ、これからは一晩だってお前から離れて寝ない事にしよう、
わたし自身の用事や、国王の用命に
時間を取られて、昼間お前の相手を出来なくとも、夜は毎晩

お前との愉しみに捧げよう。
タミラ　いいえ、貴方のずっと価値ある楽しみの為なら、
わたくしの欲望など、理性で抑えきれない程我儘な存在と
お考えになることはないわ。夫に喜んで頂くことが
妻のあらゆる行為の目的であって、自身の欲情[17]を満足させることが、
目的ではないのですもの。
モンシュリ伯　じゃあ、おいで、お前のきれいな眼が当然権利を持つ
眠りに礼を尽しなさい、今ベッドにゆこうか？
タミラ　いいえ、貴方、お坊様が仰いましたわ
昼間、床に触れる交わりは、
結婚している夫婦でも、姦通といえると[18]。
貴方もあの方を信頼なさって、その重々しく立派な教えに
心から敬服していらっしゃるのはわたくしも承知していますわ。
モンシュリ伯　あの僧侶は学識もあり敬虔なお方だ。
では陛下の御前に出て、偉い勢いのダンボア殿が、
（一夜のうちに、にゅっと生えでた幸運のきのこのように）出世して、
王の寵愛の元で、アトラス神[19]のように聳え立つ姿を見ようじゃないか。
王とビュッシイとの親密さ[20]を、

ムシュウ殿は、ギュイーズ公に劣らぬ激しく深い怨念で嫉妬している。(21)

タミラ　え、昨日、取り立てたばかりのあの方が？

取り上げて、抱えたご当人が？

モンシュリ伯　まさにそのご本人がさ、

この世のすべてのものは、このような結果になるのさ。

自らが働きかけている相手を、自分の似姿にしようとするのだ。(22)

ムシュウ殿は、ダンボアに働きかけてみたが、

ご自分の野心の思惑どおりに動かせないどころか

(全く反対に)、王は、

(ダンボアに抱いた寵愛から) ムシュウ殿の矛先を

ご自分自身の胸に向けさせたので、

ムシュウ殿は外に向けた愛を内側の憎しみへと変えてしまわれたのだ。

王侯からの愛顧は、稲妻の煙のようなもので、

それを抱き締めた者は、かならず焼き殺されてしまうのだ。

〔モンシュリ伯とタミラ退場する〕

第三幕第二場

〔アンリ三世、ダンボア、ムシュウ、ギュイーズ公、公爵夫人、アナベル、従者たちが登場〕

アンリ三世　ビュッシイ、はっきり言ってくれ、お前の公正な言葉は
自分自身より遥かに大きな水鳥を捕まえようとする
勇敢なハヤブサのようだ。追従者は価値ある獲物の代りに
つまらぬ獲物を追うトンビだ。(1) お前はわたしの鷲(イーグル)となり
翼の下にわたしの雷を抱けばよい。(2)
君主の耳には真実の言葉が、宝石のように掛かって貰いたいものだ。

ビュッシイ　王様の耳元に宝石(ジュエル)の代りにユダヤ人(ジューズ)がぶらさがっている姿など
見たくございません。真実を、その敵である
悪魔のように使いこなす追従者のことです。
悪魔が天使に恐怖の地獄に突き落とされ、鎖に縛られているように、
真実も鎖に縛られているのです。真実が君主の耳元を飾ることはめったにありません。
（長靴を履いて行商する魚屋が、干草の束を巻きつけて脛(すね)を保護するように(3)）、
甘言に慣れた王侯たちの長い腸を巻きつけられ保護された

卑しい追従者だけが、鎖に縛られずに自由に動き回っているのです。[4]
ああ、そいつは悪賢い奴です。感染しても気づかれない疫病のように、
例の赤毛の裏切り男の毒より質たちの悪い追従は、[5]
真実の脳髄に入り込み冒してしまい、
隙さえあれば、真実の内臓の中で暴れ回るのです。

アンリ三世　そいつとその輩に飛びかかってやれ。お前を行かせるが、
わたしの鷲イーグルという愛称を改めて進ぜよう。

ビュッシイ　では陛下をたっぷりと楽しませて差し上げますので、
獲物を隠れ場から追い出す為に、(獰猛な動物を狩り出す訓練を受けた)
猟犬を持たせて頂きたいのです。[6]
獲物を捕まえることが出来ない場合には、わたくしが信用を失うだけです。
(神の声と言うべき民衆の声によって選ばれながら)、権力を利用して
公費によって私宅に私有財産を積み上げたお偉方をご紹介下さい。
そうした権力者は、施し物を集める乞食の木鉢を持つ身分から成り上がって、[7]
国王の施政に影響を及ぼし、その結果、苦しむ国王以上に支配力を揮ふるうのです。[8]
権力者は、手下の下郎たちを王侯とし、
(薪木を積み上げる材木商のように) 自身と手下たちを徐々に出世させ、[9]
お互いを地面から尖塔のてっぺんの高さへと押し上げるのです。

権力者は、変化の神プロティウス(10)の法のように、
変転きわまりない運命の小車という危うい支えに乗せてこそそと事を運び、
秘密裡に事を遂行しつつ、自らを正当化する為の私設弁護士を雇うのです。
連中の上に襲いかからせて下さい。
ハゲタカ(11)となって奴の肝臓を啄んでやります。
そうすれば（荷下ろしする大きな商船のように）
奴は洗いざらい泥を吐くに違いありませんから、縛り首になされればいいのです。
また、声は雲雀のように清らかな歌を歌うが、心は土竜のように盲目で、
実入りのいい聖職禄を得ながら、邪悪な生活をしている聖職者を教えて下さい。
温厚な風貌なのに、むやみに強欲で
複数の聖職を兼務することで貰い過ぎた収入を
雉子や山鶉などの高価な食材の美食に費やしてしまう。
人々がヘブライ語を後ろから逆に読むように、
聖職禄の最良の部分を本来の用途とは
逆の目的の為に使い尽してしまう。
奴に襲いかからせて頂ければ、先程の輩同様に
そいつにすべての泥を吐かせてやりますので、縛り首にして下さい。
（あらゆる者に対して公正にその所有物への権利を保証するものであり、

強奪と搾取への鞭、隠れ住む学問や抑圧された美徳にとっての
避難所、かつ難攻不落の砦である）神聖な法律を
自分自身の肝臓以外のすべてを食らい尽す怪鳥ハーピー(12)に、
変えてしまう法律家を教えて下さい。
神聖な法律を、法自身が罰するおぞましい罪に、
盗賊と無神論者の集う教会堂(13)に、
血を黄金に、正義を愛欲に
変えてしまう法律家を教えて下さい。
そいつに襲い掛からせて下さい。他の輩と同様、
そいつにすべてを白状させ、縛り首になされればいいのです。
ギュイーズ公　お前が襲い掛かろうという獲物を、何処で見つけるつもりなのかね？
ビュッシイ　獲物の一つは、貴殿のお屋敷の囲りで探すつもりです。

〔モンシュリ伯、タミラ、ペロが登場する〕

ギュイーズ公　えい、お前は思い上がった悪党(14)だな。陛下の早まった(15)ご寵愛に
有頂天になりおって。黙れ。陛下のご支援を頂きながら、
その毒のある息で、殺人的蛮勇を揮って
俺を攻撃しようなど、以(もっ)ての外(ほか)だ。
ビュッシイ　国王陛下には、貴殿とわたしとのこの闘いにだけは、御前試合の御許しを

頂きたい。貴殿は、王侯方にのみ許される紫の衣[16]に身を包むことで
民衆の人気を得て陛下に対抗しておられるようだが、
王侯方と臣下との間の神聖な距離を尊重して
その紫の衣を脱がせて進ぜましょう。
モンシュリ伯　静かに、静かに、口を慎みなさい。
ビュッシイ　最初に喧嘩を吹きかけた側こそ
まず静かにして頂きたい。
モンシュリ伯　貴方より身分が高いお方だ。
ビュッシイ　だからと言って、最悪をなしても、いいのでしょうか？
モンシュリ伯　多くの肩書きを備えられた方だ。
ビュッシイ　ヒドラ[17]だって多くの頭を備えています。
モンシュリ伯　高名なお方だ。
ビュッシイ　民衆あっての高名さだが、わたしの名はわたし自身のものだ。
モンシュリ伯　高貴のお生れだ。
ビュッシイ　そうではない。高貴なのはわたしだ。
高貴さの源は家柄にではなく
本人の内的価値にあるのだ。
ギュイーズ公　お前の出自は高貴どころか

アンボア枢機卿[18]の私生児だ。
ビュッシイ　嘘だ、高慢なギュイーズ公殿。陛下、攻撃させて下さい。
アンリ三世　余の面前では許さぬ。我が鷲（イーグル）よ、暴力は
　君主の眼の届く聖域は避けるものだ。
ビュッシイ　それでも我々は批判し続けるのですか？　はみを噛まされて逸る馬のように
無念の泡を吐きながら？　ギュイーズ公一族は支持者に頼って[19]権勢を誇っているに過ぎ
ないのではありませんか？　一本立ちは出来ないのですか？　彼は人間の偉大さは外面
的な称号や名誉にあるという意見の正しさを、証明しようというのでしょうか？
公爵には、隊長として[20]、わたしを戦場に導いて頂きたい。
ギュイーズ公　よし、後に続け。
アンリ三世　二人を制止せよ、ダンボアを押し止めよ。従兄弟のギュイーズ公、
　公正な眼力をもっているそちにとっても、
　かくも善良な男一匹耐え難いというのか？
　そこからの堕落があらゆる争いの始りである、
　生得の高貴さのままに、その人間性を保持せんとひたすら願っている男なのに。
　自らは（富や名誉などの外面の飾りを持たないが）、
　最も偉大な者に匹敵する価値を備えている事を弁えている男だ。
　すべての人間がダンボアのような生得の高貴さを備えていたら、

君主といえども他の者どもに凌駕する優位性は持ち得まい。
また　すべての人間が、ダンボアのように、
堕落以前の「自然」の本性を備えていたら、
もともとあらゆるものを「わたしのもの」とか「貴方のもの」といった
はっきりした所有権の表明なしに与える
完全に公平な「自然」の手が、不当にも「運・不運という偶然の無秩序」の手に変わっ
てしまうこともなかったであろう――
すべての者がダンボアの度胸と才能と純真な魂によって
一つに結ばれていたら、
いくら悪意や破壊への意志を以て突き崩そうとしても
サトゥルヌスの黄金時代[21]を形作る
黄金の薪束をかき乱したり、
薪を引き抜いたりする事は、出来なかった筈である。
ゆえに余の手は、分裂や和解を司るヘルメスのへび杖[22]となって
余に仕え、余を支持する臣下としてお前たちを結び合わせよう。
ビュッシイ　これが、陛下のお考えなのですから、我々がすぐに態度を改めて
陛下の御意にお応えして二度と揉め事を起こさないと決めたからと言って
女々しいなどと思う輩は（最も悪意ある者の中にも）いないでしょう。

ギュイーズ公　異議なしだ。君が旗印にしている
　その男らしい率直さを、今後は
　悪口言い放題の言訳に使わないで貰いたい。
　君のその手はヘルメスの平和の鞭気取りらしいが、
　名実ともにそうだと証明してくれれば、わたしもそれに従う印として
　君の神聖な右手の上にわたしの右手を重ねよう。
ビュッシイ　結構です。閣下が傲慢な態度をお執りにならず、
　無礼な言葉で、人の自由を苛むのを
　ご自分の特権とお考えでないならば、
　わたくしの手は（正しい平和に身を捧げ尽した印として
　月桂樹の葉ですっかり飾られているのですが）、
　心からの恭順を表して、
　閣下の御手に口づけ致します。
アンリ三世　お二方とも忝（かたじけ）ない。
　両人を宴に招待して
　愛の固めの杯を重ねよう。
　お美しい貴婦人方にも、是非ご出席賜りたい。
　〔アンリ三世、ビュッシイ・ダンボア、貴婦人たちが退場する〕

ムシュウ　わたしが目をかけて奴を取り立ててやった返しに、煮え湯を飲まされてしまった。
ギュイーズ公　ビュッシイが掲げた旗は、風を孕(はら)んで
　我々の帆が束になっても叶わぬ高みにはためいている。
ムシュウ　順風満帆てとこだ。
ギュイーズ公　引きずり下ろさねば。
　成り上がり者に、王冠の近くに座らせておく訳にはゆかぬ。
ムシュウ　全くだ。俺の大甘(おおあま)の手は（ユーノーのように）大地から
　この巨人を掘り出してしまった。(23)
だから、ゼウスの雷に高慢ちきな奴を打ち倒して、
エトナ山の麓に埋めて貰わなければならぬ。その為に
手を貸して貰いたい。大威張りでのし歩いている
こ奴に罠を仕掛ける計画を練ろうじゃないか。
わたしの考えでは身分の高い女を罠にするのが一番。
成り上り者を捕まえて
だらしなく落とさせるのにこれ程有効な罠はない。
すべての男にとって、起(た)つのは女と転ぶ為という訳だ。
大物の賢い男が、己の優位を確保しようとして道を誤まるのには
まずは女が絡んでいる。最も相応しくない女が

男の蝋燭を掲げることもある。(24)
彼女たちは男たちのあらゆる弱点を支配して把握しており、
そのまた侍女たちが女主人たちの後ろ暗い部分をすべて把握し、
熟知している。黄金を握らせれば
イチコロの侍女たちの口を通して
我々は宮廷の隠された秘密を探り出すことが出来る。
雄鹿は（年を経るとねぐらや通い路を巧妙に選ぶようになり）
決して見つからず、弓や銃や猟犬に身を晒すこともないが、
（何処かの藪の後ろで）(25)油断して(26)雌と盛っていると、(27)
その場所を目につけられ、番っている最中に捕まえられてしまう。
だから我々も探りを入れるのに最適な手段を試みようではないか。
宮廷で一番身分の高いご婦人方の侍女たちに
上辺だけの好意や口約束の大判振舞いで近づいたらどうだろう？
口先だけの約束だが。もし何かの贈り物を実際に振舞えば
もっといいことがあるのではないかという連中の期待は更に高まる。
やってみる価値は十分にあるだろう。
ギュイーズ公　勿論だ。
探りを入れる方法として最高だ。

ムシュウ　すでに俺は川の氷に穴を開けて、手始めに、
　君の奥方の伯爵夫人の一番信用出来る侍女に話をつけておいた。
　なんとか川を渡り切って奴の弱みの暴露まで漕ぎ着けたいものだ。
モンシュリ伯　殿は彼女(あれ)とお話下さい。折よく参りましたから。
　我々は他の侍女と話をしますから。
　〔シャルロット、アナベル、ペロが登場する〕
ギュイーズ公　丁度いいところで会った。
アナベル　いえ、失礼致します。
モンシュリ伯　控えめ過ぎるな(28)、え？
アナベル　いえ、不調法者でございますので。
シャルロット　失礼致します！　お姪御様がお待ちでございますので。
ギュイーズ公　彼女(あれ)のことなら叔父のわたしに任せて(29)おきなさい。
ムシュウ　よく言った。あらゆる手を使って口説(くど)こうという一念だな。
　――ところで、他でもないがペロ、奥様の身辺のことで何かあったら
　知らせて欲しいと頼んだことを覚えていてくれたかな？
　臆せずに話して欲しい。
　約束どおり、礼はかならずするから。
ペロ　お誓いになったお言葉を恃みにお話しします。と申すより、

奥様はわたくしを　信用して下さいませんので、
お話するのですわ。したからといって、
裏切ったと、非難される謂れはございません。
ムシュウ　どっちみち同じことだ。こちらにはお前を裏切る気はないのだから、
さあ、話してくれ。
ペロ　本当申しまして、意外なことを見つけてしまいました。
ムシュウ　でかしたペロ、その言葉を聞いて生き返る思いだ。その秘密をわたしの口から
漏らすようなことをしたら、この身を大地に生き埋めにしてくれても構わないぞ。
ペロ　では打ち明けて申しますと、昨晩、ご主人様は泊まりで留守、
わたくしは奥様が起きていらっしゃるのを不審に感じ、真夜中に寝所から
そっとぬけだし、(前もって壁とアラス織りの壁掛けに穴を開けて置きましたので、
その穴から部屋の奥を覗きますと)、ダンボア様と奥様が親しげにご一諸におられる
ところで[30]ございました。
ムシュウ　ダンボアと?
ペロ　間違いございません。
ムシュウ　お前が夢を見たのじゃないのか?
ペロ　いえ、絶対にあの方でした。
ムシュウ　奴は悪魔で、お前の奥様がその連れ合い[31]なのだ。

狙い撃ちしたって、こんなに命中することってまずない！
糞忌々しい偽善の御本尊に命中した訳だ！
ああ、女の言葉と心の間のなんたる乖離か。これが我らが貞潔の女神か？
俺はあの女(ひと)が男に不自由していたら、[32]
あれ程この俺をすげなく追い返す筈はないと睨んでいた。
だからこそ、こうして侍女を遣って探りを入れたんだ。
――ペロ、今後ずっと取り立ててやるからな。だが、ものは相談だが、
――度肝を抜かれてすっかり動転してしまったが――
なあ、ペロ、奥様の男の手引きをしだのは、何処の何奴(どいつ)だろうね？
だって、ドアの鍵はみんな閉まっているのだから、どうやって入ったのだろう？

ペロ　その点がわたくしにも不思議なのでございます。いくら調べましても
そこまでは推量が及びませんでした。

ムシュウ　そうだな、その点は考えないことにして頭を休ませよう。だって我が心に固い
ダイモンドのたがでも嵌めておかない限り、そのことを想像すると心がバクハツしそう
になる。ちょっと聴いて貰いたいが――
〔とペロに囁く〕

シャルロット　誓って申し上げますが、お仕えしておりますお姪御様のことで
わたくしに考えられますのは、イギリス人の殿方[33]に対してとても強い

好意を抱いておられるということだけでございます。

ギュイーズ公　そうか？　わかった、だが話して貰いたいが――

〔とシャルロットに囁く〕

モンシュリ伯　君、質問に答えて貰いたい――公爵はまさかわたしが夫人に言い寄っているなどとお考えでは――ダンボアが夫人に密かに近づいているようなことは？

アナベル　いいえ、ダンボア様は夫人のことはお気にかけておらず（と夫人はお考えで）伯爵夫人かボープレ様があの方と秘密のお付合いをされているのではないかとお疑いです。

モンシュリ伯　有り得るお疑いだ、しかも注意深くご覧になればどうも核心をついたお疑いのようだ。ことに妻に関しては。

ムシュウ　〔ペロに〕さ、ちょっとお前を口説いていた振りをしよう――だめだ、お前なんか、手のひらの乾いた不感症の女など[34]に用はない。肝臓はビスケットみたいに固くなってしまっているし、ずっといっしょに航海したってガミガミ怒鳴るだけで色気のイの字もありはしない。

ギュイーズ公　ヤマアラシを飲み込んでしまってから、針を吐き出す女もいるようだね。

モンシュリ伯　そうかと思うと、アルプス連峰の一つを貪り食ったらしく、すっかり腹がふくれてしまって、色気の方がすっかり冷え切ってしまった女もいる。

シャルロット　わたくしどもにしたって、触れなば落ちん風情なんて言われたくございませんわ。婚姻という梯子を掛けて摘んで頂かなければ、わたくしたちは腐るまで枝に下がったままですわ。

ムシュウ　そう、そういう風に君たちは割れカリン(35)になってしまう。でも、君たちには望む夫に相応しいモノ(36)がないからな。

ペロ　モノでしたらございますわ。殿下の地位をもってしても贖えないモノはもっております。

ムシュウ　え？　そのモノとはなんだね？

ペロ　わたくしの謎々を解いて下さいませ。

ムシュウ　君ぃ、君のモノは本当に謎々だな、隠し持っているから見つけられる男はいない。何だか話してくれないか。

ペロ　かしこまりました。

それは何でしょうか(37)、一番珍しいもので、一番お安いものは？

種を蒔いても決して刈り取らないものは？

大きくなった時に、取り込まれる(38)ものは？

勝ち得た時に失うもの、

一番ありふれている時に一番高値がつき、

一番遠い時に一番近いものはなんでしょう？

ムシュウ　それは君の持参金？

ペロ　いえ、別のものの事でございますよ。
ムシュウ　その謎々は解けないな。
ペロ　そんなことはございません。誰にも穴をあけたり弄(もてあそ)んだりすることが
　出来ない乙女のわたくしの大事なものですわ。
ムシュウ　君の大事なもの？　終りに言った点から始めよう、どうして
　女の操は男から一番離れている時に一番近いのかしら？
ペロ　それは、もし手に入らないと、そのことばかりが心を占めるので、
　近い存在になる。でも実際には
　手の届かぬ遠い所にあるという訳ですの。
　ではごめん下さい。
　〔女官たち退場する〕
ムシュウ　さよなら、謎々屋さん。
ギュイーズ公　さようなら、カリンさん。(39)
モンシュリ伯　ご機嫌よう、冬スモモさん。(40)
ムシュウ　さてと、皆さん、調査の成果は？　まだ何も芽が出ないのかなあ？
　え、君ならなんと言うかね、モンシュリ伯。
モンシュリ伯　今のところ言えるのは、ダンボアは公爵夫人には近づこうとしないので、
　夫人は、貴殿の姪御様か、わたしの家内がひそかに彼をもてなしているのではないか、

とお疑いということだけですが。

ムシュウ　君の奥方か？　あり得ると思うかね？

モンシュリ伯　飛んでもない、彼女（あれ）はあの男を死に神みたいに避けていますよ。

ムシュウ　死に神？　避ければ避ける程近づいてくるのが死に神じゃないのかな。ダンボア
だって同じこと、そう思わないか？

モンシュリ伯　お答えするに値しないご質問です。女というものは一旦恋に陥ると、
想像力でどんなに奇怪な妄想に没頭してしまうか、
そして欲情を満たす為に、どんなにとてつもない
仕業をやってのけるか、考えると恐ろしい。羊を勇敢に、
獅子を臆病にだってしてしまう。

ムシュウ　そしてロバにも自信をつけてしまう。君のいう通りだよ。
やがて、更なる事実が明らかになるだろう。宴会に行き給え。
〔ギュイーズ公とモンシュリ伯が退場する〕
ああ、女の欲情の計り知れない深い海よ、
いちばん静かな凪（なぎ）の時こそ最も危険なのだ。
表面には一筋の細波（さざ）さえ見えないのに、心の中には、
怪物の形をした雲に隠れた
スキュラの岩や、カリブディスの渦潮[41]という難所が潜んでいるのだ。

そこには一筋の陽光も射さず、どんな農夫も知らない
雑草や毒草だけが生えているのだ。
地獄の番犬ケルベラス[42]さえ、女たちの美徳を装う仮面に隠された
暗い片隅までは覗き込んだことがない。
俺はすべてをこのまま秘密にして、
ダンボアが更なる画策をする時間を与えて針にひっかかるようにしてやろう。
彼奴は俺を恐怖で黙らせる。それでなければシビュラの棲む洞穴[43]のように、
俺の口から神託が語られる筈なのだが。
俺はなぜか奴が恐ろしい。彼奴の度外れた勇猛さは、
まるで円を描かずに呼び出してしまった魔物[44]みたいで、
知らずに呼び出してしまった者を危険に陥れてしまう。
彼奴が怒り狂うと限度というものを知らない。
〔ビュッシイ・ダンボアが登場する〕
おい、おい、その身振りは何を掴もうというのかね？
ビュッシイ　王冠です！
ムシュウ　たわけた夢みたいなことを言いよって、虚空に何か浮かんでいるとでも？
ビュッシイ　太陽神ティターン[45]に相応しい方には日輪の馬車がお似合いなのです。
ムシュウ　一体、何が言いたいのだ？

ビュッシイ　ムシュウ大王殿下の額を飾る
　王冠がお目に入らぬとでも？
ムシュウ　飛んでもないことを抜かしおって。
ビュッシイ　殿下、引き籠られて、お一人でお考えになることと言っては
　そのことばかりでございましょう。
ムシュウ　そのような差し障りのある推察はやめて貰えないか？
　それを聞くと、お前は俺の事を愛していないのではないかと勘ぐりたくなる。
　一つ、俺の為に本気でやってくれるか？
ビュッシイ　どんなことでも、ただし、国王殺し以外なら。
ムシュウ　まだそんな耳障りなことをいうのか、わざと曲解して？
ビュッシイ　さあ、わたくしをお疑いにならずに、どんなことでもお命じになって下さい。
ムシュウ　では疑うまい。お前に注いだありったけの愛情にかけて、
　また、その寵愛から生まれたあらゆる成果にかけて、
　（お前の高貴な性格および友情による
　何物にも囚われぬ自由さでもって）
　お前の考えるわたしの有りの儘の姿をすっかり
　話して呉れ給え。
ビュッシイ　え、閣下についてどう思うかを率直に述べろと仰るのですか？

そんなことをすれば、お偉い方々のやり方に逆らって泳ぐことになります。
お偉い方はお追従を言われるのが大好きで、本当は馬鹿にされているのに、口先だけで
も褒められないと、ご自分のことを賢いと思えないそうじゃありませんか。
ムシュウ　わたしはそんな大バカ者ではない。だから自由を愛するお前の心根の底から
俺の有りの儘の姿を見せてくれ。
ビュッシイ　そこまで閣下がお望みで、
もしも殿下が、まず、わたくしについてのお考えを
自由かつ率直に、打ち明けて頂けるのでしたら
わたくしの方でも、閣下についての考えを披瀝させて頂きます。
ムシュウ　名誉をかけた取引だな。
徹底的に解明して洗い攫い暴く取引になっても、
より固く結ばれた友達でいよう。
ビュッシイ　勿論でしょう？　さあ、始めて下さい。はっきりと仰って下さい。
ムシュウ　ではいくぞ、俺はお前のことを野生の馬か虎のように、
大胆で、頑固、そして血に餓えている男と考えている。
飢えたオオカミのようなその人食い人種的な蛮勇を
（用いない手はないと考えてか）養う為に、
お前は娼婦のヒモにもユダヤ人か高利貸しの手下にもなって

抵当に入った土地財産を強奪し、人の喉笛をぶった切ろうとする。
あるいはギャングの情婦といった服装(なり)をして
市場の人たちを暗殺したり、エイジャックのように
気がふれて、(46)羊の群と乱闘して、
羊肉をどっさり生産して肉屋を喜ばせたり、
国王暗殺以外なら、どんなことでもやろうとする。
だから、勇気においてお前は他の白痴たち同様なのだ。
連中は、生来稀な才能を持ちながら、
それらの才能を一つに統括する魂に欠け、
先にあげたヒモ、娼婦、下郎、喉切り、ギャングの情婦にもまして
滑稽で子供じみて悪辣な気質で好き放題なことをする。
そしてひねくれたその気質によって、嫉妬、裏切り、
中傷、冒涜の限りを尽くし、毎時宗旨替えをし、
国王殺し以外なら、なんでもやろうとする。
(お前の生活のあらゆる不平不満が
お前の蛮勇となり、俺の家の糞だめに溜まっているのだが)
お前はどんないかさま師より馬鹿げた自惚れ屋で
化粧をした女衒よりも厚かましい。

自分に阿(おもね)り、自分自身をジュピター・アモン(47)のように
美化しないように、苦虫を噛み潰したような顔で
憂鬱な物思いに深(ふ)けっている。お前の胆汁は
血潮をみんな毒に変えてしまう。
その毒素こそお前の顔色の中で
じっと淀んでいるひき蛙の棲む池(48)をつくりだし、
(お前の罰当りな傲慢さにとって
疫病神といえる腐敗を生み出す
冷たい土の湿気によって) お前を生きながらに腐らせる。
中傷と裏切りを研究し、
けたたましく死を予告するフクロウのように
お前の友人の命を狙う殺人者に向かって歌い、
国王殺し以外のすべての悪事に向かうのだ。
ビュッシイ　なるほど、仰りたいのは、それだけですか?
ムシュウ　どう思うかね? 君に阿(おもね)っていると思うかね?
　信頼のおける友人としてお前に話していると思わないか?
ビュッシイ　確かにこれ程信頼のおける友人にお話し頂いた者はありますまい。
　では次はわたくしが申しあげる番ですね。殿下は国王にお成りになる

見込みはまずないとお見受け致しますので、
最悪の場合でも悪魔になる心配はございません。
そのことに関しまして、殿下のどんなご友人にも負けない
至誠をもって、あらゆる強力な影響力を持つ邪悪な星々に反抗して、
またそれらの星より更に邪悪な殿下の裏切り行為に抵抗して
ささやかな小剣を打ち込ませて頂きます。
と申すのは、殿下は善行を行ったことは絶えてなく、
あるとすれば悪事を働く為でしかない。
それもあらゆる悪事で制限なしの自己目的化した悪事なのです。
そうした悪事は、(発射された大砲のように、軍隊の間を縫って飛び、
列の一番先頭の者を倒せば、ドミノ倒しですべての列はガラガラと崩れてしまう)。
殿下はもし一人を貶めれば、
彼に立ち直る余地など決してお与えにならないから、
その一党は味方も関係者もすべてひとまとめで殿下の敵の暴徒となってしまう。
偽証の大家であらせられる殿下は、
スパイの親玉で、殿下の一声は
果物を傷つける東風のよう、
王国が産するあらゆる果実が完熟する絶頂期を狙って貪(むさぼ)り食わんと

待ち構えている毛虫の大群を動かすのだ。
策略で一杯の殿下の頭はそこから湧き出て国中に流れてゆく
あらゆる暴力、略奪、残虐さ、圧制と無神論の源であり、
醜聞を吐き散らすその舌は
無傷の水晶さえ切り、その息は壁を這う蜘蛛さえ殺す。
殿下は神を侮り、愛欲の為に魂を悪魔に売るし、
恐怖に接吻し、死と契る。
その穢れた体はあらゆる人間の
すべての病気を育むレルナの沼(49)である。
殿下には魂というものが全く欠けていて、
殿下の生命といえば、女神クロト(50)が居眠りして、
生命を与える糸巻き棒を汚物の中に
取り落とした時に紡いだ糸であり、女神ラケシス(50)は
犯された美徳で汚れ、縁まであふれた杯にひん曲がった指を浸(ひた)して
その汚い糸を繰り出して一層汚している。
そして最後に、(常に感謝とともに覚えていなければならない事だが)、
殿下こそ、我が地位と生命の唯一の源泉であり
国王殺しの希望の、唯一つの星であるのです。

ムシュウ　お前が俺を愛していることがよおくわかったぞ。さあ宴会に参ろう。

〔二人退場する〕

第四幕第一場

〔アンリ三世、手紙を手にしたムシュウ、ギュイーズ公、モンシュリ伯、ビュッシイ、公爵夫人、タミラ、ボープレ、ペロ、シャルロット、アナベル、パイラ、四人の小姓登場〕

アンリ三世　ご婦人がた、皆さんはまだ席について宴に華(はな)を添えて下さっておられないし、
皆さんの息遣いを、溢れでる黄金に変えてしまう太陽の光のような
その笑顔(1)を、まだ宴席にお見せ下さってもおりません。
どうやら今のところ、皆さんの表情には
女性特有の、澄み切って伸びやかな想いが
表れている訳ではなく、
男たちの、濁った気分が支配的なようですね。

ビュッシイ　陛下、
男が女性を支配することはあり得ず、むしろ反対のようであります。
と申しますのも、月は〔神によって造られたすべてのものの中で〕、
女性たちに女の満ち欠けを示す
最も相応しいイメージや鏡である(2)ばかりではなく、

月の光と動きは、あらん限りの力を集め、
抗いがたい最高の影響力を揮って
女性を支配し、満ち欠けを促すので、
女性たちは、（無から創られたすべてのものの中で）、
まさに月の（あるいはまだ乳離れしていない愛らしい白い顔の白痴の）(3)
イメージそのものであります。
女性は、男にとって万物の変化を映し出すモデルであるばかりではありません。
彼女たちの美しい面差しが、晴れたり曇ったりする度に、
男たちは一喜一憂させられてしまうのです。

ムシュウ　でも、（陛下が気づかれたように）、この宮廷では、お月様である淑女方が
憂い顔に変わってしまったのです。男性たちの影響なのか、あるいは
ご婦人方の自由な動きを超えた、何かの力によるのか分かりませんが、
失われた晴れやかなその表情を取り戻すことが、どうしても出来ないのです。

ビュッシイ　いつも同じものはありません。悲しみと喜びが、
我々の王国で代わる代わる支配権をもち、
時に応じて、最も強い影響力(4)を発揮するのです。
今は、憂いが我が物顔に君臨し、相応の支配権を揮っている時なのです。
憂いは、体液のアンバランスがもたらす自然の病いでありますが、

この病は罹るにも、治るにも同じ位時間が掛かるのです。
悲しんだかと思うと、急に嬉しがったりするのは愚かな者だけです。
悲しんでいる者に、悲しむなと命じることは、
死人に、生き返れと命じるようなものです。
ですから、畏れ多い奥方様、[5]（と公爵夫人に向かって）
人間の生来の属性であることを盾にして
人間の弱さを侮って戦いを仕掛けてくるすべての卑劣な敵たち、
つまり尊大さや、支配欲、裏切り、
人間を獣にしてしまうどうしようもない浅ましさとの戦いにおいて、
貴女様のこの僕はまことに非力な存在なのです。
この世の権威には腐敗がつきもので、最低の人間を支持する国家のように、
勇気も最低の人間の所にいざり寄って、
権威は寝ているのかと恐れて、最低の連中を最低のまま放っておくのです。
公爵夫人　そうなるかどうか、これから分かることすべてを
貴方は、すべて当り前の事と、決めつけておしまいですね。
昔も今も変わりなく、皆、愉快に過ごし、何事も自由に考えればいいのです。
ギュイーズ公　恐れ入りますが、お考えを仰って頂けませんか？[6]
タミラ　あの人が皆の気持ちを代弁なさったと思いますが。

ムシュウ　あの人ですか。奥様はあの男の名前をご存知ない？
タミラ　人（マン）というのは、王者に相応しい名誉ある呼び名ですわ。
　中心の呼び名以外の余計な飾りは、無くてもよいのです。行儀作法の学校では、
　教えるのではなくて、女性たちに命じていますわ。殿方たちのお名前を
　知っているはしたない女性たちは、劣等生の椅子に座る決りですの。
ムシュウ　〔ビュッシイに向かって〕ねえ。お前の勇敢さにも限界があるようだな。
　お前の勇気も、彼女には通用しないようだし、
　名前も憶えて貰えないようじゃないか。鷲のくちばし[7]を以って
　（飛びかかっても）、アルビオンの白亜の崖より
　厳しい彼女の守りの堅さで、受け入れて貰えないようだね。
ビュッシイ　お近づきになろうなど以（もっ）ての外（ほか）です。（お姿とお名前しか存知ませんが）、
　奥様のお姿を拝見し、誉れ高いお名前を伺っただけで怖気（おじけ）づいてしまいます。
アンリ三世　他のすべての男たちもそうであろう。
ムシュウ　陛下がすべてをご存知なら[8]、
　そのように仰るでしょう。
タミラ　すべてを知るとは？　どういう意味でございますか？
ムシュウ　わたしが知っている限りのことでございますよ、奥様。
タミラ　何をご存知で？　仰って下さいまし。

ムシュウ　いえ、知っていると感じているだけで十分です。
アンリ三世　わたしには
　夫人の対応はこれまで以上に誠実であると思われる。
　廷臣たるもの節度を守るべきだが、あまり気難しく詮索すべきではない。
　大胆であっても、厚かましいのは頂けぬ。悪ではなく愛を尊ぶように。
ムシュウ　〔ビュッシイへの傍白〕ちょっと、君、こちらに。誰かが
　モンシュリ伯の額に角を生やした(9)としたとしたら？
　奴は嫉妬でかっとなるだろうな、
　奥方は貞淑の誉れ高い方だからなあ。
ビュッシイ　いえ、わたしは何も思いませんが。
ムシュウ　奥さんを誘惑して奴の額に角を生やかした(9)
　張本人だと俺が睨んだ男の名前を口にしても
　何も思わないかな？
ビュッシイ　いや、そうなったら
　殿の大きなお鼻(10)が少し小さくなって、切れ目が入り、
　両目が飛び出るのではないかと思いますよ。
ムシュウ　しい、黙れ、黙れ、
　誰がそんなことを？　王の弟ともあろう者が？

ビュッシイ　国王陛下が貴方様のご兄弟であっても、貴方様のすべてのお力が
（権力者やその取り巻きたちの軍事力にあり）、
貴方様によって掌握され、貴方様の定める恐しい法に支配され、
（法は法律家の口から吐き出され、迸る血潮となり
いく筋もの奔流となり）、掌握されておられるすべての栄誉によって
（貴方様は魔的な炎のように恐ろしい存在になる。
帽子をとって、七重の膝を八重に折る追従者たちに囲まれた貴方様は）
あらゆる大権を振りかざして他人に恥をかかせ、苦しめ、
天に挑み、足元に地獄の蓋を開ける。
貴方様が侮辱し、故意に怒らせようとなさる相手がわたくしなら、
（わたしは貴方様よりずっと身分が低い訳ではないが）、つげの低木[11]のように
（硬い根から生まれる逞しさを）低い身分の身に漲らせ[12]
大地を揺るがせて立ち上がる死神のように、あらゆる
名誉と恐怖、美と醜を踏みしだいて闊歩し、
貴方様を全ての権力の座から引き離して
空中高く突き飛ばしてご覧に入れましょう。
ムシュウ　失せろ。お前は悪魔だ。そのような悪霊は、アルメニアの荒地に棲む
火を噴く竜たち[13]からも、蒸留して[14]取り出すことは出来ぬ。

ああ、お前には目をかけてやったのに、俺がもてるすべてのものの後継者として――
これだけは言える、誓って言える――
お前が俺より長生きしたら、長生きするにきまっているが、
さもなければ、自然は創造の労苦に見合った[15]
作品を作れなかったことになる。自然は
お前の体に生気を吹き込み、
自然の偉大さに相応しい臓器と機能を備えた
もう一人の偉大なアウグストゥス・オクタウィアヌス[16]に仕立てようとした。
そのお前が平凡な人間として死んでゆくのだ。
自然は廷臣と同じで、人間の価値には関心がないのだ。

アンリ三世　囁き声しか聞こえない。嵐の前の
静けさのよう。押し黙った空気が
大地に耳をそっとつけて、足音に耳を澄ます。
何かが忍び寄って、我が身を犯すのではと怖れて。
その者が近づいて来る足音に、宿命も共に耳を澄ます。
さあ、勇敢な鷲（イーグル）[17]よ、ひそかに飛翔しようではないか。
万能のゼウスが、
雲につつまれて降臨する姿が見える。そして天には

悲劇の朧げな気配が満ち満ちている。(18)

〔アンリ三世がビュッシイ・ダンボアと貴婦人たちを従えて退場する〕

ギュイーズ公　〔ムシュウに向かって傍白〕さあ、元気を出して踊りを始めよう。

モンシュリ伯　今や、陛下とダンボアは一つになられたようですね

ムシュウ　いや、彼らは二人別々ですよ。

モンシュリ伯　それはどういう事でしょうか？

ムシュウ　それだけのことだ。

モンシュリ伯　もっと詳しく伺わなくては。

ムシュウ　え、二本よりもっと欲しいというのか。

〔モンシュリ伯に向けて額に二本の角が生えている仕草をする〕

モンシュリ伯　なんとひどい仕草ではありませんか！

ムシュウ　え？

モンシュリ伯　わたしに角が生えている仕草をなさったではありませんか！

ムシュウ　わたしじゃないよ。わたしの力を超えた者の仕業なのだ。

妻帯者の印（しるし）は、人間の指が創るものではない、

人の手ではなく、神聖なもので出来ているのだ。

君の細君は、知っての通り月の女神（シンシア）(19)だから、その性質上

どうしたって角を造ってしまうのさ。

モンシュリ伯　でも彼女（あれ）に限って。妻に汚名をお着せになるのですか？
　仰って下さい。殿の虚言であったと。
ムシュウ　わたしは口外してはならんことになっている。だが、君が
　宮廷人らしい知恵でこの文を読めば、
　事の要点がいくらかわかる筈だ。[20]読んで応酬する為に
　君の名誉を賭け給え。
モンシュリ伯　わたしともあろう者が！　紙切れ一枚に名誉を賭けるなんて？
ムシュウ　安い値段では[21]この紙は買えないよ。
　〔ギュイーズ公とムシュウが退場する。タミラとペロが戻ってくる〕
モンシュリ伯　ではその紙をとっておいて、
　胸に火種を仕舞っておいて下さい。
タミラ　あの方はなんと仰ったの？
モンシュリ伯　後は推して知るべしということ。
タミラ　どうなさったの？
　あの方が仰ったことを気にしていらっしゃるの？
モンシュリ伯　お前のことを――
タミラ　なんですって？
モンシュリ伯　ヘロデの腐った腸（はらわた）の中で蛆虫[22]が

饗宴を開いていると。

タミラ　あの人からの入れ智慧で
　わたくしのこと怒っていらっしゃるのね？

モンシュリ伯　あの人って？

タミラ　あの人のことですわ。貴方の名誉をそんなに傷つけた
　あんな人とよくもまあ四六時中ご一緒に仲良くしていられると
　感心しておりましたの。

モンシュリ伯　恐らく、色気たっぷりの奥さん[23]に、調子を合わせているお蔭だろう。

タミラ　どういう意味ですの、貴方？

モンシュリ伯　俺の額が世間の笑い者になるまで
　お前は口先だけ、俺のことを褒め称えるつもりだろう。

タミラ　ああ、なんて事でしょう。〔と失神しそうになる〕

ペロ　旦那様、何をなさいます？
　奥様、しっかりなさいまし、旦那様は奥様をお試しになっているだけですわ、
　奥様？　旦那様、奥様をお可哀想にお思いにならないのですか？
　お顔も言葉もそんなに落ち着き払って[24]、そんなお考えなのですか？
　尊いご身分に障りますわ。早く奥様の涙を拭いて差し上げて、
　ひどいお方ですね、もう沢山です。

旦那様の言葉に急所を衝かれて、奥様は参っておいでじゃありませんか。
これ以上、試練に耐えられる状態ではありません。
モンシュリ伯　目を開けて、ねえ、このキスで
気を取り直しておくれ、俺が怒鳴って追い出してしまった
生気を取り戻して。
タミラ　貴方からそんな言葉を聞く位なら
死んでしまった方がよかった。
モンシュリ伯　俺の本心ではなく、悩ましい情念から思わず吐いてしまった言葉なのだ。
〔傍白〕どうしていいかわからない。突然夜が
わたしの内部を流れ、混沌が、
ざわめきながら逆流する。なんとかしなくては。(25) 混沌に
彼女(あれ)を溺れさせてはならない。
妻は我が生涯の喜び、欠けたる所無しの存在だったのに(26)――
〔彼女に〕赦しておくれ、わたしの愛は
(抑えつけられるのを嫌う炎のように)、
阻まれると、なお激しく燃え上がるのだ。
ちょっとでもお前の事を悪く言われると、
心がすっかり打ちのめされてしまう。

そして、お前の以前の美点や名声や思い出までが、
すっかり葬り去られ、永遠に忘れられてしまうのだ。
言わなければならないが、お前に対するわたしの気持ちに程々はない。
愛は上手く使えば、よく切れる剃刀のように役立つが、
少しでも誤まって使えば流血を見る。
手短かに言えば——お前が来た時に出て行った人が、
指でこういう仕草をして［と角の形の仕草をして］
俺の面目を丸潰れにした上
心の底をぐさりと傷つけたのだ。

タミラ　ああよかった！　汚名の出所はあの人なの？
邪悪な人による中傷はわたくしにとってむしろ名誉だし、無実を証拠立てるものだわ。
怪物キマイラ(27)を殺したベェレロフォン(27)や、
ペリオン(27)の山で獰猛な獣に襲われながら救われたペレウス(27)や、
地獄から生還したアテネの高潔な王子ヒッポリトゥス(27)などの無実も証明されたわ。この
人たちは女の、わたしは男の肉欲による中傷で、同じようにひどい目に会わされたのよ。
あの人は、アウゲイアース王の汚い厩舎(28)のような罪の穢れをわたしの膝(29)の上にぶちまけ
たのです。
後ろめたいからわたしを避けたのですわ！　潔白でありさえすれば、

自分を脅かすものを脅かすことが出来ます。貴方を追いつめたあの人は、
貴方から顔を逸らして、逃げていったじゃありませんか。
さあ、わたくしを、あの人の所に連れて行って下さい。あの蛇のような人の歯
（わたしの名誉という大地に蒔かれたその歯から、貴方とわたしの間の諍いが立ち上が
るのです）[30]に向かってあの人の言葉は偽りだと言ってやります。そして穢れた魂によっ
てあれ程操られてしまったことで
自分の指を呪わせてやります。

モンシュリ伯　わたしにはわからない。あの方ご自身がそんな卑劣な罪を敢えて犯す
張本人なのか
または別の男がそうなのか。お前が来なかったら、
そのことを、言葉でなく、書いたもので知らせるおつもりだったらしい。
俺はその手紙を突っ返して
名誉を賭けて、手紙の為にあの方と戦うつもりであった。

タミラ　わたくしを避けて、逃げ出したじゃありませんか！　心の穢れた人は
自分の手さえ怖がるものです。貴方、急いで行って
その危険な手紙[31]をお読みになって下さい。貴方の名誉で飾られることで、
価値あるものになっているに過ぎないつまらぬ手紙に、
名誉を賭けるなんて、こだわり過ぎですわ。

いつも身近にいる侍女に、知る限りのことを聞いて
ご相談なさったら[32]いいのよ。
明るい太陽の光か、或いは暗い地獄の門を守るケルベラス[33]が、
わたくしの穢れを見つけることが出来るなら、それらに負けず。
ペロはなんでも知っているわ。ペロ、証言なさい、恩に着るわ。
お前が知っているわたしの良い点も
悪い点もありったけ吐き出して頂戴。
わたしが中傷で受けた傷に同情するなら、
わたしを女主人ではなく、死に瀕した哀れな女だと思って、
この苦しみを取り除いておくれ。
痛みを治すお薬[34]を頂戴。お前の胸の内を打ち明けておくれ。
ここには旦那様以外誰もいないのだから、思い切り悪口を言っていいのよ、
お世辞はかえって悪意を持っている事になる。同情してくれないのなら
もうお前のこと、親友だと思わないからね。
旦那様の疑いを晴らして、わたしを絶望の淵に落とせばいいのだわ。

ペロ　旦那様？　ひどい事をなさいましたね。
つまらないことで破産した方のようでいらっしゃる[35]。余計な口出しして
解けないゴルディオスの結び目[36]を、腹立ち紛れに断ち切ったアレクサンダー大王のよう

に、事態をめちゃめちゃになさってしまわれた。
なんという暴力沙汰でしょう、うっかり間違った導火線に火をつけて、鉱山を爆破して
しまうように、長い間仲良くやっていらした奥様との仲を、急にかっとなって吹き飛ば
してしまわれるなんて？　名誉あるお生まれの女性を貶め、女に恥をかかせることの好
きな人の言葉を信じるなんて！　わたくしもご一諸に証人として参りますわ。
タミラ　いいえ、わたくし、自分で書きます。（逃げて行った方とはもう
二度と口を利きませんから）、手紙の中で、あの人をやりこめてやります。
たとえあの人が、王様の弟より十倍高いご身分の方であったとしても。
〔退場する〕

第四幕第二場

〔モンシュリ伯邸の部屋。音楽。(1)タミラが、手に手紙を持っている侍女ペロを伴って登場〕

タミラ　行って、その手紙を届けておくれ。〔ペロが退場する〕ああ、

〔あの手紙を開けて、女の憎しみの毒がこもっている〕その一行一行を

読んで、あの人の目が、苦痛に満ちた暗闇の中で

縮み上がってしまえばいい。地獄に堕ちた人のように、

心の内には懼れがひしめき、一条の光も射さず、

恐ろしいものの影に、恐れ戦(おのの)けばいいのだわ。

お坊様?

〔ビュッシイがコモレットとともに奈落から上がってくる〕

ビュッシイ　敬愛する奥方様、如何でいらっしゃいますか?

タミラ　ああ、貴方、助けて下さい、掴みかかってくる

恥辱と不名誉から、わたくしを救い出して下さい。

ビュッシイ　なんという無粋なやり方だ、(2)

あるいは、未熟で不様(ぶざま)な蛮勇が

ムシュウ殿の、後先（あとさき）を考えないエピメテウス的な胸(3)に宿ることで
この件が暴露されると、さまざまな災禍が詰まった
箱が開いてしまう危険があるのに？
ムシュウなど、むら雲から生まれた熱い稲妻(4)に胸を射抜かれて、
あるいは（天の恨みを晴らそうと）、
キュークロープスがゼウスの大砲として撃ち込んだ
雷（いかづち）に撃たれて、死んでしまったらいいのに。(5)

コモレット　秘密の恋を暴露するという、後ろ暗い行為をやった者の正体は、
やがて明らかにしてやりましょう。
ムシュウ殿とご主人が、今何をしているのか、
ムシュウ殿が提供した秘密の手紙に、何が書かれているのかも分かるでしょう。
そして、貴方方の愛のやりとりと、その成り行きについて、
教えてくれる魔霊たちを呼び出す儀式を、
娘よ、貴女の頼みに応えて、執り行いましょう。
天から授けられた聖なる知識の力によって、
呼び出す魔霊(6)に、
問題の解決を命じるつもりです。

タミラ　お坊様、どうか、見ても怖くない

美しい姿で、魔霊を呼び出して下さいまし。

コモレット　ではいいですか、何を見てもじっとしていて下さい。

我々すべての命を、大切にお思いになるのであれば。

〔修道士は長い緩やかな式服を着る〕

西方の魔霊の軍勢の長、おお、偉大なべヘモスよ、(7)

顕れよ。汝の征服されざる副官アシュタロスを伴って(7)

顕れよ！　冥界を七巻きするステュクスの川の測り知れぬ秘密に賭けて、(7)

冥界の辿ることの出来ない曲りくねった小路に賭けて、

汝に懇願する。ここに来たれ、おおべヘモスよ、

汝の前に権力者たちの秘密の小箱は開けられている。

〔雷鳴が轟く〕

夜と暗闇の内密の深みによって、巡る星々によって、

時間とヘカテー(8)の遥かなる密やかな歩みに賭けて、

来たれ！　魔霊の姿のまま、きらめき、華麗なる美しい姿で。

〔べヘモスが紙を司る魔霊カルトフィラックス(9)とその他の魔霊たちを伴い、各自松明を手に奈落から上がってくる〕

べヘモス　何の用か？

コモレット　ムシュウ殿とモンシュリ伯が

今どうしているかを知りたい。
そして、ムシュウ殿がモンシュリ伯に示している秘密の文書を見たい。
この二人の敬愛すべき人たちの
ひそかな恋路の果てに何が待っているのかを
どうしても知りたいのだ。

ベヘモス　そのようなつまらぬ目的の為に
わたしをこの厭わしい光の場所に呼び出したのか？
わたしは文目(あやめ)もつかぬ暗闇の世界の皇帝なのだ。そこには
あらゆる深遠な真理や、誰も見た事のない秘密が隠されている。
わたしはそれらのすべてを知り、ここに連れてきた魔霊たちよりも
更に有能な、物知りの魔霊群を指揮しているのだ。
青い火の松明を掲げて、わたしを囲んで護衛している
魔霊たちの発する、朧(おぼろ)な蒸気の中から聞こえる囁き声を
はっきりと聞き取ることが出来れば、
お前たちが望む真実を
少しは知る事が出来るであろう。

コモレット[10]　昨夜、わたしは真夜中の暗闇の中で、
階級は低いが、最も有能な魔霊の一人を呼び出したが、

その者は、わたしの問題を解決することが出来なかった。だから
配下の者から一人を選んで遣わし、ムシュウ殿がモンシュリ伯に
見せようとしている手紙を、取ってきて貰いたいのだが。
ベヘモス　分かった。カルトフィラックスよ、丁度お前は
文字が記された、あらゆる紙を掌握する能力をもっている。
万難を排して、その手紙を取って来るように。
カルトフィラックス　承知致しました。
〔一本の松明が動き、カルトフィラックスの退場を示す〕
コモレット　あの者が戻ってくる迄、暗闇の偉大なる王者よ、
語ってくれ、ムシュウ殿とモンシュリ伯が
すでに会っているかどうかを。
ベヘモス　その二人とギュイーズ公が
今一緒にいる。
コモレット　彼ら三人の姿を見せて欲しい。
その場所と、何をやっているかも。
ベヘモス　魔霊がじきに戻って来るから、
そうしたら見せてやろう。
〔カルトフィラックス再登場〕

ああ、戻って来た、紙は持って来なかったのか？
カルトフィラックス　ムシュウが先回りして邪魔したのだ。
我らより強力な者によって呼び出された魔霊が
わたしが行く前に、その紙を守っていたから。
べへモス　お前の怠慢だ。行動に移る前に
我らの助力を求めればよかったのに。
だが、その紙と彼ら三人の姿を見せて進ぜよう。見給え、
伯爵がいま紙をもっている。
〔上舞台にムシュウ、ギュイーズ公、一枚の紙をもったモンシュリ伯が登場する〕
ビュッシイ　喋っている言葉は、聞こえるのだろうか？
コモレット　いや、黙って見るがいい。
ビュッシイ　行って紙を取って来よう。
コモレット　動くな。
実際は遠過ぎるし、彼らの秘密の会談を妨げようとしても
（どんなに近く思えても、）
お前と彼らの間には障害が多すぎる。
タミラ　ああ、誉高い魔霊よ、怒っている
主人の心の中に飛んで行って、

あの意地悪な人が書いた事を、(11)信じないようにして下さい。
ベヘモス　彼はもうすでに説得されてしまって、
考え直す余地はないようだ。彼らが行ってしまうまで静かに聞くがいい。
ムシュウ　その紙に書かれた事は、あの女の不実という
黒い悲劇の顔を映す鏡だ。
いくら化粧でごまかしても醜いしわの刻み目が見えてしまう。
これであの女の貞女の誉れも終わった事が、(12)君にも分かっただろう。
ギュイーズ公　殿が作り話をしていると思うのか、君？
手中の手紙が何よりの証拠ではないか？
我々は君の細君を中傷しているのか、それとも君の名誉を重んじているのか？
ムシュウ　雷に撃たれたように押し黙っているのか！　おい、君、ビビルんじゃないよ。
君のケースなんてありふれていて、決して稀有なものではないのだから
稀有な勇気で乗り切り給え。笑い飛ばすのが男気というもの、
甲斐性のある男なら、嵐の中でも歌っている天候を真似て、
晴天の時は黙っているのさ。
ギュイーズ公　家に帰って、奥さんに
ダンボアあての恋文を書かせたらいい。
彼に来て貰いたい時に、いつも書いていたように。

ムシュウ　ねえ、君、
　彼女が隠している仲介者の名前を、白状させるがいい。
　例の秘密の訳の分からない女衒、
　我々が、いくら探りを入れても出し抜いて、
　彼女の手紙を恋人に届ける使者のことだ。
　そうすれば、復讐の念に燃える
　君の元に、奴を確実に呼び寄せることが出来る。
　その前に、彼女の部屋に伏兵を
　アラス織りの壁掛けの背後に忍ばせることだ。一番屈強な男たちを選んで、
　しっかり武装させ隠したらいい。
　皆が一つの目的意識で団結すれば、百人力だ。
　〔上舞台にペロが手紙(13)をもって登場する〕
ギュイーズ公　ちょっと待って、君への使いらしい。
ムシュウ　忠実な侍女だ、すべてを上手く立証してくれるだろう、
　そう思わないか、君？
　〔モンシュリ伯は行きかけてペロを刺す〕
ギュイーズ公　ああ、可哀想に。
ムシュウ　ひどいな、実に。

ペロ　いいえ、立派な行いです。
　旦那様のことは、心底、お赦し致します。
ムシュウ　なら、当然の報いなのか、ペロ！　手紙はあるのか？
ペロ　貴方様の偽証に対する当然の呪いがこもった、分厚い本と迄はゆかなくとも、
　手厳しい手紙であって欲しいものです。
ムシュウ　女を退出させるように。
ギュイーズ公　わたしに見せて下さい。
ムシュウ　すぐ見せてやるよ。大丈夫か、ペロ？
　誰かいるか？〔召使が登場する〕この女を中に連れてゆくように。やられたのだ。[14]
　医者を呼んで観て貰ってくれ。さあ、
　手紙を読もうじゃないか。
　　〔モンシュリ伯とギュイーズ公退場〕
ペロ　復讐の女神たちよ。黒々と書かれた一行一行から
　立ち上がって、あの方の魂を苦しめておくれ。
　　〔召使が、ペロを連れて退出する〕
タミラ　主人は、侍女を殺めてしまったのでしょうか？
ベヘモス　いや、命に別状はない。
コモレット　我々はどうなるのか？

ベヘモス　このように、手遅れになってから呼び出されては
言えることは多くはない。曖昧な言い方だが[15]、
ダンボアの恋人が、その白き手を
彼の血潮で染めない限り、彼は無傷のままであろう。
修道士の汝も、自らの手で己を殺めない限り無事であろう。
この予測をより明らかにする為に、ダンボアが
声で呼び立てさえすれば、わたしはかならず上がってきてやろう、
もっと明るい光に包まれてな。そうすれば、お前たち一同の
身の上に生ずるであろう事を、すべてダンボアに教えて進ぜよう。それまでは
彼の覇気が暴走しないように、智慧を絞って抑えておくことだ。
［ベヘモスは、魔霊たちを連れて奈落に降りて行く］
ビュッシイ　呼び出せばまた、顕われてくれるのだろうか？
コモレット　かならず。確かなことだ。
ビュッシイ　では、まもなく呼び出そう。
不可解な言葉でいくつかの難問を突き付けられたが[16]、
魔霊の力で解きほぐし解決して貰わなければならない。
タミラ　貴方の力強いお声で、
もう一度魔霊を呼び出すまでは[17]、

どうか、魔霊の助言に従って、慎重に行動なさって下さい。
わたくしたちの名誉が傷つけられる事を慮(おもんぱか)るあまり、[18]
いきり立ったり、わたしを擁護なさろうとして、かえって、
わたくしの罪に衆目を集めるようなことは、なさらないで下さい。
お坊様、どうか聖なるお教えと教会のお力によって
夫の燃え上がる気持ちをお鎮め下さい。そして
夫の手が、きっとこれからわたくしどもの頭上に降りかからせる
血の雨と、酷(むご)い仕打ちを追い払って下さいませ、
貴方様の指で、嵐が来るのを止めて頂けないのであれば、
せめて、わたくしの愛しい人が
ムシュウとやりあう間だけでも嵐を遅らせて下さい。

ビュッシイ　微笑みによって憎しみを隠す事で、ムシュウ殿の策略を懐柔してやろう。[19]
わたしの心の奥底の坑道に秘めた地雷が
時満ちて一気に爆発し、彼の欲望の中へと雪崩れ込む時まで、
彼の腕に絹を巻き、皮膚を撫でさすって
血管を膨らませてやれば、奴の魂は
迸(ほとばし)り出て、どこかの溝に流れ込んでそこに長く留まるであろう。
そうなれば、奴とわたしの策略は五分と五分、[20]鉱床を別々の方角から掘り進めば

ついに中程でぶつかり合い、対決する事になる。
感情を持つ大地[21]には、近づくわたしの踏み締める足の重みに
呻き声を上げげさせてやろう。
ムシュウ殿の屋敷の息づく敷居[22]には、わたしが闖入する前に
その恐ろしい足音に、悪い予感から脂汗を流させてやろう。[23]
だが、わたしは破滅の前の静けさのように、そっと姿を顕わすのだ。
稲妻が木の隋(ずい)を溶かしてしまうのに、
表皮には傷一つつけないのと同様、
いやしくも策略家たる者、自分の手の内を見せるは以ての外。
その足跡を緑の沃野[24]に刻印させてはならぬのだ。
一方、大地の奥にある地獄は、策略家の鋤で耕やされ、傷つけられ、
地獄に相応しいその犯行から収穫が刈り取られるのだ。
〔退場する〕

第五幕第一場

〔無帽で衣服の裾を乱したモンシュリ伯が、タミラの髪の毛を引いて登場する。コモレットが後に続く。従者が灯りと持ち運び用小机、紙を携えて登場して小机を据える〕

コモレット　伯爵、貴方の魂はご自身の復讐心を満足させるだけではなく、
奥様の心の平安を祈るべきである事を、忘れないで下さい。
貴方は、今のいままで聖母マリアに仕える
気高く、熱烈な、従順な信徒であったではありませんか。
信仰を裏切ってはなりません。
貴方の妻が犯した罪は、（たとえ貴方にとっては、
より確かな証拠がなくとも、想像し得る最も赦し難いものであったとしても）、
貴方方お二人の永遠の契りと、心の絆を裂く程のものではありません。
まして、血塗られた手で奥様に触れるなど以ての外。
妻の過ちを、野卑な打擲や獣的な暴力沙汰で
贖うとは男らしくないし、（まして夫には相応しくない行為です）。
雲から生まれる石のような雷も、月桂樹や

眠っている人には触れない、[1]と言うではありませんか。
奥様は貴方の月桂冠であり、安眠の伴侶です。
ですから、彼女には触れないで下さい。
荒々しい雷のように粗暴な行為はおやめ下さい。
乱暴にではなく、穏やかに接して下さい。
優しい自然は、彼女の他の美質を引き立てようとして
唯一度の過ちを容認したのですから。

モンシュリ伯　お坊様、席をお外し下さい。わたしは自分の名誉を守る為に、
どうしても必要な事を致しますので、これ以上邪魔なさらないように
お願い致します。
彼女(あれ)の犯した過ちでも消すことの出来ぬ妻への愛を、どうか信頼して下さい。
誰が、不義の愛の秘密の使者を演じたのか、
どういう迷路[2]を辿ってその仲立ちをしたのか、
彼女が打ち明けて呉れさえすれば、仲直りするつもりですから。

コモレット　そういう秘密を追求するのは、罰当りな事です。
更に罪や殺傷沙汰を招く事になるでしょう。
キリスト者が歩む道ではなく、
健全な魂への道から外れる振る舞いであり、

赦されざる罪を犯す事であり、
それを犯せば――
モンシュリ伯　おやめ下さい、お坊様、
錯乱している男を唆かさないで下さい、永遠に悔いる程の
激越な行為に陥りそうです！
キリスト者を規定する最後の一線は守るつもりですし、
男として、夫としての限界は超えないつもりです。
コモレット　では想いにおいても、行為においても
敬神と、ご自身の魂を尊ぶ気持ちをお忘れなきよう。〔退場する〕
モンシュリ伯　誰か、わたしの胸にわだかまる山のような悲しみを取り除き、
無念の思いが燃え盛る、溶鉱炉の蓋を開け、
地獄に堕ちた魂に相応しい叫び声を上げて呉れる者はいないのか？
〔モンシュリ伯は扉の鍵を閉める〕
今の私の悩みを表すには、言葉だけでは不十分で、
雷か死者を叩き起こし
最後の審判に誘う天のラッパ(3)の音が必要だ。
最後を告げるラッパの音と共に、
風が吹き荒れ、逆巻く荒波もその音に飲み込まれる。

（噴出した）(4)　わたしの熱い悲しみを
目に見えない恥辱から立ち上る蒸気に変えよう。
その結果、生者を殺め（あや）死者を甦らせる
最後の審判を告げる息を先取りして、(5)　この世に終りをもたらそう。
タミラ　貴方、（貴方がずいぶんきつい言葉で非難なさる）
わたくしの過ちを、とうていお赦しになれないまでも、
過ちを犯してしまった無理からぬ経緯は神様もご存知ですし、
心から後悔している惨めなわたくしの気持ちを知ったなら、
これからは、すこしは穏やかなお気持ちになれると思いますわ。
モンシュリ伯　これからだって？　それは永久という事だろう。
今を起点に、果てしなく続くのだ。
評判は、時間が経つ程大きくなる。(6)　普通の人なら受け入れられる事でも、
有徳な人が罪を犯せば、言訳をすればする程罪深く見える。
小さい火なら、消してしまう風も、
大都会の火事だと、更に煽って大きくしてしまうのと同じ事だ。
さあ、船人を誘い破滅させるセイレーンよ、歌え、装具を整えて
愛欲の旅路に向かうダンボアのガレー船(7)を、
岩礁である我が伏兵に激突して、難破させてしまえばいい。歌って

お前の声に、あらゆる罠の網を仕掛ければいい。
お前は、罠でその淫(みだ)らな隠し所[8]にヴィーナスの卵たちを誘い込み、
二人は踊ったのだ[9]。そのお返しに、女の手紙という策略を用いて、
俺は奴を亡き者にして、その墓を掘ってやるのだ。女の見掛けの貞淑という騙しに
騙されないダンボアも、この手紙の計略には男の玉を抜かれてしまうであろう。
歌え、（つまり手紙を書け）。そうすれば、不可解な女衒の姿を隠す霧が晴れて、
我が目で、姦淫の汚物を舐める犬のような女衒の姿を
見定める事が出来よう。その時、わたしは悪魔の姿を見る[10]のだが、
自分自身も悪魔となって生き延び、妻の操縦法も修得するだろう。
そうしたら、俺はその女衒を絞め殺し、切り下げ、
切り上げ、魂の灯りを頼りに、
奴の精神の曲がりくねった小路[11]や、深い裂け目を覗き込み、
女の顔の迷い易い[12]荒野を調べよう。
荒野を照らす彗星[13]の光が明滅しても、
男には出口がみつからない。
蝮(まむし)が微笑みながら日向(ひなた)にうずくまり、
バシリスク[14]が蝮の目から毒を飲むのを知っていても、
男には荒野を這い出て、女の心に到達する道筋が分からない。

それでも男はさ迷い続け、ついにがんじがらめに絡めとられるまでは
とどまるところを知らない。そして悩みの果てに
憔悴し切るまでは、心の安らぎは得られない。
妻の二つの乳房の中に、野獣の棲むペリオンとキタイロン(15)の
荒ぶる山岳を抱き締めるまでは、
人間らしい精神状態(16)に達することは出来ないのだ。
書かないのか？

タミラ　貴方、お願いですから
重大な過ちを罰する為に、更なる重大な過ちを犯し、
わたくしの愛の躓(つまず)きから、殺人事件を引き起こすのだけはおやめになって。

モンシュリ伯　それは親と子の関係のように、どうしても続いて起きざるを得ないのだ。
お前の放った姦通の鎖弾(くさりたま)は(17)、まだ空中を飛んで着地していない。
殺人を伴わない訳にゆかないのだ。愛欲と人殺しは双子だから、
女の罪に高貴な行為で応える事など、誰にも出来ない。
悪が美徳の衣をまとって荒れ狂う時、
正しい裁可が下される事など決して有り得ない。
書きなさい。決まったことだ。無情のナイフと
容赦ない責具もある。お前の非道な行為によって

俺は腹を決め、殺人だって辞さぬ覚悟だ。
息も絶え絶えの命を蘇らせ、
気絶しそうな精神もそのままに、
拷問で消えかかった生命さえ、永遠に長引かせる覚悟なのだ。
答えなさい。書くつもりか?

タミラ　どうか、罪の上塗りにならぬように、
何か別の罰をお与えになって。
貴方に嫌われたこの顔を、暗い地下牢に押し込めて、
死刑囚たちが（悪臭に鼻をつまみながら）
腐った食べ物を、わたしに投げ与えるようにして下さい。
わたくしを鎖で縛って吊るし、空腹のあまり
罪深いこの両腕をかじるに任せて下さい。車裂きの死刑になった
女の死体に、顔と顔がつく程縛りつけ、
時間と死によって
朽ちて土と化すまで放って下さっても、耐えて見せます。
あるいは、貴方が怒りのあまり思いつくありとあらゆる責め苦が、
世の中から、すべての憐れみの気持ちを追い払ってしまっても構いません。
ただ友情を騙（かた）って、友人を裏切ることだけはお赦し下さい。

それは、怒りに燃える貴方が望む稀有な復讐にそぐわぬ
卑俗過ぎる方法ではありませんか。昨夜貴方の枕であった
このわたしの胸も、さっきまで貴方のお命を望まれて抱き締めた二本の腕も、
お好きなように、どうぞ傷めつけて下さい。
そうする事で、男として、貴族として、また信仰を持つ者としての
則を破ってしまわれたらいいのだわ。
モンシュリ伯　則が破られてしまった以上、正義の復讐を遂げない限り、俺は
男として、貴族として、また信仰を持つ者としての面目を取り戻すことが出来ない。
お前の腕は、淫らな愛欲によって夫婦の抱擁の特権を失ってしまったのだ。
その喪失を、傷みを受けることで償うがいい。〔と、彼女を刺す〕
タミラ　ああ、貴方。
モンシュリ伯　お前が書くまで、
（俺が受けた被害に相応しい文字[18]である）傷をつけ続けるぞ、
お前が受ける当然の罰だ。書け。
タミラ　おお、殺して下さい、殺して。
死より冷酷な人にならないで、
貴方はゴルゴーン[19]の姿を、見てしまったのね。
石になってしまったのね。感じて、感じて下さい。

わたくしの心臓の血潮で、堅い石像と化した貴方をもう一度溶かして下さい。
そうでなければ、貴方は暴虐の権化そのものになってしまうわ。
モンシュリ伯　そういうお前は、姦通の女神像そのものだから、
悪事において、俺の相似形であることを証明してやる、
俺は非道の行いでお前の非道さを表してやるのだ。〔再び刺す〕
タミラ　それでも、まだわたくしは生きている。
モンシュリ伯　そう、醜い姦通の女神像がすっかり完成した訳ではない。
この具は、十分役目を果たした。〔と短剣を鞘に収める〕
今度は、この機械を使う事にする。〔召使が登場し、タミラを責め具に付ける〕
娼婦に相応しいしぶとさに、今度こそ
気も狂わんばかりの苦痛を与えてやろう。
吸い込んだ毒[20]で、死の間際まで追い込められ、
苦痛で自分の犯した咎の重さを測るがいい。
復讐よ、険しい岩山の頂上に立つハゲワシのように勝ち誇れ！
タミラ　ああ、主人であり、夫であった貴方はすっかり変わってしまったの？
夫？　主人？　わたくしの主人にして夫に他ならない方、
神様、わたくしの罪をお赦し下さい。痛みを止めてとは申しません。
貴方、助けて、貴方。

〔コモレットが奈落から上がってくる〕

コモレット　なんという名誉と信心への冒涜か！
世界の破滅だ。(21)〔倒れて死ぬ〕

タミラ　可哀想に！　教父様、
教父様、目を上げて下さい。わたくしを下ろして下さい。
書きますから。

モンシュリ伯　飛んでもない異変をもたらした者だ！(22)
どんな新しい炎が、天から飛び出し
前代未聞の説を唱え出したのだ？
地球が動き、天が静止するとは、(23)本当か？
その天すらも腐敗を免(まぬが)れない。
世界は、あまりに傾いてしまったので(24)
下半身をせりあげ、口を極めて嘲っていた
こちらの半球に向けて放屁する。(25)(26)
表向き、重々しく、偽善的に信心深さを装っていたこちら側も、
(冒涜的な偽善の重みに耐え切れず、
姦通を犯していたことがばれてしまった)。
世界が、反対の方(27)に体を捩(ねじ)ると、

今まで振りをしてきたその姿形の幻想が
裏側から食い尽くされ、いまや白日の下(もと)に曝されたのは
世界が空洞化し、偽善の鋲でやっと支えられてきたのだという無惨な事実。
こんな事だったのか？　あの人がお前たちの間を取り持ったのか？
タミラ　あの方は、心優しい、邪気のないお方でした。
モンシュリ伯　書きなさい、早く、一言でも、二言でも。
タミラ　はい、書きます。
書きますがわたしの血で。わたくしが書いたのではなく、
わたくしの傷が書かせたということが、あの方にわかるように。〔書く〕
モンシュリ伯　あの人は当然の良心の苦しみから死んだのだ。全世界の
枠組が、揺すぶられて継ぎ目にひびが入り、
各部分が、すっかり不釣り合いになってしまった様な気がする。(28)
人間の美しさは、個々の人の
これらの汚点なしには成り立たないのかも知れぬ。
どうして、わたしはこんなに遠くまでさ迷い出てしまったのか？　今の今まで、
妻の存在は、わたしにとって染み一つない全世界だったのに、
今は汚点だらけの世界になってしまった。ああ、男が女に抱く喜びの
一条の稲妻のような果無(はかな)さよ！　男は妻を娶る時、

自己の地位、名声、そして生命をなんという泡のように儚いものに賭けてしまうのか！
地上のすべての喜びが、こんなにも短く、ささやかなものである以上、
喜びを味わうとは、喜びを棄てる事に他ならない。[29]
もう沢山だ。俺が使いの者になってやろう。
この正体不明の男の姿に変装して。地下道に入れ。後に続くから。
どんな罪深い光がこの地下道を照らし
新しい淫らな歌を世間に歌うのかを確かめる為に。
〔召使いたち退場。モンシュリ伯はコモレットの遺体を地下道に入れて後に続く。
タミラはアラス織り布で身を隠す。[30] カーテンが閉じる〕

第五幕第二場

〔ダンボアが、それぞれ蝋燭(ろうそく)をもった二人の小姓(1)を伴って登場する〕

ビュッシイ　今夜は寝ずの番だ。あのお坊様以外の者とは
口を利かないからな。あの方なら、お連れしなさい。

小姓たち　承知致しました。〔退出する〕

ビュッシイ　ここは、なんというひどい暑さなのだろうか？　二十人もの生命の炎が
俺の体の中を、一瞬駆け抜けたように感じられる。
この密室では、空気は高く舞い上がり、
脅えた大地は〔雷鳴が轟く〕怖がって震え、
俺の足元に縮こまり、家全体が
震える重荷でひび割れてしまう。天よ守り給え。

〔コモレットの亡霊登場〕

亡霊　わたしに欠けているもの(2)が何か、よく見て油断しないように。
過去にも、またこれからも、流血事件が起こるであろう。
ここには長くは居られない。運命がわたしをこの世から連れ去る(3)のだ。

お前の愛する人の部屋でまた会おう。〔退場する〕

ビュッシイ　なんという恐ろしい変わりようか！　あの優しいお坊様は、
暗殺されてしまったのだ。恋の手引きをしてくれたことが知られて。
あの方に欠けているものを注意しろと？　司祭服[4]を着ておられなかった、
命と肉体も失われたのだ。そのうちの
どれを、欠けているものだと断じて、
わたしへの警告となさったのだろうか？
（まだ肉体を持っていた生前のお坊様が
呼び出した暗闇の君主が語ったあの暗い予言に加えて）
この奇怪な幻想が、わたしの気持ちを動揺させる。
あの魔霊の約束を思い出すと[5]、
呪（まじな）いを唱えさえすれば、力強い言葉やしかるべき[6]魔術の儀式なしでも、
わたしは魔霊を呼び出すことが出来るということだ。
かつてわたしの揺るぎない[7]精神には
教えたり励ましてくれる魔霊など必要なかったのに。でも、今は
あの自由で優しい誓いの言葉を実行して
より明るい光の中で顕れて、
その厳しい[8]予言を、よりわかりやすく教えて欲しい。知りたいのだ。

愛しいあの方がどうなさっているのか、理性を失った
夫の激情を制御する為に
どんな手段を講じておられるのか教えて貰いたい。
（心を惑わせる予言を口にした時）[9]、魔霊は顔色を変えて
真逆さまに顔を雲の中に隠してしまったような気がした。
額を俯かせ、顔を隠すように、
顎を影になった胸に押し付けて
魔術を行う間、つむじ曲がりの人間のように押し黙っていた――
暗闇の恐怖！　おお、光の王アポロよ、
蹄で音楽を奏でる汝の乗馬は[10]、暗い大地を蹴る度に、
水晶のような光を煌めかせ、
世界に有益な教えの炎を投げ与える。
目覚めよ、目覚めよ、悲しみに沈んだ
神秘に[11]目を閉じて眠る物憂い恍惚の夜よ、
あるいは遠くまで届く太陽の光も決して射さず、
（夜の目は、暗闇の中でこそ輝き、
盲目である時に最もよく見える）。
影の王国の偉大な君主よ、

今こそ、汝の隠された神託の心を開示して欲しい。
その神託に、何か悪い事が含まれているのではないか
との懼れ(12)は、そのまま隠したままで。
汝はより明るい光に包まれて、神託を携えて上がってきて欲しい。
〔雷鳴が轟く。ベヘモスが供の魔霊たちを連れて奈落から上がってくる〕
ベヘモス　約束を守って、姿を顕したぞ、
より明るい光の中で、お前の運命を解き明かして(13)やろう。
わたしが来たのは他でもない。
恋人の次の呼び出しに応じれば、
お前の生命は彼女の手によって、断たれるということを告げる為だ。
ビュッシイ　何時、呼び出しの手紙が来るのか？
ベヘモス　今上がってきた場所に、わたしが戻って間もなく。
ビュッシイ　お坊様は殺されたのか？
ベヘモス　いや、だがもう命はない。
ビュッシイ　自然に亡くなられたのか？
ベヘモス　そうだ。
ビュッシイ　愛しい彼女(ひと)は
誰を使いに寄越すのだろう？

ベヘモス　それは言えない。
ビュッシイ　誰が阻む(14)のか？
ベヘモス　運命だ。
ビュッシイ　運命の配下は誰か？
ベヘモス　ギュイーズ公とムシュウ殿だ。
ビュッシイ　王侯たちと、王者に相応しい精神の持ち主たる
　我が輩の玉の緒を断ち切る大はさみ(15)に相応しい二人組だな。
　王国の没落の音楽を奏でるに、相応しい合奏者たち(16)だ。優しい
　あの方の御手によって、わたしは殺されるのだろうか？
ベヘモス　次の招きに
　応じればだ。〔雷鳴が轟く〕警告は与えたぞ。さらばだ！〔魔霊たちと退場する〕
ビュッシイ　名残惜しいが、別れなくてはならぬ。死ぬにしても、
　魔霊の占い通りの死(17)に方であろう。
　あの方が命令する時、従うべきではないかも知れぬが、
　わたしは意志に反逆して動き、
　意志は生命に逆らって動くにきまっている。命令に従えば、
　彼女の手が、わたしに褒美で報いてくれる筈。その手は武装され、
　わたしは縛られ、抑えつけられるかも知れぬ。さもなければ、

わたしは自分の魂を差し出し、彼女は何度も
胸の上でその魂を抱擁し、恍惚の死に誘うであろう。
どんな暴力の危険があるとしても、
あの方が、望んでわたしを呼び出す訳ではない事は分かっている。
誰を使いに寄越そうと、あの方の意志からではない事も分かっている。
あの方の用いた唯一人の使者は、亡くなってしまったし──〔ドアをノックする音〕
誰だ？ ドアに気をつけろ。そして招じ入れよ、
策略家のムシュウ殿であろうと、乱暴なギュイーズ公であろうと。(18)
〔コモレットに変装したモンシュリ伯が、血で書かれた手紙を持って登場する〕
モンシュリ伯 しばらくだったな。
ビュッシイ ああ、嘘つきの悪霊め、(19) ようこそお出で下さいました。
愛しいあの方は如何お過ごしでしょうか？
モンシュリ伯 大丈夫です。
夫の疑いからも以前通り免れているようです。
その事を証拠立てる手書きの手紙がこれです。
そして急の用で、直ちにお越し頂きたいと願っておられます。
ビュッシイ 〔手紙を開けて〕なんと？ 血で書かれているのですか？
モンシュリ伯 そう、愛する者のインクです。

ビュッシイ　おお、これはあの方の愛の聖なる証、

熱が火を盛んにするように、あの方の血潮の精髄[20]であるこれを、

一滴処方すれば、浮気女はたちまち志操堅固な貞淑な女に早変わりする。

そして人間の生命を支配する十二宮[21]のように、この血は

我がすべての血官を流れる生命の血潮を支配するのだ。

おお、その一滴は、我が血潮を何倍も生気づけ[22]

死でも地獄でも立ち向かう勇気をくれる。

さあ、お坊様、わたしを天国に連れて行って下さい。

その為に、その司祭服を身に着けておられるのでしょうから。〔二人退場する〕

第五幕第三場

〔モンシュリ伯邸の別の部屋。上舞台にムシュウとギュイーズ公が登場する〕[1]

ムシュウ　自然の営為には、目的が無いという事が分かった。
自然は創造という偉大な仕事をする時、被造物の価値に合わせて、
見たり、予見したりする為の
多くの目や魂を、こんなにも多く造るのに、
自然自体は全くの盲目だ[2]なんて、信じ難い事だ。
読み書きの出来ない連中が、ラテン語の祈祷を
空で覚えて、毎日反復[3]する。
その熱心な態度を見て、人はきっと彼らは唱えている言葉の意味を理解し、
その労苦に見合った報酬[4]を手にするのであろう、と考える。
だが、人は知っている筈のことでも、訳が分からなくなり、
頭が混乱してしまうのはよくある事だ。
同じように、自然は、自分が何をしているのかを理解しないまま、
多くの素材を整え、習慣的に、

あるいはただ必要に迫られて、作品をつくり終え、
中には力や徳性、間違いや自明の真実を詰め込み一杯にするか、
あるいは何も入れないで、空洞のまま放置する。
普通、自然は人間にとって、有益で
（莫大な富や名誉や幸福をもたらすモノを
与えてくれると思われがちだが）
結局そのモノが人に破滅をもたらしてしまうものなのだ。(5)
丁度、戦艦に、何千ポンド(6)もの爆薬を積み込む事で、
船を長持ちさせようと考えて、人は船を大事に守っているが、
思わぬ不具合が生じて、爆薬に火が付くと、
物凄い力と恐ろしい勢いで、戦艦は突然大爆発してしまう。
一方、空船は、敵に恐怖を与え乍ら、爆発もしないで長く航海する。

ギュイーズ公　度重なる成功を経験し、
世知に長けて物事の価値を結果で判断する人なら
次のような事が、真実であると見做(みな)すであろう。
つまり、人間と同じように、自然は恣意的に創造の仕事をするのだが、
細心の注意(7)を払って、人間を造り、
足の先から喉までは、手に入る限りの

素晴らしい素材で造り上げるのだが、
頭はつけないまま、勇気、胆力、学問[8]を備えた
完全な人間として世間に送り出すのだ。[9]
その場合、体の重要な各部分を、それ程立派な素材を吟味しないで
創造した人々の場合に比して、より優れた目的があった訳ではないのだ。
ムシュウ　君にその実例を見せてやろう。ここにいるのは
若く、学問もあり、勇敢で気力もあり、充実した人間なのだ。[10]
自然は豊かな匠(たくみ)の技をふるい、ありったけの贅をつくして彼を造ったので、
気前よく自分の宝を使い過ぎたと後悔して、泣いた程なのだ。
だが、幹の中が空洞化した木は、風が吹いても
(空洞を風が歌いながら吹き抜けるので)、木は倒れずに立ったままだが、
木目(もくめ)がつまってがっしりした大木は、荒れ狂う風を
やり過ごすことが出来ず、根こそぎ抜かれてぶっ倒れてしまう。
そのように、嵐は空っぽの人間の体の中を通り抜け、
彼らを機嫌よく躍らせるだけだが、全(まっと)うなこの男は、
無秩序な盲目の[11]「偶然」が引き起こす暴風雨に遭遇しよろめき、倒れてしまう。
リビア砂漠[12]に海が押し寄せて、荒波が互いにぶつかりあい――
黒海[12]の大波が、(凍りついた北極星めがけて踊りあがると、

御車座(12)の御者は、黒光する馬たちが、
黒海の暗い深い波に浚われないようにと、
ぐいと手綱を引く)。波が、一番奥底の水滴から湧き上がる
エネルギーで膨れあがり、荒れ狂うからだ――
しかし、荒波よりも更に激しく、運命は、
美徳の移ろい易さに腹を立てて、すべての人の憎しみの中に、
よろめく美徳を放り込んでしまったのだ。
〔ムシュウとギュイーズ公が退場する。
雷鳴が轟く。コモレットの亡霊が登場し、
アラス織りのカーテンに隠れたタミラの姿を顕わにする〕

亡霊　元気を出しなさい(13)。(自らの手で、
しかも今すぐにでも)恋人の恐ろしい殺害を招くのでは
という危惧(14)を徒らに募らせて、無為に座すのをやめて、
どうしたらそれを阻止出来るかを考えなさい。
彼が上がってきた時に
待ち構えていて、大声で殺されると叫んで
戦いが始まる前に、退却のきっかけを与えたらいい(15)。

タミラ　ああ、お坊様、わたくしの物言わぬ悲しみが

貴方様を、死から蘇らせたのでしょうか？

人間の悲しみには、限りが無いのでしょうか？

人間とは木のような存在で、その悩みには梢がなく、慰めには根がない。

生きようとする、あらゆる力には目的がなく、ただ悲しむ力だけは備わっている。

亡霊　それが、人の子の生まれ持った哀しさなのだ。
この世では、我々はその哀しさに耐え、来世ではそこから開放されるのだ。
避ける事が出来ないと認めた
すべてを甘んじて受け入れる者は、広い心をもっている。
度量の小さい人間は、地上でつまらぬことを咎め立てするが、
彼自身より神が(16)、人を造った自然の技の不具合を償い給うであろう。〔退場する。
ダンボアが地下道の入り口に姿を現す〕

タミラ　去って、貴方、去って下さい！　殺されてしまいます。

ビュッシイ　殺される？　意味が理解出来ないそんな語彙(17)を、わたしは知らない。

すべての人間がダンボアに生まれついたら、そんな語句は作られなかったに違いない。

殺されるって？　誓って言うが、暗殺者の姿を見せない奴が暗殺者なのだ。

そんな幽霊のような恐怖心(18)が、ダンボアの眠りを脅かす事(19)があるだろうか？

殺される？　わたしが武器を手にしている時、わたしの姿が見える場所に
敢えて踏み込む勇気のある者、あるいは、ダンボアと面と向かって戦う時に、

自分の方に利がある、と思う者がいるのだろうか？
ダンボアの手の平には死が鎮座し、その剣には翼があり、
翼の羽の一本一本が、矢のように鋭く刺すのに？
わたしを暗殺しようと企む者共よ[20]、入ってこい、入ってこい。
たとえ甲冑に身を固めた同じ数の軍団が、入って来ようと、
運命は武器よりも強く、裏切りよりも狡猾なのだ、
そしてわたしは、他ならぬ運命に守られて完全武装しているのだ[21]。
入って来ようとしないのか？

〔一方の扉から殺し屋たちが、もう一方の扉からコモレットの亡霊が登場する〕

タミラ　来たわ！

殺し屋一　一度にな。

亡霊　下がれ、臆病な殺人者共、下がれ！

一同　助けてくれ！

〔殺し屋一を除いて一同退場する〕

殺し屋一　来るか？

ビュッシイ　いや、お前は下がらないのか、
しぶとく持ち堪(こた)えて？〔突きを入れる〕これで刺さるか[22]？
厚かましい奴だ。お前の命は貰った。

愛する方の名誉に捧げる最初の儀式だ。〔殺し屋一を殺す〕
亡霊　次の試合に備えて一息ついた方がいい。
ビュッシイ　では最初に聞いた話は本当だったのか？
親切なお坊様は亡くなられたと？
タミラ　そう。
お坊様の形(なり)をして、貴方をここにお連れしたのは夫の伯爵です。
ビュッシイ　上手い手だったし、[24]よく似ていた。
怒りっぽい伯爵は何処におられる？　ご自身に関わる事ですから
どうかご自身のお顔をお見せ下さい。貴方様の高貴な血潮に
これらの卑しい悪党共の血を混入させないで下さい。
また、正真正銘の厳粛な真実と、
口の悪い人たちの[25]軽々しい噂とを一緒になさらないで下さい。
世間が信じていることに反する私の信条こそ、真実なものとお受け取り下さい。
稀に見る尊い奥方様の名誉を一筋に擁護して、その汚れなきお名前をお守りする
砦、また防壁としてわたくしはここに立っております。
奥方様の名声に捧げた[26]この命は、
悪意に満ちた目によってさえ、汚されたことがありません。
この命[27]は、守ろうとするお方の避難場所(サンクテュアリ)となる覚悟でおります。

誉れ高い伯爵殿、お姿を顕し、醜聞の始末をお付け下さい。
他人を事件に巻き込めば、それだけ貴方様の名誉は汚されるというもの。(28)
ご自分の手で遂行なさらなくては、復讐なさったことになりません。
〔モンシュリ伯が、殺し屋たち全員を連れて登場する〕
モンシュリ伯　臆病者たち、悪魔か、悪霊に怯えているのか？
お前たちの目を欺く、恐ろしい影の存在を、
捏造したのは、お前たち自身の弱い精神なのだ。
悪魔は、お前たち自身の中にいるのだ。こうやってそいつを叩き出してやれ——
〔モンシュリ伯がビュッシイを攻撃する。ダンボアはモンシュリ伯を倒す〕
タミラ　夫の命は助けて、お願い。助けて下さい。
ビュッシイ　お命を奪うような事は致しません。殿、生きて
お気持ちをお鎮め下さい。
〔中でピストルを撃つ音。ビュッシイ傷つく〕
おお、（卑怯な飛び道具を使った）臆病者の運命は、
自らを不具者にして、永遠に名誉を失ったのだ。
亡霊　なんという卑劣な行い？　心ないお方だ！
ビュッシイ　堪えて下さい、お坊様。分かっております。
ギュイーズ公とムシュウ殿と死と宿命が結託して

ダンボアを背後から狙った事を。ならば
この体も、弾丸を通す肉体に過ぎなかったのか？
わたしの精神も、肉欲に従うものであったのか？　不滅の魂も
いざという時に、肉体の助けにはならないのか？
神的な魂[29]は、事実ではなく、形式に過ぎないのか、
人間は、二人の仲良しの友達、
つまり、情念と理性から出来ている。
二人は、恋人と騎士のような関係なのだが、わたしの死は
人の一生が、廷臣の一吹きの息のように儚い事の証。
無を形つくるのは無、実体をかき集めても
その本質は、影のような夢に過ぎない[30]。大地に向かって嘆くことなく、
わたしは（真の人間らしく[31]）、天に向かって上を仰いで死ぬのだ。
ローマ皇帝ウェスパシアヌス[32]は、立ったまま死ぬのが
皇帝たる者の威厳と考えていた。わたしだって。
［タミラが彼を支えようとする］
いや、助けはいらぬ。その点では、皇帝よりわたしの方が立ち勝っている。
皇帝は、部屋棲みの下郎どもに、支えられて[33]死んだのであるから。
支えてくれ、愛用の剣よ、これまで通りに！

生も死も、等価のものと考えてきた俺のことだ、
どちらにおいても、怯(ひる)む事はない。俺は立つ、
ローマの彫像のように！　立ち尽くすぞ、
死によって、大理石の彫像と化すまで。わたしの名声よ、
暗殺された後も、生き続けよ。翼を得て、
急ぎ飛んで行け。灰色の目をした「朝」[34]が、そのバラ色の四輪馬車に
アラビアの香油[35]を振りかけている場所[36]目掛けて。
飛べ、イベリアの岬から立ち上がった「夕べ」の黒い両肩に、
樫の茂みの冠を被ったヘカテー[37]が、
顔を覗(のぞ)かせている場所を目掛けて。
飛べ。燃えるように熱い赤道[38]へ、
はたまた、北天の車形の「雪白の大小熊座[39]」の元へ。
そして皆の者に知らせてくれ、ダンボアが
不滅の死者たちが住む場所(リンボ)[40]に急いでいると。
わたしの中に人間の弱さを見て、人々がつく溜息は
雷(いかづち)[41]となり、腑甲斐(ふがい)ない[42]わたしの没落を償う
葬儀に相応しい号砲[43]となって轟き渡るであろう。
亡霊　汝を殺めた者たちを赦し給え。

ビュッシイ　総てを赦そう。
殺人者たちの後ろ盾(44)である殿、
貴方様には、心からなる和解の印に
わたしの剣を受け取って頂きたい(45)。
受け取って、一振りして頂ければ、かならずや
切れ味の鋭さで、貴方様を勝利への道に導く筈です。
この身の闘魂を、気合を入れてその剣に込めておきましたので。
どうか貴方様の公明正大なるご判断で、
暴力による死で流したわたしの血潮(46)と、
愛によって招いた罪の罰を、秤にかけて、
わたしが受けた罰の重みに免じて、
類まれな奥様を心より赦し、和解して頂きたい。
タミラ　わたくしを赦して下さい。そして
貴方の命を、こんなに無念の死に導いてしまったこの手をも。
貴方を、死へとお呼び立てした手紙を書いた
血潮で汚れたこの手をお赦し下さい。
強いられて、この胸の傷口から流れる血で
お呼び立て致しました。この傷の

血で汚れた両腕（かいな）を差し上げて、どうかお赦し下さいますようと、
お願い致します。

ビュッシイ　ああ、胸が潰れる！
運命も、殺し屋たちも、ムシュウ殿もギュイーズ公も
わたしの死に勝ち誇ることは出来ない、ただこれだけは、
この耐え難い光景、このすさまじい有様には打ちのめされる。
わたしの太陽[47]は血潮となった。その真っ赤な血潮の輝きの中で、
（純白の雪に埋もれて）わたしの心臓と肝臓の上にそそり立つ
ピンダスとオッサ[48]の両嶺から
血潮は流れて岩を食む二本の奔流のように
すべての人の生命の大洋に流れ込み、
大海原をわたしの血潮だけで苦く染めるのだ。
ああ、力や勇気や胆力のなんと脆くも儚い性（さが）よ、
その事をわたしの姿が示している。
わたしは、険しい山の、山頂に掲げられた狼煙（のろし）[49]の、
てっぺんに揺らめく警告の灯り、
流れ星[50]が、音もなく滑り落ちてゆくよう。見よ、我が魂は
雷電のように恒天に打ち当たり、これを激しく揺さぶるのだ！〔死ぬ〕

亡霊　〔モンシュリ伯に向かって〕
　大地の息子よ[51]、安まる事のないわたしの魂は、
　お前を、天の信仰に受け入れたことを後悔している。
　（お前の復讐に逸る精神は、
　その盲目的な欲情の怒りにひたすら仕え、尊ぶあまり、
　天が命じる、慈悲と赦しを拒否したからだ）。
　この、立派だった男の肉体から逃れた魂を
　喜ばせ[52]、安心させてやってくれ。
　彼が願ったように、キリスト者らしく
　お前と、妻女との和解を実行することで。
　卑怯にも、お前が妻女に与えた傷を、
　お前の涙で癒し治してやりなさい。さもなければ、
　わたしの怨霊はお前にとり憑き、恐ろしい目に合わせてくれるぞ。
モンシュリ伯　彼女は、わたしの仕打ちを受けて当然でした。今だって自分の過ちを
　悔いるより、男の傍で、その死を嘆いているではありませんか。
亡霊　起きて、ご主人の気持ちを宥めなさい。
　それが、信心ある者の務めだし、愛する者の霊を慰める事になるのです。
タミラ　ああ、貴方様の仰る信心を[53]、貫こうとすると

混乱してしまう。正しくあろうとして
邪になってしまう。恋人を立てれば
主人の面目を潰し、主人への不正を避けようとすれば、
友人への義務を軽んじてしまう。
わたくしは両側に引き裂かれ、右顧左眄してどちらを向いても、
どの場所でも、かならず悪い結果を惹き起こしてしまう。
わたくしの魂は、わたくしの罪である愛欲よりも強く良心を咎め立てる。
美徳は、いかなる継母よりも口やかましい。
ああ、形式のための結婚などしなければよかった。
裏切るだけが目的の、誠実の誓いなどしなければよかった。
もしも、わたくしが罪を良心の問題とせず、こっそりと良心の振りをして
その見せかけを、真実であると世間に知らせて置けば、
また肉体においても、精神においても、名誉を重んじなければ、[54]
放埒なことをしている他の人たちと同じように、幸福であったのに。
そうすれば、わたくしは尊敬され、
妬まれることなく生きてこられたのに。罪も慣れてしまえば
良心の咎めも感じなくなるし、過ちの記憶も薄れてしまう。
名前が傷つけられることも、心が打ち拉がれることもなかったのに。わたくしは

（そんな手段を一つも講じないで）、罪の痛手を蒙ってしまったのです。
ああ、大切な夫、愛しい友人、私の良心！
モンシュリ伯　わたしは、憐れみの感情に負ける訳にはゆかないし、
このように、自主性のない、信義に悖る女を愛する事も出来ない。
自分の情念と名誉、声望、分別との葛藤で苦しむのはもう沢山だ。
出て行きなさい！　わたしの家から出て行きなさい。自業自得なのだから
嘆くのをやめて。ここではすべてのものが恥辱と悲しみで一杯だ。
わたしの家から出ていってくれ。
タミラ　貴方、どうか赦して下さい。出て参りますので。
この傷も（死が訪れるまで、いかなる香油も治す事が出来ません。
貴方の手が開いた傷口だけに、愛しく感じられるのですが）、
死によって癒えるでしょう。
わたしの姿を見て、嫌悪感を抱くことも、もうありません。
わたくしは今後、天と己の両目との間を遮るいかなる屋根の下にも
庇護を求めることなく、広大な砂漠を
狩り立てられる雌虎のように、逃げて参ります。
食するのは自らの心の臓、人跡未踏の地を探し、死に至る迄
脇目もふらず、疾走して参ります。

モンシュリ伯　お前を赦そう、そして両膝を突き、
（両手を天に差し上げて）わたしの名誉心が
妻への愛との和解を容認するように願おう。
だが、その願いの実現はあり得ない。
わたしの愛が、その対象を死に至るまで享受することを、
名誉心がどうしても容認しないのだ。
蝋燭（ろうそく）の灯りは、上を仰ぎ見ながら、
下に向かって我が身を焼き尽くす(55)、我らの愛もまた。
蜜がなくなってしまうと、甘さが失われるが、
それでも最初の風味(56)は残る。命も
燃えるように生きて後死ぬ。愛の炎も
上向いている間は輝いているが、このように
俯くと、（本来の光の性向と逆に）
自らの火を消してしまう。そのように、
わたしがお前に背を向けると、
愛はわたしに背を向けて、去ってゆく。
大宇宙を貫く天軸の両端が、接合することが
決してないように、お前とわたしの和合は永遠に有り得ない。

〔モンシュリ伯とタミラ、別々の方向に退場する〕

亡霊　我が恐怖は、内面的な衝撃をもたらし、
いくら悔いても
恐怖は我が身にのみ、地上的な苦悩を強いる。
さらば、完全な人間の優れた名残りよ。
天を見上げ、汝の精神が星になったのを見よ。
ヘラクレスの炎(57)と、合体すればよい。汝の輝く額を
恒天に打ちつければ、
広大な天は、汝を受け入れてカチリとひび割れて
炎は燃え広がり、年老いた天も、
古きよき人間性の新しい火花で、活気づくでありましょう。(58)〔退場する〕

注

第一幕第一場

（1）物事の有様をきめるのは、道理ではなく運なのだ、報酬は後ろ向きに歩くし、名誉は逆立ちして行く。(Fortune, not Reason, rules the state of things, / Reward goes backwards, Honour on his head;) 偶然的な運の支配と逆立ちする倫理を風刺している諺的表現。

Cf. (1) Plutarch, *Moralia*, I, i, 97: Fortune, not wisdom, rules life. Honour on his head: upside down.

(2) Chapman's poem, *A Coronet for his Mistress Philosophy*, 5, 5-6: Th' inverted world that goes upon her head / And with her wanton heeles doth kyck the sky.

（2）姿 (form)（哲）形相、イデア、エイドス。わかりやすく「姿」と訳した。

（3）下手な彫刻師 (Unskilful statuaries)

Cf. (1) Plutarch, *Moralia*, 1, i, 6-17: But most rulers and kings because of folly imitate unskillful sculptors (statuaries), who think their colossi will seem to be great and powerful, if they form them with widely spread out legs, and muscles straining, and mouths agape. For thus they fancy that they, with gravity of voice, with grimness of countenance, and with insolence of manners, and hostility to friendship, display the dignity of sovereignity: not in any way different from those colossic statues, which are furnished externally with a heroic

and divine form, within are filled with earth, stones, and lead.
(2) *The Conspiracy of Charles Duke of Byron*, IV, I, 179-81: Foolish statuaries / That under little saints; and so where fortune / Advanceth vile minds to state great and noble,

（4）人間は風に吹かれる松明の灯り、その本質をあますところなく集めても、影の夢に過ぎないのだ (Man is a torch borne in the wind; a dream / But of a shadow, summ'd with all his substance)
人間世界は、真実世界（イデア）の影の世界でしかないというヘルメス的、ネオ・プラトニスティックな世界観。第五幕第三幕（30）、（49）参照。
Cf. Erasmus, *Adagia*, 2, 3, 48,': Man a Bubble': Pindar outdoes also the Homeric similitude: where he called man not leaves, but of a shadow, a dream. The context is in the Pythian Ode 8...that is, creatures of a day, What is anybody? What on the other hand is nobody? A dream of a shadow is man. There is nothing emptier than a shadow...Sophocles likewise in the Ajax:... that is, Nothing but shadow and winds is man...

（5）世界にぐるりの帯をまく (To put a girdle round about the world)
Cf. (1) *A Midsummer Night's Dream*, II, i, 175-76: I'll put a girdle round about the earth / In forty minutes.
(2) G. Whitney's *A Choice of Emblemes*, Leyde, 1586, p. 203 に掲載されたフランシス・ドレイクの世界周航（一五七七—八〇）を称揚するエンブレムでは、神の摂理を表す手が雲から出て帯を地球に巻いている。帯の端は船の船首に結ばれ、「神の助け」というモットーが書かれている。この意匠は広く知られ、シェイクスピアやチャップマンのみならず、Massinger, *The Maid of Honour*, I, Shirley, *The Humorous Courtier*, I, i でも使われている。

（6）さもなければ我らの船は一番安全な港で難破してしまうのだ (Or we shall shipwreck in our safest Port.) 港での難破はチャップマンの好きな比喩の一つである。

Cf. (1)Erasmus, *Adagia*, I, v, 76: to wreck (his boat) in Port.

(2) *The Tears of Peace*, 943: I fall againe, and in my haven, wracke;

(3) *Monsieur D'Olive*, I, i, 175:. Wracks me within my haven and on the shore!

（7）大地にごろりと横たわる (He lies down) 宇宙の基底である大地での横臥姿勢は不活動の象徴。

（8）ひしめく (numerous)

Cf. (1) *The Tragedy of Chabot*, V, ii, 92-93: 'Tis dangerous to play too wild a descant / On numerous virtue.

(2) *The Tragey of Charles Duke of Byron*, I, ii, 58-59: O, you do too much ravish, and my soul / Offer to music in your numerous breath,

（9）緑陰 (green retreat) 古来俗塵を離れた哲学的瞑想の場所。

（10）地位と繁栄を求めようとしている (to bear state and flourish) "state" は "greatness" "power" と同意義に用いられている。Cf. *The Conspiracy of Charles Duke of Byron*, IV, i, 113-14: you make all state before / Utterly obsolete.

（11）シチリアの大食漢 (the gross Sicilian gourmandist)

Cf. Plutarch: *Moralia* I, i,: They say Philoxenus son of Eryxis and Gnatho the Sicilian, impelled by excessive greed for delicacies, were accustomed to wipe out the dirt from their noses on to the dishes, so that others should be deterred from eating and they alone could fill up with the foods provided. And so also with those filled with too great a devotion to glory, they traduce the glory of others as if (they were) their rivals, so that they themselves can possess it without competition...

(12) テミストクレス (Themistocles)（前五二四頃—四六〇）アテナイの政治家・将軍、サラミスの海戦でペルシャ軍を撃破したが、晩年失脚してペルシャに亡命した。

(13) クセルクセス (Xerxes)（前五一九頃—四六五）アケメネス朝ペルシャの王ダリウス一世の子、ギリシャに侵攻し、スパルタを破ったが、サラミスの海戦で敗れて退却した。

(14) カミラス (Camillus)（前三六五没）ローマの将軍、包囲戦の結果、エトルリアのヴェリを陥落させた。政争によりアーデンに追放された。ガリアの首都ブレノスのローマ占領の時、呼び戻されて独裁官に任命されガリア人を退けた。

(15) エパミノンダス (Epaminondas)（前四一〇—三六二）テーバイの軍人、政治家。以下の節で、政治家は世に隠れて棲むより公益的活動に献身すべきという主張がプルタークの『道徳論』に依拠して語られる。

Cf. Plutarch: *Moralia*, I, I 59-81: Why should a living man wish to be unknown? ... If Themistcles had been unknown, to the Athenians, the Greeks would not have repulsed Xerxes: if Camillus to the Romans, Rome would have been destroyed: if Plato to Dion, Sicily would not have been liberated. Thus, without doubt, do I feel: just as light not only makes for glory, but also provides our virtues with the matter for action. Epaminondas indeed, obscure right up to his fortieth year, profited nothing to the Thebans: afterwards when he was well-known and a governor, he saved his country when it faced disaster, and freed Greece from slavery, in fame, as if in limelight, exhibiting his virtue, powerful at the proper time. For like bronze which has been worn in use a long time shines; so the known virtue of man shines in honourable deeds."

（16）魔鏡 (that enchanted glass) 宮廷は娼婦の顔のように華やかに見えるが、魔的な場所である。「魔鏡」のイメージは妖精物語や魔術の記述に頻出する。

Cf. (1) Spenser, *The Farie Queene*, IV, v, 26: Long since in that enchaunted glasse she saw. / Theher wrathfull courage gan appall, / And haughtie spirits meekely to adaw.

(2) Bacon, *Advancement of Learning*, V, iv: a magical glass full of superstitions and apparitions.

（17）顔色一つ変えない (to set my looks / In an eternal brake) "brake" means a frame to hold wood or mental work, steady, hence, here to keep the face set in one expression

Cf. *The Tragedy of Charles Duke of Byron*, IV, I, 84: See in how grave a brake he sets his vizard;

（18）反転させて (believe backwards) 典礼式文 (liturgy) を逆転させることは黒魔術や黒ミサの一様式と考えられていた。

（19）教えてくれていると思い (unfold) investigate, explain

（20）厚手のビロードずくめで (high naps) "nap" はラシャなどのけば。"high naps" は "threadbare" の反対に、ベルベットのような軟毛（パイル）生地を指す。

（21）粗野なスキタイ人 (The rude Scythians) 黒海の北岸地域に住む蛮族。

Cf. (1) Seneca:, *Heracles. Oetaeus*, 40: The race that shivers 'neath the Scythian Bear hath known me;

(2)Seneca:, *Heracles. Oetaeus*, 286-89:

O how bloody is the rage that goads women on, when to mistress and to wife one house has openened! Scylla and Charybdis, whirling Sicilia's waves, are not more fearful, nor is any wild beast worse.

(22) 盲目の幸運の女神の力強い腕に、翼が生えているのを描いた (Painted blind Fortune's powerful hands with wings) 翼のある運命の女神のエンブレムは Cartari: *Le Imagini dei degli Antichi* (1568) にある。Cf. A.H. Gilbert, 'Chapman's Fortune with winged hands', *M.L.N.* LII, 1937, pp. 190-92.

(23) 巧みな弁舌が説得力を生む訳ではなく、雄弁は説得力がより効果的に機能する為の一手段に過ぎない (As Rhetoric yet works not persuasion, / But only a mean to make it work)
Cf. Plutarch: *Morlia*, 1, i, 132-33: However, the elegance and capability of eloquence should not therefore be so far neglected, that everything is ascribed to virtue, but so far as for us to hold rhetoric to be not the creator of persuasion, but rather to judge it to be its assistant, and to correct this saying of Menander: The speaker's morals move in speaking, not his eloquence.

(24) カチリと音が鳴る (it cries clink) 乾杯の時にグラスのふれあう音を連想させる。
Cf. *Othello*, II, iii, 64-65: And let me the canakin clink, clink; / And let me the canakin clink.

(25) 気まぐれ (Humour) (中世医学) 体液。多血質、粘液質、胆汁質、憂鬱質など。

(26) 下賜金 (good) "good" は特殊な用法で money を意味する。

(27) 大きなお鼻 (fair great noses)
ムシュウは容貌魁夷で、特に天然痘の後遺症で鼻が異常に大きかった。

(28) 金鎖とベルベットの上着 (chain / And velvet jacket) 執事職を表する服装。

(29) 騎士階級になり上がった ('tis a Knight's place)
ジェイムズ一世が即位後騎士身分を乱造したことへの風刺。
(30) 長いお耳をつける (have the ears) (1) have the attention (2) have long ears like an ass or jester
(31) 木刀 (wooden dagger) 道化の伝統的な持ち物の一つ。
(32) 堅い暮しが出来る (a good standing living) "standing" は "fixed" "settled not casual" を表し、転じて "a steady income" の意。
(33) 下司 (villain) 十六世紀には "scoundrel" の方が頻用された。ここでは悪党という意味より低い身分を強調している。
(34) 召使風情 (hind) servant

第一幕第二場

(1) お傍に侍るイギリス人乙女 (this English virgin) アナベルのこと。
(2) 恭順を示す習 (observance) ceremonial respect for rank
(3) 年老いた女王 (their old Queen) という表現はエリザベス女王の生前に使用するのは不適切ということから本劇の製作時を一六〇四年とする根拠の一つとされている。
(4) 女王の宮廷 (Her Court) このあたりの記述はバイロン公のイギリス宮廷訪問の様子を想起させ

る。Cf. *The Conspiracy of Charles Duke of Byron*, IV, i, 1-4: The Duke of Byron is returned from England / And, as they say, was princely entertained, / Schooled by the matchless queen there, who I hear / Spake most divinely, and would gladly hear / Her speech reported.

(5) 誇示している (approves) demonstrates, proves

(6) 縮図 (abstract) より大きなものの本質を要約して小さく表現すること。epitome と同義。宮廷は王国全体のミニチュア、国全体とプトレマイオス的同心円の小世界である。二世紀前半にアレクサンドリアで活躍した天動説を手動した天文学者プトレマイオスの宇宙観では、宇宙は無機質で空虚な空間ではなく、「世界霊魂(アニマ・ムンディ)」が浸透したいわば巨大な人間であり、人間は大宇宙 (macrocosmos) に比べるならばいわば小宇宙 (microcosmos) である。大宇宙と小宇宙の間には類似と対比の関係が成り立っていて、人間は宇宙全体のひな形であり、規模を縮小した宇宙の模型である。従って、宇宙における天体の運行は人間の運命を表し、人体には宇宙そのものの秩序が刻み込まれている。大宇宙と小宇宙、国と個人、地域と過程等の照応というこの思想は新プラトン主義やヘルメス思想の再興と共に、ルネサンスの学知全体に位階(ヒエラルキア)秩序と万物照応(コレスポンダンス)という宇宙論的な思想を浸透させていった。

(7) 均整 (proportion) 部分と全体との正しい関係、調和。チャップマンが重視した美意識の一つ。

(8) 田舎輪舞(ヘイ) (Hay) 輪をつくって踊るカントリー・ダンス。

(9) 刷新 (innovation) ほぼ“revolution”と同義、Cf. 1 Henry IV, V, i, 78: hurly-burly innovation.

(10) わたしたちの宮廷の流行の真似をしている (imitate...the fashions of our Courts)

フランス宮廷のファッションを真似するイギリス人への風刺。諸外国のファッションを模倣するイギリス人旅行者への風刺が当時流行した。
Cf. (1) *The Merchant of Veinice*, I, ii, 78: I think he bought his doublet in Italy, his round hose in France, his bonnet in Germany, and his behaviour everywhere.
(2)Nashe, *The Unfortunate Traveller*, 269: Jack clearly sticks out as a foreigner and a tourist, imitat[ing four or five sundry nations in my attire at once.

（11）自らの殻から飛び出し (leap out of themselves)'change their skins'

（12）旅をして (travel) "travel" と "travail"（産みの苦しみ、陣痛）との地口。

（13）宮廷風の美服を着た (in Court dress) 服装の虚栄心について国王がコメントした直後に、宮廷風の虚飾を身につけたビュッシイの登場が皮肉である。

（14）お仲間に入れて頂きたい (enter in) gain admitance to; your Graces (1) the society of you titled ladies, (2) your good graces. The Duchess's reply seems to depend (obscurely) on a coutly pun: "enter in" sexually.

（15）盛りがついた ('Tis leap-year) 一六〇四年は leap-year（うるう年）であり、本劇の製作年の根拠の一つと考えられた。"leap" は発情期の雄羊の行動を表す。このあたりのせりふには "leap", "enter", "prick" など bawdy な語が頻用されている。

（16）アクシウス・ナヴィウスが剃刀の刃で砥石を切ったように (good Accius Nevius,...as he did with a razor) アクシウス・ナヴィウスはローマの伝説的な卜占官、皇帝タークインの命令によって、剃刀で砥石を切ったという。

（17）すでに多すぎる程の人の喉を切った (y' have cut too many throats already)
一五七二年八月二四日（聖バルトロメオ祭日）に始まった旧教徒による新教徒の虐殺でギュイーズ公爵の虐殺行為は悪名高かった。
Cf. *Massacre at Paris*, xii, 1-7: Guise. Down with the Huguenots! Murder them! / Protestant. O Monsieur de Guise, hear me but speak. / Guise. No, villain, that tongue of thine / That hath blasphem'd the holy Church of Rome / Shall drive no plaints into the Guise's ears, / To make the justice of my heart relent, / tue, tue, yue, let none escape. (Kill them)

（18）出鼻を挫く (mate) 内舞台でおこなわれているチェスゲームにかけて checkmate, rival, put out of countenance の意。

（19）新版の騎士 (some Knight of the new edition) ジェイムズ一世は即位後の最初の二ヶ月間で前任のエリザベス一世の十年間分に相当する数の騎士を任命した。第一幕第一場（24）参照
Cf. (1) *Monsieur D'Olive* IV, ii, 76ff: what honour do they deserve that purchase their knighthood? / Purchase their knighthood, my lord? Marry, I think they come truly by't, for they pay well for't.
(2) *Eastward Ho!*, IV, i, 198-99: he's one of my thirty-pound knights. / No, no, this is he that stole his knighthoods' the grand day for four pound, giving to a page all the money in's purse, I wot well.
(3) Bacon's letter to Cecil, 3 July 1603, 'this almost prostituted title of knighthood.'

（20）騎士用コーナー (the Knights' ward) ロンドンの債務者牢の中は四つに区切られ、身分によって割り当てられた。たとえば *Eastward Ho!* のサー・ペトロネルは "Masters' Ward" に入った。

Cf. *Eastward Ho*, V, ii, 46 ff.: The knight will i' the Knights' Ward... he lies i' the Twopenny Ward, far off,'

（21）イグサ (rush) エリザベス朝とジャコビアン朝においては王宮でさえ、乾いたイグサを床敷きに使う習慣が十七世紀まで続いていた。

Cf. *Romeo and Juliet*, I, iv, 35-36：Let wanton light of heart / Tickle the senseless rushes with their heels.

（22）掃き溜めで鬨の声をあげる雄鶏 (the throat of a dunghill cock) 臆病者への悪口。

Cf. Gabriel Harvey, *Three Proper Wittie Letters*(1580): 'Asses in Lions skins;dunglecocks.

（23）新しく帰化した連中 (some new-denizened Lord) ジェイムズ一世に伴い英国に帰化したスコットランド人側近たちへの風刺。ジェイムズ一世は王国の統一政策の一貫として、スコットランド人にイギリスの市民権を与えた。

（24）獅子の皮を着てのし歩くロバ (the Ass, stalking in the Lion's case) イソップ物語の一つ。第一幕第二場（18）参照。

（25）毛布 (blanket) 毛布にくるんで放りあげるのは、伝統的な処罰法の一つ。

Cf. *The Widow's Tears*, 1, iii, 94-96: I'll have thee tossed in blankets. / In blanket, madam? You must add your sheets, and you must be the tosser.

（26）クルベット (curvet) 馬が前足が地につかないうちにあと足から躍進する優美な跳躍前進する高等馬術、gambado ともいう。この場合は動きの激しい踊りを踊ること。

（27）ぴったりだ (sits) (of clothes) fits.

（28）後ろ暗い (close) hidden

(29) 言い草はこの場にぴったり合っている (Your descants do marvelous fit this ground)
"ground"は歌曲の主旋律。"descant"は主旋律にあわせて歌われる伴奏部。ここでは"ground"はビュッシイの新しい美服のことを指し、"descants"はそれをからかうバリゾーやその友達の言葉を意味する。加えて"ground"は、廷臣たちが今伺候している場所、つまりRoyal Presence Chamberを指し、決闘を禁じられた君主の御前では廷臣たちは身の安全を確保した上で、新参者のビュッシイを侮辱して楽しむことが出来る。

(30) 麝香猫 (musk-cats) 麝香の香りを採取する動物、転じてめかしや、にやけた男の意。

第二幕第一場

(1) 華々しさ (bravery)(1)fine clothes (2)courage (a latent sense, linking with spirit).

(2) 嫉妬 (Envy) チャップマンの「嫉妬」は半分は女性、半分はトビの姿である。以下は「嫉妬」についての記述が続く。
最も健康な部分を嫌がる銀バエのように飛び去って、膿みただれた傷口に留まるのだ
(like a fly, / That passes all the body's soundest parts / and dwells upon the sores)
Cf. (1) Spenser, *The Farie Queene*, I, iv, 30: And next to him malicious Envui rode, / Upon a ravenous wolfe, and still did chaw / Betweene his cankered teeth a venomous tode,

(2) *The Tragedy of Chabot*, IV, i, 14-16: like cows and carrion birds, / They fly o'er flowery meads, clear springs, fair gardens, / And stoop at carcasses.

(3) *An Invective Written by Mr. George Chapman against Mr. Ben Johnson*, ll. 64-66: great flesh flies / Slight all the Clere and sound partes whear thay pass / And dwell upon the soares;

やぶ睨みの目 (squint eye) 「嫉妬」の伝統的な属性の一つ。

Cf. Spenser, *Shepherdes Calender*, August, 129: Herdgrome, I feare me, thou have a squint eye: Areede uprightly, who has the victory?,

でっちあげてしまう (forges) (1) makes, (2) fakes

（3）ナンシィウス (Nuncius) ギリシャ悲劇に起源し、セネカを経てイギリス演劇に取り入れられた使者兼ナレーター。チャップマンはこの役のせりふで英雄叙事詩の壮重体（グランド・スタイル）の修辞法を試みている。

（4）アトラス山やオリンポス山 (Atlas or Olympus)

アトラス山は北アフリカ・モロッコ南西部からチュニジア北東部に及ぶ山脈の山であるが、（ギ神）アトラースはプロメテウスの弟で、ティターン族の巨人たちとともにゼウスと戦い、神罰として地球の西端に立って肩で天を背負わせられている巨人神。

オリンポス山はギリシャ中東部テッサリア地方の山塊でギリシャの神々が山上に住んだという。

（5）覆う (covert) covering, shelter8especially of trees, etc.

（6）響き渡る (inform'd) (1) given form, (2) inspired

（7）満ちた (fraught with) filled with, attended with; with special reference to pregnancy.

（8）出来事 (event) outcome, with special sense of birth (as in 'happy event').

（9）三人の挑戦者 (three challengers) 一五七八年に国王アンリ三世配下の一派とギュイーズ公配下の一派の間で三対三の決闘が行われたが、ビュッシイは関与しなかった。

（10）加勢する (contributory) each piece of wood contributing to the one fire.

（11）ピュロウ (Pyrrho)（前三六〇頃—二七二） ギリシャの哲学者・懐疑論の祖。人間は物事の真実を知り得ない以上、あらゆることに無関心であるべきであると説いた。

（12）ヘクター (Hector)
パリスがトロイ戦争を終結させる為に、メネラウスとの決闘を提案した時、ヘクターが青銅の槍を挙げて、二人の武将に戦いをやめて彼の話を聞くように合図した。
Cf. *Illiad*, III, 83-84, Hector 'rusht betwixt the fighting hoasts and made the Troyans cease / By holding up in midst his lance.

（13）火にくべられた月桂樹 (a laurel put in fire) 月桂樹は破裂するように激しく燃える。

（14）勢いよく (spritely) (1)vigorously (2) ghostly (hence 'spirits)

（15）傷 (wounds) 人間の傷は癒えないが、天使の傷はすぐに癒える。
Cf. Milton, *Paradise Lost*, VI, 344-47: Yet soon he healed; for spirits that live throughout / Vital in every part, not as frail men / In entrails, heart or head, liver or reins, / Cannot but by annihilating die;

（16）アーデン (Arden) エリザベス朝文学においては常にロマンスの森で、チャップマン、シェイクスピア、スペンサー、ロッジらが言及。

（17）樫の木 (an Oak) 巨木が倒れる様の描写。
Cf.Virgil, *Aeneid*, II, 626-31: even as when on mountain-tops woodmen emulously strain to overturn an ancient ash-tree, which has been hacked with many a blow of axe and iron; it ever threatens to fall, and nods with trembling leafage and rocking crest, till, little by little, overcome with wounds, it gives one loud last groan and, uptorn from the ridges, comes crashing down.

（18）命と恃む根幹 (radical fivers) 'thread s of life'
Cf. *OED* (s.v.fiver, 24)cites 1621 Sandys *Ovid's Metamorphoses*, VI, 113: The threds / Of life, his fivers, wrathful Delius shreds

（19）ナヴァール王 (Navarre)（一五五三―一六一〇）、後のアンリ四世。初代のフランス国王（在位一五八九―一六一〇）。ブルボン王朝の始祖。はじめユグノーの首領。のち旧教に改宗して一五八九年即位。九八年ナントの勅令でユグノーに信仰の自由を認めた。王権の強化を図って暗殺された。本劇が書かれた一六〇四年頃は彼の軍事的名声の絶頂期であった。

（20）人類が存続する限り (An age of men) 古典古代の神話では人類の歴史を黄金、銀、銅、真鍮各時代と分け、時代が下るにつれて人類は劣化したと伝える。

（21）アルメニア (Armenia) アルメニアは黒海とカスピ海の間の山岳地域であるが、セネカはアルメニアを野生動物の棲む蛮地と評した。
Cf. Seneca, *Hercules Oetaeus*, 241: a tigress, lying big with young 'neath some Armenian rock,

（22）額の宝石 (the treasure of his brow) 一角獣の額の角はあらゆる毒に対する解毒剤として珍重された。一角獣は大木を襲撃し、角が幹に刺さって動けなくように誘導されて捕獲された。
Cf. (1) *Julius Caeser*, II, i, 203-4: for he loves to hear / That unicorns may be betray'd With trees,
(2) *The Farie Queene*, II, v, 10 that furious beast / His precious horne, sought of his enemies, / Strikes in the stocke, ne thence can be releast, / But to the mighty victour yields a bounteous feast.

（23）全身血しぶきの模様を点々とつけたまま (freckled)
Cf. *The Revenge of Bussy D'mbois*, I, i, 117-18: the blood / She so much thirsts for, freckling hands and face.

（24）武装を解いた (bare) (1) unarmed (2) head uncovered

（25）実定法と自然法 (positive and natural law of reputation)
ムシュウは件の決闘が法規制をこえて罪を正す一種の正義の手段であることを主張している。法規制を持つ実定法（制定法・慣習法・判例法などを指す）と自然法（人間の本性に基づく倫理的な原理）を比較して、実定法が前もって適切な矯正手段を定めていない以上、自由な人間はその欠陥を自然法で補足すべきであるという論旨である。
Cf. (1) *The Conspiracy of Charles Duke of Byron*, III, iii, 141-45: there's not any law / Exceeds his knowledge, neither is it lawful / That he should stoop to any other law. / He goes before them and commands them all / That to himself is a law rational.
(2) *The Gentleman Usher*, V, iv, 59-62: A virtuous man is subject to no prince, / But to his soul and honour; which are laws / That carry fire and sword within themselves, / Never corrupted, never out of rule:

（26）真の人間 (full men) チャップマンの考えでは “full men” とは virtuous, learned, complete, entire, perfect men の意。世俗的な権力者を表する “great men”(I, I, 6) や “the “empty men”(V, iii, 46) より倫理的に優れた人間を意味する。第五幕第三場（11）参照。

（27）補う (imp) engraft: hence eke out, mend

Cf. *Monsieur D'Olive*, III, ii, 76-77: all my care is for followers to imp out my train.

（28）自分自身が王としてふるまい、法を越えた正義を行うことをお許し下さい

(Let me be King myself... / And do a justice that exceeds the law)

法が正義を行わない時には、自分自身が法を超えた王となる権利があるという主張。ジェイムズ一世は繰り返し「私闘禁止令」(Against Private Combats, 1613, Against Private Challenges, 1614) を発令し、検事総長サー・フランシス・ベイコンは「私的決闘禁止令」(The Charge of Sir F. Bacon Touching Duells, 1614) を発令したが、チャップマンはステュアート朝にも根強く残っていた封建貴族の特権としての個人的名誉保持を目的とする私闘の権利を擁護し、真に美徳ある高貴な人間は彼自身が神から与えられた自然権を有する故に、社会的実定法を超えた存在であると主張する。本劇のアンリ三世が第三幕第二場で「そこからの堕落があらゆる争いの始りである、生得の高貴さのままに、その人間性を保持せんとひたすら願っている男」について述べているように、「人間が戻るべき堕落以前の生得の高貴さ」と「自由」の観念はチャップマンの後期の作品の中心的テーマである。

Cf. (1) *The Gentleman Usher*, V, iv, 56-58: And what's a prince? Had all been virtuous men, / There never had

been prince upon the earth, / And so no subject; all men had been princes:
(2) *The Tragedy of Chabot*, IV, I, 236-40: It is a word carries too much relation / To offence, of which I am not guilty. / And I must still be bold, where truth still alms, / Inspite of all those frowns that would deject me, / To say I need no pardon.

（29）わたしは友人を救うことで王国を獲得する程の働きをした (I have obtain'd a Kingdom with my friend.)
友情によってビュッシイを助けたことを強調しつつ、機あればビュッシイの武術を恃んで兄王の命と王国を奪おうとの意図を隠し持つムシュウの優れてアイロニカルなせりふである。

第二幕第二場

（1）陛下の御前にいること (the place) the presence-chamber
（2）全然弁えていらっしゃらない (no due conceit) conceit (conception, opinion; hence esteem)
（3）言葉をかけられる (encounter) 性的な誘いの言葉をかける。
（4）高慢なお顔 (project face)。
"project"はチャップマン独自の用法の形容詞で"forward-thrusting, self-asserting"の意。
錬金術の"projection"は卑金属から貴金属への変質を意味する。次行の"test"との関係において、タミラはビュッシイが、卑しい出自を美服で貴種と偽る詐欺師であると言う。

（5）言い寄ってくるのを赦している (entertain) admit conversation; but there was a special sense of taking someone as a servant.

（6）任せたらいい (stand) an odd use, perhaps the result of playing between ‘put up with’ and ‘encounter’.

（7）僕 (servant) “menial”（卑しい仕事をする召使）と “lover” の二つの意味を兼ねる。

（8）熱く、乾いて、濃厚な蒸気が、（大地の子宮の中から、あるいは大地を覆う外殻の中から生まれる (a fume, / Hot, dry and gross (within the womb of Earth / Or in her superficies begot)。昔、地震の発生は熱い空気（fume 蒸気）が地中に閉じ込められ爆発したものと考えられていた。Cf. Aristotle, *Meteorologica*, II, viii : The severity of the earthquake is determined by the quantity of wind and the shape of the passages through which it flows.

（9）蒸気は押しこめられるとなおさら荒れ狂い（The more it is compress’d, the more it rageth;）障害物がかえってエネルギーの激発を誘う。後のタミラの偽善的態度の原因と考えられる。

（10）恣の情欲 (licentious fancy)、欲望 (blood) と同義語。人間の肉体的、心理的な性質を形成する四つの気質 “humour” の一つ。欲情を表す。四つの気質（ヒューモア）は胃や肝臓で食物として受け取られた元素（エレメント）から抽出され、血液によって体の各部に運ばれると考えられ、血液は性的情熱を運ぶ役割を果たすと考えられた。

（11）第二の貞操 (second maidenhead)
婚姻によって失われるのが第一の、密通によって失われるのが第二の貞操。このあたりは

nominal と real, word と thing の対比についての議論。

Cf. 1 *Henry IV*, V, i, 131-43: What is honour? A word. What is in that word? Honour. What is that honour? Air. A trim reckoning! Who hath it? He that died o' Wednesday. Doth he feel it? No. Doth he hear it? No. 'Tis insensible, then? Yea, to the dead. But will it not live with the living? No. Why? Detraction will not suffer it. Therefore I'll none of it. Honour is a mere scutcheon. And so ends my catechism.

（12）モノ (thing) 第二の貞操の喪失によっても影響されない female genitals の意。

（13）いろいろな (solemn) (1)formal (2)sumptuous.

（14）遊びや行事 (sports and triumphs) entertainments and spectacles.

（15）誘惑 (attempts) in special sense of sexual assault

（16）殿方が女主人に浮気を仕掛けている間、祈祷書に目を向けて、見て見ぬ振りをするという訳ね (you are at your book / When men are at your mistress;)

紋きり型の喜劇的定則。

Cf. (1) *Alll Fools*, II, i, 282-85: I sit like a well-taught waiting-woman, / Turning her Eyes upon some work or picture, / Read in a book, or take a feigned nap, / While her Kind lady take one to her lap?

(2) *Monsieur D'Olive*, Vi, i. 198-200: As when any lady is in private courtship with this or that gallant, your Petrarch helps to entertain time. You understand his meaning?

（17）王侯の遵法の精神など、形だけのもので、王侯の大権を行使することで、無効にされてしまう

(form gives all their essence: / That Prince doth high in virtue's reckoning stand / That will entreat a vice, and not command) 君主の恩赦は議会の会期中のみ有効で、閉会中は大権の行使によって相殺されてしまう。王侯の寛容と立憲主義は形だけでリアリティを伴わないことを述べている。

(18) わたくしの太陽 (my sun)
愛の力を衛星の全惑星を支配する太陽の力に喩える比喩。コペルニクスは『天体の回転について』（一五四三）第一〇章「天体の軌道の順序」で、宇宙における太陽について「真ん中に太陽が静止している。この美しい殿堂の中でこの光輝くものを四方が照らせる場所以外のどこにおくことが出来ようか。ある人々がこれを宇宙の瞳と呼び、多の人々が宇宙の心といい、更に多くの人々が宇宙の支配者と呼んでいるのは決して不適当ではない」と述べ、ジョルダーノ・ブルーノ（一五四八—一六〇〇）は『傲れる野獣の追放』のシドニーへの献辞の冒頭で「太陽は莫大な明かりによって輝き、莫大な善によって卓越し、莫大な善行によって役にたち、感覚の師であり、実体の父であり、生の創始者である」と述べている。

(19) やるせない心、不吉な安らぎ (Sadness of heart, and ominous secureness) sadness は firmness, security の意。"ominous" には善悪両義ある。この場合、omens は security (freedom from anxiety) を意味する。

(20) 宇宙の不動の中心 (the Centre) 転変する世界の仮説上の「静止点」であり、プトレマイオスの天動説の回転する天空の中心。第四幕第二場（19）参照。

(21) 時間と運命の怖ろしい車輪 (the violent wheels of Time and Fortune)
時と運命は常に回転する車輪のエンブレムで表され、上昇の後に必ず下落が続く。

（22）創造主の宝 (The Maker's treasury) 創造主が自らの豊かさを反映させる被造物の世界。

（23）大いなる実存 (great Existence) 現存するすべて、転じて創造された宇宙。*OED* では、この語の初出を一七五一年としている。

（24）死 (death) "death" と "orgasm" "swoon" の意味をかけている。

（25）自分自身を投げ捨てましょう。これまでの自分自身がなかったかのように (And cast myself off, as I ne'er had been)

"cast off" は服を脱ぎすてるように旧来の自分と決別する、の意。（1）突然の恐怖に駆られて、消え入りたい気持（2）これまでの自分と全く無縁の役割を引き受けようとの覚悟、などの複雑な含意がある。

（26）わたしの智慧が、教えて進ぜる口実の元で (with another colour, which my Art / Shall teach you to lay on) "colour" は色をつけて覆い隠すこと、"Art" は熟練の技、ともに修辞法として用いる。

（27）しつらえた (set) "set" は "static" の状態を暗示。静止した愛にビュッシイが働きかけて動かすのである。

（28）発端の仕掛け人 (the first Orb) 第十天（第九天とも称した）。プトレマイオスの天体系では体系内の他の九天を動かす原動力 The Primum Mobile を表す。

（29）恋は飛び去る (flying) キューピッドの翼を暗示。

（30）一者 (One) 新プラトン主義の始祖プロティノス（二〇五―二七〇）は超越的絶対者としての一者（プラトンのイデア、キリスト教の神にあたる）とその流出、観照、投影を説く壮大な形而上学的体系を提唱した。

プロティノスは『エネアデス』第六章―九で「すべての存在は一たる故に存在なのであり、一たることとなくしては存在し得ない……生命や理性や存在や善や霊魂など――これらすべては一者から来たり……我々の霊魂は神なる一者との交わりによって孕み、満たされて美、正義、徳など神的緒存在を生み出す。そして少数の人間は「一者」への愛（エロース）によって「一者」に回帰し、忘我（エクスタシス）のうちに「一者」と合一することが出来る」と述べている。また、ブルーノは『原因・原理・一者について』の「第五対話」で「存在とは一であり、無限であり、基体であり、質料であり、生命であり、魂であり、真なるものであり、善なるものである」と述べている。

（31）細心の注意を払う (curious) careful, fastidious

第三幕第一場

（1）気弱く (heartless) lacking courage

（2）ポプラの葉 (an aspen leaf)（詩）ポプラの葉は震え易い。

（3）征服して (expugn'd) vanquished, overpowered

（4）集結させる (gather'd head) ここでは擬人化した嵐の表現に使われているが、元来は軍隊の召集を表す。

Cf. II *Henry IV*, iii, 76-77: foul sin, gathering head, / Shall break into corruption.

（5）判断 (apprehensions) understandings, gears. “apprehensions” は理解力の一つであるがしばしば理性よりも想像力が働くので誤まることもある。
Cf. *A Midsummer Night Dream*, Vi, i, 18-20: Such tricks hath strong imagination, / That, if it would but apprehend some joy, / it comprehends some bringer of that joy.

（6）形 (proportion) likeness of shape

（7）実体もない雲から、勝手に龍や獅子や象などの姿を、創り出す (empty clouds in which our faulty apprehensions forge / The forms of dragons, lions, elephants) “apprehensions” は “understandings, fears” の意。知性ではなく想像力から生まれる幻想の形象。
Cf. (1) *A Midsummer Night's Dream*, V, i, 12-18: And as imagination bodies forth / The forms of things unknown, thepoet's pen / Turns them to shapes, and gives to airy nothing / A local habitation and a name.
(2) *Monsieur D'Olive*, II, ii, 92-94: Like to a mass of clouds that now seem like / An elephant, andstraightways like an ox, / And then a mouse, or like those changeable creatures / That live in the bordello,
(3) *Hamlet*., III, ii, 366-71: Ham. Do you see yonder cloud that's almost in the shape of a camel? Pol. By th' mass, and 'tis like a camel indeed. Ham. Methink s it is like a weasel. Pol. It is back'd like a weasel. Ham. Or like a whale? Pol. Very like a whale.
(4) *Antony and Cleopatra*, IV, xiv, 2-3; Sometimes we see a cloud that's dragonish; / A vapour sometimes like a bear or lion.”

（8）狡猾さ (Policy) 政治的権謀術数主義、マキャヴェリズム。

（9）怪物 (monster)、壁布 (cloth)
村の定期市などで、見世物小屋の外壁にかけられた壁布（タピストリーの代用品として使われる安価な布）に実際以上におどろおどろしい姿の怪物の絵を描いて客の目を惹いたように、Policy は罪の姿を実際以上にゆがめて描くという。
Cf. *Macbeth*, V, viii, 25-26’ We'll have thee, as our rarer monsters are / Painted upon a pole.

（10）人間の三つの力 (our three powers)
人間は理性的な魂、動物の感覚的な魂、草木の植物的魂の三構成から成るが、その三つは推理力のある脳、敏感な心臓、生長を増進させる肝臓の力であると考えられた。一つのものを構成する三者の例として Spenser, *The Faerie Queene*, IV, iii, 3-35 が描く Priamond, Diamond, Triamond 三兄弟の物語参照。

（11）力強い翼を持つ、黄金の風 (golden vapours, and with awful wings) 天使の属性。

（12）大義の為に、地位の低い小者たちに悪事を犯させる (as great statesmen for their ...general end / In politic justice, make poor men offend)
政治的目的を達成する為に個々の諸悪が容認されていることへの風刺。
Cf. Pope, *Essay on Man*, II, 291-92: All Discord, Harmony, not understood; / All partial Evil, universal Good.

（13）垂らされた測深糸に対して、直角に建築石材が積まれるのであって、積まれた石に対して、糸が垂らされる訳ではない。(as to the line the stone, / Nor to the stone the line should be opposed;)

測鉛線は線を定めて、その線に沿って壁をつくる石が置かれるのであって、石が置かれてから測量が行われるのではない。

Cf. Plutarch: *Moralia*, III, i, 50-52：The stone must be laid to the line, not the line to the stone. But the Stoic, not accommodating their principles to facts, but twisting facts to their principles, with which Nature does not suffer them to fit, have filled philosophy with many difficulties.

(14) どの想いも、人生の狂った時計針のようにしばしば文字盤の円周を逆回りしてしまう。(every thought in our false clock of life / Oft-times inverts the whole circumference)

人の想いの気まぐれな定めない動きを、狂った時計の針の動きに喩えている。背後に、無限と完全性の象徴である円環のイメージと、有為転変と有限性の象徴としての時間のイメージとが対比されている。

(15) 太陽の規則正しい光線の中で、あてどなくさ迷う塵に過ぎないわたしたち (we, that are but motes to him, / Wand'ring at random in his order'd rays)

モンシュリ伯は第五幕第一場で「地球が動き、天が静止するとは、本当か?」と自問しているように、ポーランドの天文学者ニコラス・コペルニクス（一四七三―一五四三）は肉眼による天体の観測とギリシャ思想とに基づいて、主著『天体の回転について』(出版一五四三) において太陽中心宇宙説を首唱。地球その他の惑星はその周囲をめぐるという地動説を発表し、当時定説であった地球中心宇宙説に反対し、近世世界観の樹立に貢献した。一五七七年から七八年にかけて彗星の観測結果はコペルニクス説の優位を立証し、ロンドンでは、リコード、ジョン・ディー、レオナルド、ディッグズ、トマス・ディッグズらコペルニクスの新天文学説の支持者が続出した。

しかし、コペルニクスは天体構造の数学的単純性を原理として、地球中心説よりも太陽中心説の優位を説き、いわば天体系の中心として地球を太陽に置き換えただけのことで、宇宙の無限性には触れていない。むしろ不動の天圏 stellarum fixarum sphere immobilis を承認することで以前として閉ざされた宇宙説を継承。ブルーノの無限宇宙説では固定した中心は存在しない。天体はすべて相対的な関係におかれる。果てしない宇宙の美しさ、無限性」そこに息づく生命の不思議。宇宙は巨大空虚な容器ではなく、無限の充実。

(16) 煙 (fumes) distilled in lower organs of the body by the heat of passion, and rising to the brain to cloud reason.

(17) 欲情 (fantasy) *OED* (s.v., 7) は“fantasy”を“desire”と規定するが、五感すべての経験を統合した官能性の総称と考えられる。

(18) 昼間、床にふれる交わりは、結婚している夫婦でも、姦通といえる
(All couplings in the day that touch the bed / Adulterous are)
Cf. Plutarch: *Moralia*, III, i, 92-93: I: But furthermore Homer depicts no hero lying either with his wife or his concubine (by day): except that he writes of Paris fleeing from the fight and hiding himself away in Helen's embrace: thus showing that coitus in the daytime is not with a husband but with a violent lover(adulterer).

（19）アトラス神 (Atlas) ここではアトラスが天を支えるようにビュッシイが聖なる君主を支えているの意。第二幕第一場（4）参照。

（20）親密さ (greatness) intimacy; with a play on the common meaning.

（21）ムシュウ殿はギュイーズ公に劣らぬ激しく深い怨念で嫉妬している (Monsieur now envies / As bitterly and deadly as the Guise) ビュッシイの急激な出世に対するムシュウの嫉妬の最初の表明がここでなされ、劇後半の破局（カタストロフィ）への伏線となっている。

（22）自らが働きかけている相手を、自分の似姿にしようとするのだ (it works on, like itself) プラトンの思想では、魂は自らの似姿を、棲んでいる物質的肉体から作り出そうとするが、物質の本質的不完全性に妨げられて成功しない。

第三幕第二場

（1）つまらぬ獲物を追うトンビ。(Kites / That check at nothing) "check at nothing" は鷹狩の用語で、相応の獲物ではなくつまらぬ獲物を狙う、の意。Cf. *Twelfth Night*, III, i, 71-72: And, like the haggard, check at every feather / That comes before his eye.

（2）お前はわたしの鷲（イーグル）となり翼の下にわたしの雷を抱けばよい。

(Thou shalt be my Eagle, / And bear my thunder underneath thy wings)

（ギ紳）ゼウス神の鷲（イーグル）は翼の下に雷を抱いている。

Cf. *Eugenia*, II, 742-45: In sacred end / Her selfe being th'Eagle; And the Queene of Kings / That of our Kings King, bears beneath her wings / The dreadfull Thunder, the Almightie word; / All which (called fiction) with sure Truth accord.

（3）行商する魚屋が、干草の束をまきつけて脛を保護するように (a Rippier's legs roll'd up / In hay ropes) "rippier" は魚の行商人の意、長靴やゲートルの代りに、干草の束をすねにまきつける習慣があった。

Cf. Jonson, *Everyman in his Humour*, I, iii: Stephen: But I have no boots... Brainworm: Why, a fine wisp of hay rolled hard, Master Stephen.

（4）甘言に慣れた王侯たちの長い腸を巻きつけられ保護された卑しい追従者 (Slave Flattery... with Kings' soothed guts / Swaddled and strappled)

王侯たちのなめらかな腸（肝臓その他の内臓と関連のある欲望を司る臓器）を巻きつけられ、保護された追従者。権謀術数渦巻く宮廷の人間関係の象徴。

（5）例の赤毛の裏切り男 (a red-haired man)

タピストリーに描かれたユダは通常、赤毛で表現され、シャイロックのような舞台上のユダヤ人も伝統的に赤毛のかつらをつけた。

Cf. Middleton, *The Witch*, V, ii, 55-56: Into the vessel; / And fetch three ounces of the red-haired girl / I kill'd last midnight.

（6）猟犬 (lucernsr) lynxes 目つきの鋭い猟犬。
Cf. *Iliad*, XI, 417-23: 傷ついた牡鹿を襲う猟犬が、ライオンに追われて逃げる場面が描かれている。

（7）乞食の木鉢 (a clapdish) rise aby degrees
（乞食の）蓋付木製皿。人の注意を引く為に蓋を叩いて、カタカタ鳴らした。

（8）苦しむ (suffering) suffering pain, patient, tolerant

（9）徐々に出世させ (graduate) rise by degrees

（10）プロティウス (Protean)（ギ神） 変幻自在な姿と予言力を有した海神。

（11）ハゲタカ (Vulture)（ギ神） 神罰によってコーカサス山岩に鎖でつながれプロメテウスの肝臓を食うハゲワシの故事に依拠。

（12）ハーピー (Harpy)（ギ神） 女面女身で鳥の翼とかぎつめをもった貪欲な怪物。

（13）教会堂 (Synagogue) かならずしもユダヤ教徒の為のものと限らない集会所。

（14）思い上がった (glorious) vainglorious, boastful

（15）早まった (headlong) rash

（16）紫の衣 (purple) 紫は皇帝が身につける色。ギュイーズは紫色の衣を着用して、王に対抗する人気を博した。

（17）ヒドラ (Hydra)（ギ紳） ヘラクレスに殺された九頭の蛇。

（18）アンボア枢機卿 (Cardinal of Ambois) ルーエンの枢機卿でかつ大司教。ビュッシイの大叔父。ビュッシイが生まれる三九年前の一五一〇年に死亡。

（19）支持者に頼って (great in faction) dependent on his supporters

（20）隊長としてわたしを戦場に連れて行って頂きたい (Be a duke, and lead me to the field.) "dux"（リーダー）と"Duke"（ギュイーズ公爵）との地口。

（21）サトゥルヌスの黄金時代 (the world of Saturn)
人間が「生来の高貴さ」から堕落しなかったら、平等、正義、平和の黄金時代は損なわれず継続していたであろうとするギリシャ的楽園伝説。

（22）ヘルメスのへび杖 (Hermean rod) 神々の使者ヘルメス（マーキュリー）は二匹の戦う蛇を引き分けた自分の杖（二匹の蛇が巻きつき、頂に双翼がある杖）をピースメーカーと名づけた。Caduceus ともいう。平和・医術の表象。

（23）俺の大甘の手は（ユーノーのように）大地からこの巨人を掘り出してしまった (this doting hand, / Even out of earth (like Juno) struck this giant)
この巨人とはテュポーンのこと。（ギ神）タルタラスか、ガイアか、ユーノーの息子で一〇〇頭の竜が肩から生え、膝から下はとぐろを巻いた毒蛇という巨大怪力の怪物。ゼウスに反抗し、雷に打たれて滅ぼされ、エトナ山の麓に埋められた。第五幕第三場（48）参照。エトナ山はイタリア、シチリア島の東岸にそびえる活火山。標高三三二三メートル。

（24）最も相応しくない女が男の蝋燭をかかげることもある (women that worst may / Still hold men's candles)

Cf. Tilley C40 : He that worst may must hold the candl. ムシュウは「蝋燭の灯を掲げる者」を、弱い者が、かえって事の真実を突き止めるという意味で用いている。蝋燭は男根を示唆する。

(25) 藪 (queich) thicket

Cf. *Homer's Hymn to Apollo*, II, 375-76: and in some queach / (Or strength of shadeth)

(26) 油断して (breaks his gall) gallbladder（胆嚢）は苦汁がたまる場所を考えられ、"break it" は "empty it"（空にする）の意。

(27) 雌と盛っていると (by his venery) "venery" は sexual activity の意だが、この場合狩の獲物をも暗示する。

(28) 控えめすぎる (skittish) モンシュリは "coy" の意で用いているがアナベラは "frivolous"（浮ついた、軽薄な）の意と受け止めている。

(29) 叔父のわたし (uncle) ギュイーズ夫妻はボープレの叔父、叔母である。第二幕、第二場でボープレが「(公爵夫人) はわたくしの叔母でございます」と述べている。

(30) ご一諸におられるところ (at a banquet) この場合 banquet は食物を供する饗宴ではなく、性的親交の意。

Cf. *Ovid's Banquet of Sence* 88: To furnish the, this Banquet where the test / Is never used, and yet the cheere divine, / The nearest meane deare Mistres that thou hast / To blesse me with it, is a kysse of thine / Which grace shall borrow organs of my touch / T'advuance it to that inward taste of mine / Which makes all sence, and shall delight as much / Then with a kisse (deare life life) adorne thy feast / And let (as Banquets should) the last be best.

（31）連れ合い (dam) 雌の動物の意。悪魔との絡みで用いられることが多い。

Cf. *Othello*, IV, i, 151: Let the devil and his dam haunt you.

（32）あの女（ひと）が男に不自由していたら (if she had not her freight besides)“freight”はもともとは、船に貨物を積載する、の意。

（33）イギリス人の殿方 (the English Milor) イギリス人貴族に対するフランス人の呼称。

（34）手のひらの乾いた不感症の女 (dry palm) 不感症の気質。A moist palm は情熱的な気質の徴。

Cf. (1) Tilley, H86: A moist Hand argues an amorous nature (fruitfulness).

(2) *Othello*, III, iv, 37-48: Oth. Give me your hand. This hand is moist, my lady. / Des. It yet hath felt no age nor known no sorrow. / Oth. This argue fruitfulness and liberal heart:

（35）割れカリン (open-arse) arse は medlar と同義でセイヨウカリン。“vagina”や“anus”も暗示する。

（36）モノ (portions) 持参金、局部、処女性等の意。

（37）それは何でしょうか (What's that?) ペロの謎々は貞操 (hymen, chastity) のこと。

Cf. *The Tragedy of Charles Duke of Byron*, II, I, 90-96: He has a will to me and dares not show it; / His state decayed, and he disgraced, distracts him. / Change not my words, my lords; I only said / I might be tempted then to right myself; / Temptation to treason is no treason; And that word 'tempted' was conditional too, / If you were gone; I pray inform the truth.

（38）取り込まれる (in)“grow”との関連で“harvest”(収穫したものをする取り入れる) の意。同時に“the hymen (maidenhead) stretched by an erect penis" を暗示する。

(39) カリン (Medlar) 腐った時が食べごろの果実。放埒の表象。(35) 参照。
Cf. *Romeo and Juliet*, II, i, 35-38: And wish his mistress were that kind of fruit / As maids call medlars, when they laugh alone / O Romeo, that she were, O that she were / An open et cetera,

(40) 冬スモモ (Winter Plum) カリンとは反対に成熟が遅く、成熟しないものもあるので冬の果物と呼ばれる。
Cf. Webster, The White Devil, V, vi, 65: I'le stop your throate / With Winter plum.

(41) スキュラの岩や、カリブディスの渦潮 (Scylla and Charybdis)
(ギ紳) スキュラ。六頭十二足の海の女怪が棲む巨岩で、近づく船を飲み込むといわれた。カリブディスはシシリー島沖合いの渦潮で船を飲むと伝えられた。オデッセウスの船はその巨岩と渦潮の間を通らなければならなかった。Cf. *Odyssey*, XII

(42) 地獄の番犬ケルベラス (Cerberus) (ギ神) 地獄の番犬。頭が三つで尾は蛇。

(43) シビュラ (Sibylla's Cave) (ギ紳、ロ紳) シビュラは数名の女預言者の名前だが、この場合は恐らくアエネアスが冥界に下る前に尋ねた有名なクーマエの巫女シビルのこと。

(44) 円を描かずに呼び出してしまった魔物 (a sirit rais'd without a circle) 魔術師は呼び出す悪霊の邪気から身を守る為に自らを定点として周囲に円を描く。Cf. *Tears of Peace*, II, 674-75: and (like to Spirits raised / Without a Circle) neuer is appaisde.

(45) ティターン (Titan) (ギ神) 天空ウラヌス (Uranus) と大地ガイア (Gaea) を父母とする巨人の神族

の者またはその子孫。オリュンポス神族と戦ってタルタロス（Tartarus、地獄の下の底なしの淵）に幽閉された。

（46）エイジャックスのように気がふれて (And run as mad as Ajax)（ギ紳）エイジャックス（アイアース）はアキレウスの武具が、自分ではなくオデッセウスに与えられたことに失望、狂気に陥り、羊の群れをギリシャ軍勢と錯覚して殺戮した。

（47）ジュピター・アモン (Jupiter Hammon) ジュピター（ユーピテル）はローマ神話で神々の主神で天の支配者。ギリシャのゼウス、エジプトのアモンにあたる。アレグザンダー大王はジュピター・アモンの神託を聞きに行き、ジュピターの息子として崇められることを望んだと伝えられる。

（48）ひき蛙の棲む池 (toad-pool) ひき蛙は有毒、沼は不健康なものと考えられた。
Cf. (1) Webster, *The Duchess of Malfi*, I, i, 158-60: he is a melancholly Churchman: The Spring in his face, is nothing but the Ingendring of Toades.
(2) *The Merchant of Venice*, V, i, 88-89: There are a sort of men whose visages / Do cream and mantle like a standing pond.

（49）レルナの沼 (Lernean fen) アルゴス近くの沼沢地。ヘラクレスに殺されたヒドラの住処とされた。

（50）女神クロト (Clotho)、女神ラケシス (Lachesis)（ギ神）人生の糸をつむぐ三女神。クロトが糸巻き棒をもち、ラケシスが糸の長さを決め、女神アトロポス (Atropos) が切る。ムシュウの命の糸はクロトが糸巻き棒を汚物に取り落とし、ラケシスが糸を人間の罪で一杯の鉢に浸したことで二重に汚れた。第五幕第二場（14）参照。

第四幕第一場

（1）皆さんの息遣いを、溢れでる黄金に変えてしまう太陽の光のようなその笑顔 (those cheerful rays. That lately turn'd your breaths to floods of gold) 宮廷の貴婦人たちのきらびやかな姿を太陽の光輝に喩える表現は次節のビュッシイによる月のイメージと対比される。

（2）月は（神によって造られたすべてのものの中で）、女性たちに女の満ち欠けを示す最も相応しいイメージや鏡である。(the moon, of all things God created...women, that of all things made of nothing, the most appropriate image ...the most perfect images) このあたりは一連の平行する文章から構成されている。プラトン的太陽・月のシンボリズムにおいて、太陽は男性で受身の女性である月に光を注ぐ。男性は精神 (mind) で女性は魂 (soul) であり、魂は精神と肉体 (body) との仲立ちをする。魂は上をむいて理性の光を受けた時においてのみ自分自身となる。女性が男性を、月が太陽を支配するとビュッシイが示唆する時、揺れ動く肉体的情熱が理性の神的光より強い力を持ちうるという本劇の悲劇的ヴィジョンを暗示する。（17）参照。

（3）白痴（ムーンカーヴズ） (Moon-calves) 白痴、畸形の胎児。

（4）影響力 (predominance) 天文学では星々や月が上昇する時期で、強い影響力を発揮する時。

（5）畏れ多い奥方様 (Princely mistress) 公爵夫人への宮廷風へつらいとみせつつ、タミラとの関係を示唆している。

（6）あの人が皆の気持ちを代弁なさったと思いますが (Methinks the man hath answer'd for us well) タミラがビュッシイの人間的価値を是認する発言をしたことが、ムシュウとの舌戦の発火点となる。

（7）鷲のくちばし (Eagle's beak) ムシュウはプロメテウスの肝臓を食うハゲワシの故事（第三幕第二場（2）参照）に依拠しつつ、貞潔の評判とは裏腹にタミラの恋愛感情の生む器官である肝臓がビュッシイの攻撃を受けていると皮肉っている。国王アンリの鷲となったビュッシイへの揶揄もこめている。

（8）陛下がすべてをご存知なら (If you knew all)
ビュッシイ及びビュッシイ以外の男性すべてがタミラには求愛出来ないという国王の言葉を表面上肯定しながら、ビュッシイとタミラの恋愛を知るムシュウは、ビュッシイ以外のすべての男性はタミラに近づけないと故意に曲解して皮肉る。ムシュウのあてこすりにタミラはムシュウに意見の開示を求めるが、ことわるムシュウの態度に悪意を感じ取った国王は、タミラの対応を擁護する発言をする。

（9）額に角を生やした (make / Horns) 奴の額に角を生やかした (arm'd his forehead)
額の角は間男された男を表すエンブレム

（10）殿の大きなお鼻 (your great nose) 第一幕第一場（27）参照。

（11）つげの低木 (box-tree) つげは根の堅さで短刀の柄材となり、低木であることで杉の木と対照される。Cf. *The Tragedy of Charles Duke of Byron*, V, iii, 13-14: Where like a cedar on Mont Lebanon / I grew, and made my judges show like bos-trees;

（12）漲らせ (Ram) stuff

Cf. Jonson, *Poetaster*, V, I, 136: And for his poesie, 'tis so ramm'd with life.

（13）アルメニアの荒地に棲む火を噴く竜たち (Armenian dragons) アルメニアについては第二幕第一場（21）参照。ヘロドトスはスキタイ国の黄金を守護するグリュプス（ワシの頭と翼、ライオンの胴体とを有する怪獣）について言及している。

（14）蒸留して (be still'd) distilled 錬金術で物質のエッセンスを抽出する為に蒸留する。

（15）見合った (proportion'd) proportionate 自然の創造活動の目的についての第一幕第一場、および第五幕第三場の議論と呼応する。

（16）アウグストゥス・オクタウィアヌス (Augustus Caesar)（前六三―後一四）ローマ帝国の初代皇帝（治世前二七―後一四）。

（17）万能のゼウス (Almighty Aether) エーテル（天 Heaven）はゼウスの表象。

Cf. Virgil, *Georgics*, II, 325-27: Then Aether (Heaven), the Father almighty, comes down in fulitful showers into the lap of his joyous spouse, and his might, with her mighty frame commingling, nurtures all growths.

（18）そして天には悲劇の朧げな気配が満ち満ちている (and the sky / Hid in the dim ostents of Tragedy.) 危機的なモメントに人物がアクションから退いてコロス役を演じるのも本劇の特徴の一つである。

Cf. Marlowe, *Hero and Leander*, IV, Argument, 4: Ostents, that threaten her estate;

（19）月の女神（シンシア）(Cynthia) 貞潔の女神であると同時に満ち欠けする月は変節の象徴でもある。（2）参照。

（20）この文を読めば、事の要点がいくらかわかる（and read, / Here's something to those points.）ここでムシュウが手に持っている手紙について、パロットは、ビュッシイがタミラあてに書いたラヴ・レターをペロが盗んでムシュウに渡したと推量するが、ブルックはペロから聞いたビュッシイとタミラの逢引の模様をムシュウが書き記した手紙だという。その方がペロに他言しないと誓ったムシュウのせりふ（三、二、一八九）や口外してはならんことになっているというムシュウのせりふ（四、二、一二三）や「あの邪悪な人が書いたもの」（四、二、八六）というタミラのせりふと矛盾しないとブルックはいう。

（21）安い値段では（unde）at a lower price

（22）蛆虫（plague of Herod）使徒行伝 第一二章二三節「主の使いが（ヘロデ）を打った。神に栄光を帰することをしなかったからである。彼は虫にかまれて息が絶えてしまった」参照。

（23）色気たっぷりの（proud string）"proud"は「雌が発情した」の意。"string"は弦楽器の弦。神経"nerve"の意も。

（24）落ち着き払って（set）calm

（25）なんとかしなくては（I must digest）"digest"はチャップマンが好んで使う用語の一つで、錬金術でいう分離、浄化するの意。

（26）欠けたる所無しの存在だった（being best informed）

"inform"（廃）形つくる、…に形を与える。"being best informed"(because she was formed perfect)
（27）キマイラ (Chimaera)（ギ神）ライオンの頭、ヤギの体、竜の尾を持つ怪獣。ベェレロフォン (Bellerophone) はプロテウス王の妻アンテイアの讒言により、無実の密通の咎でキマイラと戦いこれを殺した。
ペレウス (Peleus)（ギ紳）アイアコスの子でアキレウスの父。アカスタスの妻アスティダメイアの讒言により無実の密通の咎でペリオン (Pelion: 野獣の棲みかとして有名）の荒地に追放されたが、魔法のナイフを使って生き伸びた。
ヒッポリトゥス (Athenian Prince)（ギ紳）テセウスの子。義母パエドラの求愛を拒んだ為、その遺書の讒言によって怒った父の訴えで海神ポセイドンに殺されたが、女神アルテミスによって蘇った。
（28）アウゲイアース王の汚い厩舎 (Augean stable)
アウゲニア王の汚い牛舎の掃除はヘラクレスの難行の一つ。
（29）膝 (lap) genitals, as well as more general senses
（30）人の歯（わたしの名誉という大地に蒔かれたその歯から、貴方とわたしの間の諍いが立ち上がるのです）(his teeth whence, in mine honour's soil, / A pitch'd field 'twixt my Lord and me)
（ギ神）イアソンとカドモスは龍の歯を地面に蒔くと軍隊の兵士たちが生まれて大地から立ち上がってきた。"soil" (1)earth (2)ruin
（31）手紙 (paper) タミラはムシュウがその手紙を捏造したと思っている。

（32）ご相談なさったら (confer) combining ‘compare’ and ‘inform’ in *Odyssey*, XXII, 619: That all the Handmaids she should first confer.

（33）明るい太陽の光か、あるいは暗い地獄の門を守るケルベラスか (the Sun or Cerberus)
太陽の光と地獄の闇とが対比されている。第三幕第二場（42）参照。

（34）お薬 (power) (1)medical power (2) violent force

（35）ひどいことをなさいましたね。つまらないことで破産した人みたいです
(play'd a prodigal's part / To break his stock for nothing)
“prodigal” 金づかいの荒い、浪費する。“stock” たくわえ、貯蓄。

（36）ゴルディオス王の結び目 (Gordian) 古代フリギアの王ゴルディオスが戦車のながえをくびきに結びつけたむすび目。将来アジアの支配者となる人でなければ解けぬとされていたのを、アレクサンダー大王が切った。入り組んだ難解な問題の象徴。

第四幕第二場

（1）音楽 (music) タミラが手紙を書いている間の演奏。幕中の間奏曲は珍しい演出。

（2）無粋なやり方 (insensate stock)
insensate (‘without senses)

stock (tree-trunk, block of wood as type of lifelessness)

（3）エピメテウス的な (Epimethean)（ギ神）エピメテウス（後智慧）は兄プロメテウスの先見的忠告を忘れてパンドラの箱を開けて、人間に様々な災禍を降りかからせた。

（4）熱い稲妻 (hot surfeits) 稲妻は過剰な熱あるいはエネルギーから生まれると考えられた。

（5）（天の恨みを晴らそうと）、キュークロープスがゼウスの大砲として撃ち込んだ雷（いかづち）に撃たれて死んでしまったらいいのだ (stood the bullets that (to wreak the sky) / The Cyclops ram in Jove's artillery.)（ギ神）天の擬人化であり、巨人族のタイタンたちの父親でもあるウラーノス (Uranus) は息子のクロノス (Kronus) に支配権を奪われたが、クロノスは息子ゼウス (Jove) とタイタン (Titan) たちの連合軍に敗北した。その際シシリー島に住んでいた一つ目の巨人たちキュークロープス (Cyclops) たちがゼウスの為に大砲としての雷を造った。

Cf. (1) *Hymnus in Noctem*, ll, 21-22; Then like fierce bolts, well rammd with heate and cold / In Ioves Artillerie;

(2) *The Tragedy of Caesar and Pompey*, II, v, 4: The Cyclops ram in Jove's artillery, / Hath roused the furies, arm'd in all their horrors,

（6）呼び出す魔霊 (a raised spirit) "raised" の語に修道士の技で地下から「上がってくる」の意と「堕落していない、天使的な」の両義がある。当時、魔術を用いて悪（善）霊を呼び出す行為の正当性への論議が盛んであった。ヘルメス主義者たちは有徳な魔術師であれば精霊の呼び出しは正当であると主張したが、不道徳な理由での悪霊の利用は危険であるとの見方が大方を占めた。

本劇における修道士の動機は疑わしく、呼び出されるベヘモスは日神アポロに相当する地獄の邪悪な悪霊であるが、ビュッシイとタミラの恋の味方として観客の好意を得てもいる。作品冒頭の「人物紹介」では devil と、劇中では spirit と書かれる善悪両義性には悩まされたが「魔霊」として訳語を統一し場合によって悪霊とした。

（7）ベヘモス (Behemoth)、アシュタロス (Astaroth)、ステュクスの川 (Styx) パロットによると、悪零としてのベヘモスの名前は、ジャンヌ・ダルクの抱いた幻想と一六三四年に焚刑に処せられたウルバイン・グランディエ裁判についてのパリ大学の告知文に、アシュタロスの名前はレギナルド・スコットの『妖術の発見』第二〇章「悪魔論」に言及されている。ステュクスは冥界を七巻きする三途の川。

（8）ヘカテー (Hecate)（ギ紳）天上・冥界と下界を司る女神。第五幕第三場（32）参照。

（9）カルトフィラックス (Cartophilax) 古典時代以降のギリシャ語で「紙を司る守護霊」の意。

（10）階級は低い (inferior)(1) of the lower regions (2) lower in rank

（11）あの意地悪な人が書いた事 (what there the wicked man hath written)
タミラは依然としてムシュウが書いたと主張しているが捏造したとは言わない。ビュッシイとタミラの逢引について記したこの紙がふたりの蜜通の証拠となったと思われる。

（12）醜いしわの刻み目が見えてしまう。これであの女（ひと）の貞女の誉れも終わった (Her gasping wrinkles, and fame's sepulchers)
Gasping (?gaping.) 醜いし我が彼女の名声の墓となった。

（13）手紙 (letter) タミラが四幕一場から二場の間で書いた手紙。
（14）やられた (caught a clap) “clap” (1)violence (2) venereal disease
（15）曖昧な言い方だが (and darkly this) secretly
（16）解きほぐし (dissolve) disintegrate, undo
（17）呼び出す (revoke) recall
（18）わたくしたちの名誉が傷つけられることを 慮(おもんぱか)るあまり (your too quick knowledge taken / Of our Abuse)
“quick knowledge” (1)sudden information,(2)lively awareness: “our abuse”=injury of us
（19）懐柔してやろう (soothe)flatter
（20）奴とわたしの策略は五分と五分 (And policy shall be flank'd where we meet)
“flank'd” (1) outflanked (2)laid side by side
（21）感情を持つ大地 (feeling center:)
地球の中心。プトレマイオス宇宙観では宇宙の中心でもある。宇宙を生命体と見る生気的宇宙観では地球（宇宙）は感情を持つ。本悲劇の核としての感情の中心たる情熱を示唆。第二幕第二場（19）参照。
（22）息づく (inspired) breathing
（23）脂汗を流させて (Sweat) パロットは *Odyssey* XX, 351-4 のオデュッセウスが妻への求婚者たちへの復讐の為に家に近づくと、家の壁が血の汗を流したという記述との類似を指摘している。

（24）緑の沃野 (superficies / Of the green center) the green (fields, of the Earth's surface, "superficies" は地球の中心である "hell" と対比されている。

第五幕第一場

（1）雲から生まれる石のような雷も、月桂樹や眠っている人には触れない (The stony birth of clouds will touch no laurel, / Nor any sleeper) 雷は雲から生まれると考えられ、稲妻は冷えた石のような堅い物体で、触れれば傷つくと思われていた。"birth" はこの場合 "offspring" の意。Cf. *Odysses*, viii, 337: To banquet with your Wife and Birth at home. 雷や稲妻は月桂樹や眠っている人には決して触れないと考えられていた。

（2）迷路 (maze) 曲がりくねった道、転じて欺瞞。

（3）最後の審判に誘う天のラッパ (The trump of Heaven; with whose determinate blasts) (determinate) establishing the end of the world (blasts) the last trump

（4）噴出した (Vented) given free course; (of vapours, etc.) forced out

（5）先取りして (preventing) (1) anticipating; (2) precluding

（6）評判は時間が経つ程大きくなる (Fame grows in going) 諺的表現。

Cf. *Aened*, IV, 173-75: The scandal will get greater as it goes along.

（7）ダンボアのガレー船 (ruffian Galley) ビュッシイのこと。

（8）隠し所 (lap) genitals

（9）お前の声に、あらゆる罠の網を仕掛ければいい。お前は、罠でその淫らな隠し所にヴィーナスの卵たちを誘い込み、二人は踊ったのだ (put all the nets into thy voice, / With which thou drew'st into thy strumpet's lap / The spawn of Venus; and in which ye danc'd;)

"danc'd: "net" "apawn" など "fishmonger" に関連したイメージ。(The spawn of Venus) Venus' child, i.e. Bussy; (2) spawn evidently suggests seminal fluid (Aeneas was Venus' son)

"To dance in a net" は「自分の行為が公然の秘密になっているのも拘らず、なお隠されていると思う自己欺瞞」を表す諺的表現だが、ウルカヌスの網で捕らえられた蜜通のマルスとウェヌスの故事を踏まえている。

Cf. (1) Tilley, N130: You dance in a net and think nobody sees you.

(2) *The Teares of Peace*, 6: To cast chaste Nettes, on th'impious lust of Mars;

（10）悪魔の姿を見る (I may see the devil) モンシュリの嫉妬心から生じる窃視症。

（11）曲がりくねった小路 (cranks) (1) winding paths (2)crevices

（12）迷い易い (errant) (1) arrant (2) erring, wandering (morally and physically)

（13）彗星 (Comets) 不吉な前兆とされた。

（14）バシリスク (Basilisks)　ひとにらみ、あるいは、ひと息で人を殺した有毒の伝説上の爬虫動物。

（15）ペリオンとキタイロン (Pelion and Cythaeron) 野獣（肉欲の象徴）の生息地として悪名高いギリシャの両山。

（16）人間らしい精神状態 (human state) 人間的精神性と制御し難い動物的肉欲の葛藤は本劇の中心的テーマの一つである。

（17）鎖砲 (chain-shot) 昔、海戦で帆柱などを破壊するのに用いられた鎖でつないだ二つの大砲の砲弾。

（18）文字 (characters) letters, emblems

（19）ゴルゴーン (Gorgon)（ギ紳）頭髪に数匹のへびがからみつき、黄金の大翼をもち、目には見る人を石に化す力をもった三人姉妹、ステンノー (Stheno)、エウリュアレー (Euryale)、メドゥーサ (Medusa) をさす。

（20）吸い込んだ毒 (venom soak'd through) ファーガソンはチャップマンがネッソスの毒を塗られたシャツをイメージしているという。（ギ紳）ケンタウロスの一人であるネッソスはヘラクレスの妻デジャニラを犯そうとして毒矢で射られたが、死ぬ時に彼女に恋の媚薬として自分の血を与え、これを塗ったシャツを着たヘラクレスは苦しんで死んだ。

（21）世界の破滅 (wrack of nature) "rack" と "wrack" の地口。"wrack" は、wreck, punishment, revenge などを含意。修道士はショックと恐怖で死ぬ。べへモスの言う通り殺害されたのではなく、自然死である（第五幕第二場の修道士の死の場面参照）。

（22）飛んでもない異変をもたらした者だ (Author of prodigies) 修道士の突然の出現に、女衒の正体を察知したモンシュリの驚愕と幻滅。世界転倒のグロテスクで壮大な宇宙的イメージはチャップマン詩劇の真骨頂を伝える。

（23）地球が動き、天が静止する (earth moves, and heaven stands still) コペルニクスの太陽中心説・地動説。コペルニクス『天体の回転について』(初版一五四三) 矢島祐利訳、岩波書店、一九五三年、四六頁「太陽は宇宙の中心であって不動であり、太陽の運動と見えるものはすべて、実は地球の運動である」。第三幕第一場（15）参照。
Cf. *Teares of Peace*, 215-16: Heaven moves so farre off that men say it stands; / And Earth is turnd the true, and moving Heaven;

（24）傾いてしまった (bias) 半球の重みがかかって球体が逆転する。

（25）こちらの半球 (This Hemisphere)

（26）放屁する (braves) challenges, insults

（27）反対 (Antipodes) 地球上の正反対の側にある二つの地点。対蹠地。

（28）不釣り合いになってしまった (disproportionate)

（29）地上のすべての喜びがこんなにも短く、ささやかなものである以上、喜びを味わうとは、喜びを棄てることに他ならない (Since all earth's pleasures are so short and small, / The way t'enjoy it, is t'abjure it all) ここで表明されるストイックな禁欲思想は『ビュッシイ・ダンボアの復習』のクレルモンや『シーザーとポンペイ』のカトーに継承される。

（30）アラス織り布で身を隠す (she wraps herself in the Arras) このアラス織り布は内舞台を区切るカーテンにつながっている。

第五幕第二場

（1）二人の小姓 (two Pages)

第一幕第一場でムシュウが二人の小姓を連れて登場したことと対応して、ビュッシイが富と権力を入手したことを示す。

（2）欠けている (want) lack

（3）連れ去る (ravish) (1) carry away (2) remove from earth

（4）司祭服 (utmost weed) exterior garment 外衣。わかりやすく司祭服と訳した。

（5）思い出すと (reminiscion) remembering

（6）しかるべき (decent) resolute

（7）揺るぎない (set) fixed, resolute

（8）厳しい (rugged) austere, harsh

（9）心を惑わせる (perplex'd) involved, hence obscure

（10）蹄で音楽を奏でる汝の乗馬 (music-footed horse)（ギ神）日の神アポロは音楽の神でもある。ジャクォーはこの馬は蹄の一蹴りでミューズ詩神の泉を湧き出させたアポロの乗馬ペーガソスだという。

Cf. *The Conspiracy of Charles Duke of Byron*, I, ii, 45-49: They follow all my steps with music / As if my feet were numerous and trod sounds / Out of the centre, with Apollo's virtue, / That out of every thing his each part touched / Struck musical accents

（11）神秘 (riddle) mystery

（12）その神託に、何か悪い事が含まれているのではないかとの懼れ (abashed oracle, that for fear / Of some ill it includes)

(abashed) checked by fear of ill

（13）解き明かし (explicate) unfold in words

（14）阻む (lets) prevents

（15）大はさみ (A fit pair of shears)（ギ神）運命の三女神の一人アトロポスが人間の生命の糸を切る大はさみを踏まえている。第三幕第二場（50）参照。

（16）合奏者たち (consorts) (1) partners (2) musicians or instruments playing together

（17）通りの (consenting with) being in accordance with

（18）策略家のムシュウであろうと、乱暴なギュイーズであろうと (politic Monsieur...violent Guise) ムシュウとギュイーズの性格の違いが表れている。

（19）嘘つきの悪霊め (O lying Spirit) ビュッシイはコモレットが生きて現れたと信じている。

（20）精髄 (elixir) 錬金薬液、卑金属を金に化すというエリクシル。ここでは娼婦を貞女に変質させる物質の意。

（21）十二宮 (signs) 黄道帯十二宮（太陽と月と主な惑星がその中を運行する天体図。おひつじ Ares、金牛 Taurus、双子 Gemini、巨蟹 Cancer、獅子 Leo、乙女 Virgo、天秤 Libra、さそり Scorpio、射手 Sagitarius、山羊 Capricorn、水がめ Aquarius、魚 Pisces）

（22）何倍も生気づける (multiplies...spirit) (1)physiological: the elixir distilled in his blood adds spirit; (2) psychological: adds spirit to his passion.

第五幕第三場

（1）上舞台 (above) 上舞台にいるムシュウとギュイーズはコロス役として予期される悲劇の意義について話し合う。

（2）盲目 (stark blind) 運 (Fortune) はいかなる目的をも持たない故に盲目である。ここでは目的を持たない自然 (Nature) と運とを同一視している。

（3）反復 (iteration) repetition

"iteration"は、教会の礼典に使われる用語であり、この場合は祈祷にもちいられている。

（4）見合った (proportion'd) "proportion"（つりあい）はチャップマンの秩序感覚の基本をなす。第四幕第一場（15）、第五幕第一場（28）参照。

（5）結局そのモノが人に破滅をもたらしてしまうものなのだ (that effects his ruin) ムシュウは恵まれた資質の人間はその資質が却って障害となって破滅し、凡庸な人間は安全に生き延びるという悲観論を述べている。

（6）何千ポンド (lasts) 船荷や火薬の重さを量る単位。一ラストは二十四バレル。あるいは、四千ポンド。

（7）細心の注意 (decorum) behavior that shows respect and is correct for a particular occasion.
（8）学問 (learning) チャップマンにあって、learning は生得の reason や書物から得られる knowledge よりも広義の総合的経験知というべき the sum of separate virtues であり a unity of indistinguishable parts を意味する。
（9）頭はつけないまま、勇気、胆力、学問を備えた完全な人間として世間に送り出すのだ (And leave it headless for an absolute man) i. e., pass it off as a complete man, although without a head
（10）充実した人間なのだ (full mann'd) 第二幕第一場（26）参照
（11）盲目の (purblind) totally blind
（12）リビア砂漠 (Lybian sands) 砂丘で有名な北アフリカ海岸。
黒海 (Euxine) エウクセイノス海の別称
御車座 (Boötes) 牛飼い座ともいう。大熊座の尾のところに位置する北天の星座、北斗七星。斗柄に当る第七星を揺光といい、一昼夜に十二方を指す為、古来これによって時を測った。
Cf. Seneca, *Agamemnon*, 64-72: Not so on Libyan quicksands does the sea rage and roll up wave on wave; not so, stirred from their lowest depths, surge Euxine's waters, hard by the icy pole, where, undipped in the azure waves, Boötes follows his shining wain, as does Fortune roll on the headlong fates of kings.
（13）元気を出しなさい (revive) restore from depression
（14）危惧 (idle fancy) hallucination
（15）戦いが始まる前に、退却のきっかけを与えたらいい (Blow his retreat before he be engag'd) "blow"

はラッパか角笛を吹くように大声で知らせること。

(16) 神 (foundation-shaker)「基底をゆさぶる者」という形容辞は嵐や地震を引き起こす海神(ポセイドン)を想起させる。Cf. *Oddyssey*, v, 554: I know the Earth-Shaker means me harm.

(17) 意味が理解出来ないそんな語彙 (what that Hebrew means) Cf. It's all Greek to me.

(18) そんな幽霊のような恐怖心 (bug) bug-bear, imaginary fear

(19) 脅かす (abhorreth)（廃）ぞっとさせる、怖がらせる

(20) 暗殺しようと企む者共 (politic visitants) murderers, as oppsed to open killers

(21) 完全武装している (buckled) as in armour

(22) これで刺さるか? (Will it not enter here?) おそらく暗殺者一は甲冑を身につけている。

(23) 聞いた (sense) used of any particular sense, here hearing

(24) 上手い手だった (speeding) effective

(25) 口の悪い人たち (blister'd tongues) 中傷する人たちを表する慣用句。

(26) 捧げた (project) (1)jut out (like a bulwark); (2)throw away

(27) この命 (it) ブルックは "her renown" をエヴァンズは "a life" を指すという。訳者はエヴァンズ説を採った。

(28) 汚される (spot) moral stain

(29) 神的な魂 (these divines)

人間の神的な部分である魂は形式的な見せ掛けに過ぎず、実質的な役には立たないのか。同時

に魂の優越性を説く divines (preachers) への風刺を含む。

(30) 実体をかき集めてもその本質は、影のような夢に過ぎない (Their abstract being a dream but of a shade) 第一幕第一場冒頭の「人間は風に吹かれる松明の灯り、その本質をあますところなく集めても、影の夢に過ぎないのだ」というせりふの要旨を、劇のしめくくりとしてもう一度ここで繰り返すことで、人の世の儚さへの寂寥感を切々と訴える。第一幕第一場(4)参照。

(31) 人間らしく (like a man) 人間の直立姿勢のエンブレム的意義は、地上の生物の中で天上を見上げる能力を持つ人間独自の神的精神性の表象にある。

(32) ローマ皇帝ウェスパシアヌス (Vespasian)、ローマ皇帝(六九―七九)

(33) 支えられて (splinted) supported, as if with splints

(34) 灰色の目をした「朝」(the gray-ey'd Morn) 以下の八行の典拠は左記の通り。
Cf.Seneca, *Hercules Oetaeus*, 1518-27: O glory of the world, O ray-girt Sun, at whose first warmth Hecate loosens the bits from the weary steeds of her nocturnal car, tell the Sabaeans who lie beneath the dawn, tell the Iberians who lie beneath thy setting, tell those who suffer 'neath the Wagon of the Bear, and those who pant beneath thy burning car: Hercules is hasting to the endless shades, to the realm of sleepless Cerberus, whence he will never more return.

(35) アラビアの香油 (Sabaean spices) サバはイエメンの首都、商人たちが香料や香水を交易していたことで有名。

(36) 振りかけている (perfines) perfumes と解釈した。

（37）ヘカテー (Hecate)（ギ神）、天上、冥界と下界と魔術をつかさどる女神。ドルイド教の儀式を通して樫の木との関係があると推測される。第四幕第二場（8）参照。

（38）燃えるように熱い赤道 (burning axletree) “axletree” はその周りを天体が回転とすると考えられた想像上の軸線。Burning は天の赤道。周行する太陽が最も近づく時赤道は熱くなる。

（39）車形の「雪白の大小熊座」(the chariot of the Snowy Bear) 北極星は小熊座の中にあるが、大・小熊座は車の形をした御車座と関連がある。（12）参照。

Cf. Seneca *Hercules Oetaeus*, 1584: sooner shall the icy Bear come down and enjoy the forbidden waters, than shall the nations be silent of thy praise.

（40）不滅の死者たちが住む場所（リンボ）(the eternal dwellers) ダンテ『地獄篇』四章の地獄の辺土リンボへの参入を暗示している。

Cf. (1)Seneca, *Hercules Oetaeus*, 1570-71: What place, when Alcides comes, will be safe amidst the stars? Only may Jove give thee thy seat far from the dread Lion and the burning Crab, lest at sight of thee the affrighted stars make turmoil of their laws and Titan tremble.

(2)Seneca, *Hercules Oetaeus*, 1707-12: Dispel the clouds, spread wide the day, that the eyes of gods may gaze on burning Hercules. Though thou deny me stars and a place in heaven,...but prove me first thy son.

（41）人々がつく溜息は雷（いかづち）となり (a thunder / Of all their sighs together)

Cf. Seneca, *Hercules Oetaeus*, 1544-45: Level with all men he lies, whom earth produced level with the Thunderer.

Through countless cities let cries of brief resound; let women with streaming hair smite their bare arms; let the temples of all gods be closed save his stepdame's only, for she only is free from care...

(42) 腑甲斐ない (worthless) "worthless" には「価値のない」と「価値に相応しくない」の両義がある。

(43) 号砲 (fit volley) 英雄の死を悼んで墓の上に浴びせる一斉射撃

(44) 後ろ盾 (fautor) patron

(45) わたしの剣を受け取って頂きたい (take my sword) ビュッシイの剣の遺贈は、ヘラクレスがピロクテーテス（トロイア戦争でパリスを射殺した弓の名手）に弓矢を遺贈した故事を踏まえている。

(46) 血潮 (weighty blood) "weighty" by virtue of its worth

(47) わたしの太陽 (My sun) ビュッシイの生命と理性の象徴。

(48) ピンダスとオッサ (Pindus and Ossa)

ここでタミラの双胸の表象であるピンダス・オッサは中央ギリシャの山岳。両嶺の麓に巨人族が生き埋めにされた。ヘラクレスは巨人族と同じように山に押しつぶされてネッソスの毒の苦痛から解放されたいとゼウスに懇願した。両嶺近くのオエタ山の頂上でヘラクレスの遺体の火葬用の薪が燃やされた。ビュッシイは、タミラへの情欲（心臓と肝臓は感情と欲望の座。ビュッシイの情欲の血潮は山を駆け下って満腔の海を赤く染める激流のように激しく、かつてはゼウスの雷を投げる程の強者であった彼の力、勇気、美徳をくじいて圧倒する）に負けた人間的弱さゆえに自らの運命をヘラクレスではなく、ピンダス・オッサの麓に生き埋めになった巨人族のそれと同一視している。第三幕第二場で「ゼウスの雷に高慢ちきな奴を打ち倒して、エトナ山の麓に埋めて貰わなければならぬ」と、ビュッシイをゼウスの雷に打たれてエトナ山の下に埋められた怪物テュポーンに喩えたムシュウの予言が成就したと言える。第三幕第二場（17）参照。

Cf. Seneca, *Hercules Oetaeus*, 1308-10: 'gainst me release from Aetna's mount the burning Titans, who in their hands may heave Pindus up, or Ossa, thee, and by the hurled mountain overwhelm me quite.

（49）狼煙（のろし） (beacon) 第一幕第一場（4）参照。「人間は風に吹かれる松明」(Man is a torch borne in the wind;)

（50）流れ星 (falling star) 流れ星は月下界の事物のはかなさ、腐りやすさの象徴。

第二幕第二場で不倫のタミラは「音もなくすべりゆく流星」"Silently-gliding exhalations）に親しくよびかけている。

Cf. Plutarch, *Symposium*, V, iii 191-93でエウリピデスの言葉として次の二行が引用されている。

He who was flourishing in the flesh just now, just like / A star fallen from heaven, is extinguished.

（51）大地の息子 (Son of the earth) 欲望の盲目的な怒りという卑しい要素は、宇宙の基底としての大地の資質。

（52）喜ばせ (gratulate) recompense, please

（53）信心 (Piety)

Cf. Seneca, *Hercules Oetaeus*, ll, 1027-30: O wretched plight of love! If thou forbidst thy mother's death, thou / wrongst thy father; if thou sufferest her to die, still 'gainst thy mother / dost thou sin. Crime drives from either hand: still must I check her, that / from true crime she may be saved.

（54）肉体においても、精神においても、名誉を重んじなければ (Nor never honour'd been, in blood, or mind) タミラは真の美徳と世俗的成功の矛盾という本劇の一つの中心的テーマについて語る。

（55）蝋燭の灯りは、上を仰ぎ見ながら、下に向かって我が身を焼き尽くす (this Taper, though it upwards look, / Downwards must consume) この儀式的な別れの場面でモンシュリ伯は上を仰ぎながら、下に向かって燃える蝋燭のイメージを用いて夫婦の愛の死を意味する三重の矛盾を示すエンブレムを描く。（1）寛恕の念にみちて両手を天にさしのべながら妻の背信を赦せない。（2）愛の光を与えながら、自らは燃え尽きて滅びる。（3）天に向かって屹立する時は明るく燃えるが間違った方向に傾くと暗くくすぶる。

（56）最初の風味 (his first parents) 蜜がなくなっても舌に残る蜜の甘さを意味するが、人類の始祖、アダムとエヴァをも暗示する語句

Cf. *Othello*, V, ii, 7: Put out the light, and then put out the light

（57）ヘラクレスの炎 (flames with Hercules) オエタ山上におけるヘラクレス火葬の炎。炎によって肉欲の穢れを浄化されたヘラクレスの魂は死後ユピテル神により神々の座に上げられた。

（58）年老いた天も、古きよき人間性の新しい火花で、活気づくでありましょう (th' aged sky, / Cheer with new sparks of old humanity.) チャップマンは、ルネサンス期のイタリアの自然哲学者ジョルダーノ・ブルーノの『傲れる野獣の追放』に描かれる天の浄化のテーマに発想を得たといわれる。『傲れる野獣の追放』の主人公で、ギリシャ・ローマ神話の最高神であるユピテル（ゼウ

ス）は幾人もの乙女や美少年と関係を持つなど、さまざまな悪徳を冒してきたが、今や年老いて過去の悪徳を悔い、天の刷新を神々の元老院で審議する。ユピテルや神々の悪行を記念する獣たちである星座を地上に追放し、諸徳におきかえる計画である。四八の星座に区分された天は、人間というミクロコスモスの象徴であり、『傲れる野獣の追放』は人間の新たな自己改革と自己形成のプログラムである。可視的な天の改革を通じて人間の内面の改革を語るという寓話的意味がある。ユピテルの手助けをする良心の象徴である神モムスは古代の作家ルキアヌスからとられた「自由な言論」の神である。天の浄化のテーマは古代ギリシャの作家ルキアヌスの『神々の会議』（神々の悪徳を星座のかたちをかりて描くことと、天の改革という本書の二大テーマがすでに見出される）に由来する。ルネサンスにおいてもニッコロ・フランコやA・F・ドーニが同様のテーマをとりあげて、ルター、カルヴァンなどプロテスタント宗教改革のさきがけとなった。（『傲れる野獣の追放』ジョルダーノ・ブルーノ著作集、加藤守通訳、東信堂、二〇一三、訳者解説参照）

ヒッチンの丘の家――チャップマンの生家を訪ねて

川井万里子

私は一九九三年の一年間、東京経済大学長期国外研究員として一年間ロンドンに滞在した。前半の半年はロンドン大学付属ウォーバーグ研究所で、あとの半年はキングズ・コレッジで主としてエリザベス朝の劇文学と詩を勉強した。東京経済大学からこの貴重な一年間を与えていただいたことを心から感謝している。

滞在中ひまを見つけてロンドン近郊の町々を訪ねたが、その一つ、ヒッチンにはジョージ・チャップマンの生家が残っていた。

チャップマンはシェイクスピアと同時代の十六世紀後半から十七世紀初頭の劇詩人で、今ではシェイクスピアの盛名に押されて影が薄いが、当時はシェイクスピアの国王一座のライ

家の所有者ティトマス夫人と筆者

ヴァル劇団であった海軍大臣一座の花形座付き作家として数々のヒットを飛ばし、少年劇団に移ってからも『ビュッシイ・ダンボア』をはじめいくつかの傑作悲劇を書き、多くの詩作の他、ホメロスの二大叙事詩の英訳など重要な仕事をした人物である。折りから、イギリスは人文主義の勃興期で、チャップマンはほとんど独学で、ギリシャ・ラテンの哲学や文学を耽読、ベン・ジョンソンと並ぶ劇団随一の古典の博識を誇ったが、苦学力行型の常か、博識を鼻にかけてやたらに難しい言葉や言い回しを好んだので、周囲から煙ったがられたらしい。シェイクスピアの喜劇『恋の骨折り損』(一五九四)で半可通なラテン語を連発して人々の失笑を買う学校教師ホロファーネスはチャップマンの戯画像かと言われている。

ロンドン・キングスクロスから国鉄で四十分のヒッチンはさびれた石油スタンドがあるきりの殺風景な田舎駅だった。それでも近くの木立ちの中に「クイーンマザーズ・シアター」という看板が見えたので、入ってみると、それは町の人たちが資金を出し合って建てた木造の芝居小屋で、客席二百程の暗い小舞台で数名の男女が熱心に稽古をしていた。皇太后の来訪を記念してその名を冠したというこの劇場の運営、脚本、演出、俳優はすべて町の人でやっている。五月からのシーズンには是非見に来てくれと、説明役の男性が胸を張る。イギリス人の芝居好きの草の根の一例を見る思いで、この人たちなら地元出身のチャップマンの事を知っているだろうと尋ねても、そんな名前聞いた事ないという返事ばかり。がっかりしたが、江戸時代の戯作者の名前を言われても首をかしげる我々と同じだと、合点して劇場を出た。

チャップマンの生家は昔タイル職人が軒を並べていたために、その名前が残っているタイル通りというだらだら坂を上った丘の上にあった。そのあたりは古い旅籠屋や旅人の馬をとめた厩なども残っていて町内でも中世の面影を留める一角であった。「ジョージ・チャップマン（一五五九—一六三四）劇作家にしてホメロスの翻訳家ここに住めり」という青タイルの丸い史跡標識がかかっているが、何の変哲もない四角いレンガの家である。ここ十数年は空家のまま放置されて荒れていたが、正面が約二百年前にジョージア様式に建て替えられた他は、ほとんど十六世紀当時のままだという。たまに誰かが車で来て見回っているようだ、という隣家の主婦の言葉を頼りに管理人（所有者）当てに出した手紙に思いがけず返事が来て、家の中を見せて貰って驚いた。外観からてっきり二階家だとばかり思っていたのに、實は三界建てで、主階段の他に使用人用の階段があり、十畳から二十畳程の広い部屋が十六もある大きな家だった。三階は使用人用の領域だと説明されたが、外からはわからないトップライトを巧みに配して明るい一階の床面積一杯に大きな地下室もあって、農作物や羊毛や酒類を貯蔵したらしい。裏庭には母屋とT字型に接する崩れかけた大きな納屋があって、夏草に埋もれていた。チャップマンの父親トマスはヒッチンの町で、最も裕福な十人の中に数えられたこともある地主であった。内装は勿論近代のものだが、十六世紀の郷紳の家の規模をおぼろに例証する間取りを見るのは興味深かった。

チャップマンは七十五年の生涯のうち、ロンドンで活躍した二十数年を除くほとんどをこの家で過ごしたらしい。彼がホメロスの精霊に促されて、その二大叙事詩英訳というライフワークに着手したと詩に記している「ヒッチンの左手にある丘の上」とはこの場所のことかと感慨深くあたりを眺めた。

チャップマン家の道をへだてた向かいに残る塀は、十七世紀後半にそこにあった文法学校（グラマー・スクール）の塀の一部で、チャップマンはオックスフォード大かケンブリッジ大に一、二年遊学したあと故郷に帰り、その文法学校の前身で、十年位教えていたらしいとは、ヒッチン出身の郷土史家R．L．ハインの推測である。もしそうなら、『恋の骨折り損』でホロファーネスがいう「丘の上の学舎で教えています」というせりふは文字通りチャップマンにぴったり当てはまることになる。少年チャップマンがその学校で学んだかどうかは不明だが、彼が初めてラテン語の手ほどきを受け古典研究に興味を抱いたのは、その種の文法学校（グラマースクール）であったに違いない。チャップマンの家の西南には今も文法学校通りという道が走っている。

文法学校とは十六世紀中頃からブームと言える程ロンドン以外の地方の町にも普及した中等学校で、教育をギリシャ語・ラテン語の古典語に限り、十歳前後で入学した少年たちは五、六年間、ラテン語の文法と修辞学を学び、ラテン語で話し、古典語で作文と詩を書き、古典語を英語に訳すだけでなく、その逆も練習したという。当時ラテン語を習うことは、聖職、医師、法官、書記などホワイトカラー的知的専門職に就くための必須の条件だったし、ラテンの詩文に通じていることが貴族や郷紳に相応しい教養だとされていたからだ。

ウォーバーグ研究所のトラップ教授に私がチャップマンの生家と彼が学び教えたかも知れない文法学校の跡地を訪ねた話をすると、チャップマンのような田舎の利発な少年にラテン語のつめこみ教育が奏した効果には自分も関心がある。日常接する機会の少ないラテン語を人為的に習得するには文法の徹底が一番早道だからねという答えだった。文法の叩き込み、名文の暗誦、書き写し、書き換えなど今の学生ならブーイングが出そうなまどろっこしく厳しい文法学校(グラマー・スクール)のつめこみ教育が、チャップマンを含む当時の文学少年たちのラテン語は勿論、母国語の言語感覚をも磨き上げ、それが、一五九〇年代のエリザベス朝文学の爆発的な隆盛の一因になったのだと思う。九〇年代の英劇作家たちが分担英訳した『セネカ悲劇十曲』の序文に「いまだ粗野な段階にあるわが国の英語を、セネカの修辞学を学ぶことで少しでも洗練したい」とあったのを思い出す。

『恋の骨折り損』の田舎教師ホロファーネスはクソ真面目で自己満足的でペダンチックな笑わせ役だが、一方で村の神父から「先生のような方がおられることを私は教会の人たちとともども神に感謝しています。なにしろ息子たちは、先生のお陰で立派な教えを受け、娘たちは先生の手で立派な女にして頂いているのですから。先生こそ国家の人材を生む有益なお方です」とまんざらお世辞とも思えない謝辞を捧げられているし、「実は今日、ある生徒の父親に食事に呼ばれているのです」というホロファーネス自身の言葉も彼と村民たちとの親しい関係を暗示している。田舎教師のラテン語熱を皮肉りながら彼と村民との交流をも温かく点描しているシェイクスピアのせりふから、この丘の上を歩きまわって村民と立ち話する学校教師としてのチャップマンの姿を想像するのは楽しかった。

のどかで寂しいヒッチンの片田舎の文法学校でラテン語に開眼し、当時の新学問であった大陸の人文主義に憧れたチャップマンは学校で少年たちを教える一方、長い時間をかけて忍耐強くプラトン、アリストテレス、ヴェルギリウス、エピクテタス、セネカ、キケロ、プルタルコス、オヴィディウス、ホラティウス、プラウトゥス、テレンティウス、エラスムス、フィチーノ、ペトラルカなどを次々に読破していったのであろう。イギリスで書籍商がビジネスとして成立したのは十七世紀以降で、当時ロンドン以外はほとんどカタログ販売であったと聞く。カタログで注文した本が届く日、チャップマンは今か今かと期待で胸をふくらませつつこの家の窓から丘の白い坂道を見つめたに違いない、

私はふと、白秋、芥川などの明治大正の文学青年たちが、東京の「丸善」から取り寄せた洋書の到着を胸をときめかせて待ったというエピソードを思い出した。彼らはやっと手にした「洋書」のページを切る時、立ちのぼるインクの香に西洋という魔法の新世界を夢見て陶然となったに違いない。私自身、戦後の混乱期に、熱中した「洋画」や翻訳文学への憧れが昂じて、地元民にさえ忘れかけている異国の作家の足跡を求めてこうして遠路やってきたではないか。

憧れに発する自己流の異文化理解に背伸びやまやかしはつきものであろう、チャップマンの古典の知識は彼が豪語する程正確でも深いものでもないとする評者もいる。彼のプラトンもオヴィディウスもオリジナルではなく、フィチーノやコンティなどのルネサンス期の注釈書や提要からの孫引きが多いし、ホメロスでさえギリシャ語の原典ではなく仏訳からの英訳であったことが証明されている。白秋や芥川の西洋理解も結局は異国情緒の域を出ず、西欧の本質であるキリスト教を自分のものにするには至らなかった。私の西洋文学の理解のい

い加減さは自分が一番よく知っている。だが、洋の東西を問わず、青年の未知への憧れには、否定し難い内発的な力があると思う。彼らはその時代、その時代で何か清新な豊かなものに見える遥かなものに向かって手探りの努力をせずにいられないのだから。

私は夕暮れの丘の上の古い家の方をもう一度振り返ってから、坂道を下っていった。

ジョージ・チャップマンの生家全景

史蹟標識

タイルハウスストリート

G.チャップマンの『ビュッシイ・ダンボア』――緑陰から地下世界へ

川井万里子

ジョージ・チャップマンの悲劇『ビュッシイ・ダンボア』[1]（作一六〇四頃）の冒頭、鬱蒼とした樹木の昼なお暗い、涼しく快い木陰に、貧しい詩人兵士ビュッシイ・ダンボア[2]が一人登場する。彼は「理性ではなく運が、物事を支配している」「人は風にふかれる一本の松明のよう、実質をすっかり集めても影の夢に過ぎない」「わたしたちは美徳の導きに従わないと、最も安全な港で難破してしまうかもしれない」などと独語しながら、ごろりと大地に横たわって瞑想にふける。

プラトンやアリストテレスの学園が樹陰深い神域にあり、ソクラテスやキケロが樹陰での対話を好んだように、緑陰の静寂は古来哲学的瞑想の場であった。十七世紀詩人マーヴェルは緑陰の純心、安息、静寂の想いを「緑陰緑想」[3]と歌い、同じく十七世紀の宗教詩人ヴォーンは「緑の影濃き棕櫚の都」[4]での浄福の想いへの回帰を希求した。チャップマンの喜劇『気まぐれな日の愉しき出来事』の清教徒的モラリスト、伯爵夫人フロリラも、早朝人気ない神聖な緑陰で一人もの思いにふけるのを日課の楽しみとしている。[5]

世塵を離れた薄暗い緑陰に横たわって瞑想するビュッシイの姿は、チャップマンが初期の詩「夜の賛歌」で、「甘美なまどろみの中でかえって盛んに活動する叡智的魂が、暗がりの沈思によって物的重荷から開放され、隠された真理に到達する」[6]と称揚したプラトン的不活動の瞑想的生の姿を象徴している。フィチーノも「神に到達したいと望むものは誰でも出来るだけ群集と動きを避けるべきである」[7]と述べた。群集と活動を避け、孤独の中で自己自身の中心に引きこもることによって、精神は初めて活気づくという確信である。

図1　ニコラス・ヒリヤード「第九代ノーサンバランド伯、ヘンリー・パーシー」（リクスミュージアム）

緑陰に横たわって瞑想するビュッシイの姿を髣髴させるのが、第九代ノーサンバランド伯ヘンリー・パーシーの横臥姿勢の肖像画（図1）である。水晶の占星用球体をつるした木の下に横になり、書物をかたわらに瞑想にふける伯はローリー、ハリオット、ディー、チャップマンなどとともに当時の哲学研究の知的グループ、いわゆる「夜の学派」の有力メンバーで、詩人たちの保護者でもあった。彼は政争を嫌い、ヘルメス主義、オカルト哲学、錬金術、天文学、数学、化学、園芸などの研究に没頭し、「魔法使いの伯爵」と呼ばれた。チャップマンは伯を「物事を深く探究し……非常に有益な学識を備え、氷りついた科学に生命を与えて暖める。彼の生気にみちた真に高貴な美徳のおかげでわたしは暗闇から詩という火花を打ち出すのだ[8]」と敬愛してやまなかったし、ジョージ・ピールも一五九三年に伯がガーター勲章を受けた折に、「伯は現代の学者たちの卑俗な歩き慣れた道を離れて、トリスメギストスやピタゴラスの古代の足跡に従い、人跡稀れな近づき難い道を辿って神聖な科学と哲学の広々とした快い野原に出た[9]」と賛辞を捧げた。

ノーサンバランド伯と同様、ビュッシイは世の喧騒を離れ、「緑の避難所」でプラトン的瞑想的生に身を潜めて、世人が「ガラスのように脆い栄華の大波と、政治の深淵を通りぬけて、あらゆる称号を頭に頂く」さまを遠く傍観している。丁度チャップマンの喜劇『ムッシュウ・ドリーヴ』の主人公が世の栄枯盛衰を傍観するように。

わたしはひっそりと隠れて政治の荒海を近く、また遠く乗り越えてゆく人たちの姿を見ていた。大きなガレアス船がうねる波の上に持ち上げられ、登ったかと思うと、次の波で真っ逆さまに落下する。身分の高い人々はある時は象、牡牛、鼠と姿を変える雲のように、魔窟に棲む変幻自在の魔物のように、今日はサテンの美服に身を包み、明日は粗衣に落ちぶれる。その間わたしはつつましい庵に座して、稲妻や突然の雷に脅かされずに貧しいミューズ女神と対話を交わしていた。

『ムッシュウ・ドリーヴ』一、一、八七―九九

ビュッシイが接触を避けている現実は「逆しま」の法則が支配する無秩序な世界で、「報酬は後ろ向きに歩き、名誉は逆立ちし」、「君主の寵愛は顛倒し」、教会に集う者たちは「神への信仰という教義の最終項を逆に信じて、悪事を諫める説教から悪事のやり方を学び」、「貧しさだけがすべての人間に形相と価値を与える」。そうであれば、緑陰の孤独な瞑想にひきこもり、貧困と不遇に自己限定し、プロティノス派の大衆蔑視と世界拒否、キニク派ディオゲネスの無一物、エピクロス派の平静、ストア派の無感動などヘレニズム哲学の否定的、消極的徳性を実践しているビュッシイの姿こそ最高の存在形態である筈だ。

だが、ナルシシックな孤独と、嫌光症的暗さに冷たく凍りつき、不機嫌と不満の暗い表情をして怠惰な不活動にさび付いているその姿は、図像学的には典型的な憂鬱質（メランコリー）のそれである。ルネサンスに再評価された憂鬱質は、秀でた創造的知力と洞察力に恵まれ、孤独で偏執狂的な瞑想の中で凡俗の及ばぬ真理に到達する潜在力を持つ一方、本来的に権力欲、名誉欲、富への執着、自己能力への過剰な矜持をもち、体制批判、不平家であるという複合的性向を抱えた矛盾存在である。

富貴の象徴である小姓二人を伴って登場する王弟（ムシュウ）は、ビュッシイの後ろ盾となることを約束し、彼に「やせた暗さ」を去り宮廷で「幸運が備えた祝宴に光を掲げて座る」ようにと勧める。王弟が見るところ、ビュッシイは「若く誇り高く、出世を望んで火がつきやすく、権力志向で、繁栄したがっており」、緑陰の瞑想的生に自足していない。王弟の下僕マフェから王弟の下賜金千クラウンを全額奪うエピソードが暗示するように、ビュッシイは名誉欲と権力欲のみならず、憂鬱質の「強欲」と「吝嗇（りんしょく）」をも兼ね備え、報われぬ地上的欲望に悶える不平家でもある。土星のもとに生まれた憂鬱質の主成分は土である。生気なく地面に伏し、「生きながら大地と化した」ビュッシイの大地的性格は、「王弟が鋤を入れて耕し、金貨の種を蒔くなめらかな土」、「土から生まれた百個の頭を持つ怪物タイフォン」、「腐敗の母親である冷たい大地の湿気で腐るもの」などのせりふで強調される。

だが、不活動の土であるビュッシイに潜在する恐るべきエネルギーと生命力を、誰よりも正確に見抜いているのは王弟である。

彼の恐るべき精神は決して鎮まらない。それはまるで大海原のよう、
一部は自身の内部からの熱によって、
一部は星々の日夜の動きと
燃える熱と光によって、そして一部は岸と海底のさまざまな地形によって、
何よりも月の影響によって、
逆巻く大波は、鎮まることはない。
（すべての力を集めたその精神は、爆発する時）
穏やかな白い泡の王冠を頂上に頂くまでは岸辺に
退いて鎮まることは決してないのだ。

一、二一、一三八—四六

ここには人間という小宇宙の生命が、海潮の満干や月星の運行などの大宇宙のダイナミズムに支配されるという新プラトン主義的な大小宇宙の呼応（コレスポンダンス）の思想が力強く表現されている。頻用される“not”、“never”の否定語が、波の動きを抑制することでかえってそのエネルギーを圧縮し内圧を高める。また三回繰り返される“partly”は、寄せては返す海濤の律動を彷彿させる。やがて“but chiefly”で最高に盛り上った大波が、「逆巻く」“bristled”という歯擦音できしんだ後、一気に「爆発」“burst”し、恐ろしいエネルギーを飛散開放させる。うねる大波はやがて穏やかな水泡へと徐々に鎮まってゆくが、小波の優しい囁きの底に「王冠を頂上

に頂くまでは……鎮まることは決してない」との低音が響き、穏やかな水面からは窺い知れないビュッシイの権力志向が暗示されて不気味である。

また、ビュッシイの生命が「何よりも月の影響」に左右されるとの指摘は、万物の崩れ易い恒久性と変化の象徴である「月の女」タミラに支配され、「満ち欠け」させられる後の彼の運命の予告となっている。

月の光と動きは、あらん限りの力を集め、
抗いがたい最高の影響力を揮って
女性を支配し、満ち欠けを促すので、
女性たちは、（無から創られたすべてのものの中で）、
まさに月(ムーン)の（あるいはまだ乳離れしていない愛らしい白い顔の白痴(ムーンカーフ)の）
イメージそのものであります。
女性は、男にとって万物の変化を映し出すモデルであるばかりでありません。
彼女たちの美しい面差しが、晴れたり曇ったりする度に、
男たちは一喜一憂させられてしまうのです。

四、一、一二—二〇

月が「抗いがたい最高の影響力」を持つ月下世界で、ビュッシイは特に大地と海に親和して生きているが（タミラも「男たちが迷い易い荒野」、「一番凪いでいる時が一番危険な女の欲情の測りがたい深海」にたとえられる土と海の女である）、土と水からなる物質的生命は、新プラトン主義的な宇宙のヒエラルキーの中では下層に位する存在である。それは霊の光から遠いために暗く、物憂い不活動の存在であり、「イデア」の働きを受けることによってのみ高貴なものと交わり得るとはいえ、それ自体では能動的でも創造的でもあり得ない物質の根源的状態である。

チャップマンと同様、新プラトン主義的形而上学を創作上の規範としたミケランジェロは、「河神」「未来の王ヨシュア」「サムソン」「最後の審判の死者の復活」などの人体の横臥姿勢（図2）によって、宇宙の基底にまどろむ物質的生命を視覚化した。とくに「河神」のポーズはミケランジェロにおける横臥姿勢の原型となったが、若桑みどりの指摘によれば、ミケランジェロは大地に重く身を横たえそこに水を流す河神が表現していた豊饒、悠久、平安と安息という伝統的意味を逆転させて、大地に縛りつけられ物質に囲まれた存在の低さともがきを表現させた。[10]

樹下の大地に安らうビュッシイの横臥姿勢も、無為至福の緑陰の瞑想生活の浄福、自足、安息を示すと同時に、自由と参加と活動から疎外され、土と緑の牢獄に閉じ込められたエネルギッシュな地上的欲望の耐え難い不満と抵抗をも表している。ビュッシイは瞑想しつつ活動に憧れ、集中と求心を意志しつつ外向と拡大に惹かれ、物欲に悶えながら精神的価値を第

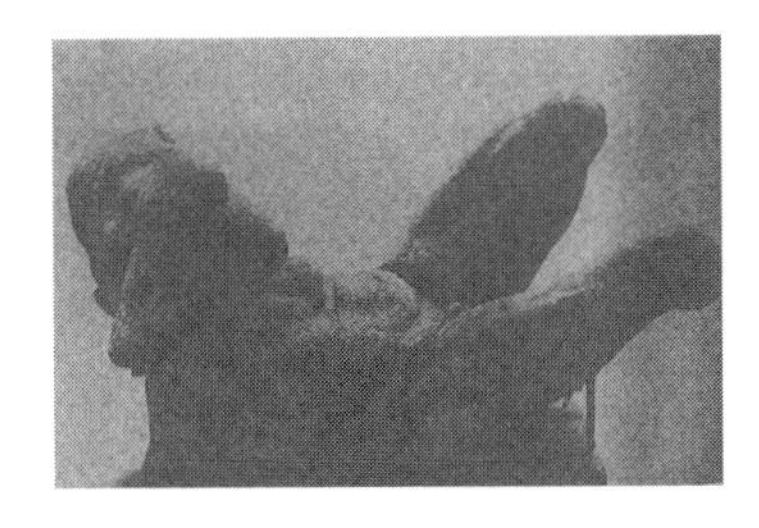

図2-1　ミケランジェロ「河神像」（メジチ家礼拝堂）

図2-2　ミケランジェロ「未来の王ヨシュア」（システィナ天井画）

図2-3　ミケランジェロ「サムソン」（アシュモリーン美術館）

図2-4　ミケランジェロ「死者の復活」（最後の審判）

一義と考えている。二項対立的相反価値のどちらも選択できず、どちらにも安住できない自己矛盾的な未決状態にある。

王弟は無形相で受身の土としてのビュッシイに、「立て、人間(マン)！ 太陽はお前の頭上で輝いているぞ」と呼びかける。緑陰の影の世界の対極にあるまばゆい宮廷で、第一の権勢を誇る王弟は、「暗闇に蹲る猛虎ビュッシイに光を当てる」「太陽神ハイペリオンまたはタイタン」である。だが王弟がビュッシイの名を言わず、普遍的な「人間」と呼びかけているのには意味がある。

そもそもビュッシイことルイ・クレルモン・ダンボアーズ（三二頁人物紹介参照）とは、ヴァロア王朝の末期、アンリ三世（在位一五七四—八九）の宮廷に実在した美貌の剣士で、彼と王弟の狩猟頭モンサリー伯爵夫人との密通と謀殺死は、後にアレクサンドル・デュマが歴史ロマン『モンソローの奥方』（作一八四五—四六）[11]の題材に用いた程、ルネサンスのフランス宮廷の有名なエピソードの一つであった。チャップマンは英仏に流布した同時代のビュッシイの噂話や、母方の祖母の従兄でフランス史家のエドワード・グリムストンから得た情報などをもとに、『ビュッシイ・ダンボア』を著したらしい。ビュッシイとタミラの恋をめぐって、王位を窺う野心家の王弟アランソン公や一五七二年の聖バルトロメオ大虐殺の大立者ギュイーズ公などを配し、時事的事象[12]にも多く言及して一見、歴史劇風メロドラマの仕立てである。

しかし、チャップマンのビュッシイは、史上の人物であると同時に、束の間の歴史的決定の彼方にある普遍的な人間のあり方をも担う形而上学的存在でもある。彼が直接体験するリアルな事象の背後には、つねに宇宙における人間の地位とその運命への問いかけがある。劇全体が歴史と普遍、具象と抽象、現実と幻想という異なる位相をたえず交代移動する二重構造なのである。同時期のフランス史のひとこまを、時事的、一元的に描いたクリストファー・マーローの『パリの虐殺』（作一五九二頃）などと比べると、『ビュッシイ・ダンボア』の複雑で奥行きのある構成がよく分かる。

　ビュッシイを固有名詞でなく普遍的な「人間」と呼ぶのは、王弟だけではない。タミラもビュッシイに「人間（マン）」と呼びかけ、「人間というのは王者に相応しく名誉あるお名前です」と語る。国王アンリ三世も、廷臣たちにビュッシイを「生まれつきの気高さを高く掲げるまことに善良な人間」と紹介するし、彼を亡き者にしようと企む劇後半の王弟やギュイーズ公でさえ、ビュッシイを「全き人間」と呼び、死後帰天しようとする彼の魂に向かって修道士コモレットの霊は、「さらば、完全な人間の名残りよ」と呼びかけている。史実のビュッシイに付加されたこの原型的な「人間（マン）」、あるいは「全き人間（コンプリートマン）」という性質は、新プラトン主義の中核に組み込まれたヘルメス文書『ポイマンドレース』が描く原人（アントローポス）（地上に生きる現実の人間ではなく、普遍的で理念的な原型としての人間）の性格と一致する。

　チャップマンの人間観や宇宙観に深く浸透したルネサンスの新プラトン主義が、プラトンやプロティノスの思想の無条件の継承、追随ではなく、ヘルメス文書を中心としたヘルメス主義の影響を受けて独自の次元に達していたことは、F．イエーツやE．ガレンらの研究(13)

によってつとに知られている。ルネサンスにおけるヘルメス文書の大流行の発端となったのは、一四六〇年頃コジモ・デ・メディチの要請によるフィチーノによるヘルメス文書の一部、『コルプス・ヘルメティクム』の代表的冊子『ポイマンドレース』のギリシャ語からのラテン語訳であった(14)。M. ジャコウはチャップマンの長詩「平和の涙」の材源の一つが『ポイマンドレース』であると指摘している(15)。

『ポイマンドレース』は人間の原型としての原人（アントローポス）の誕生を、「さて、万物の父であり、命であり、光なるヌース（叡智）は自分に等しい原人（アントローポス）を生み出し、これを自分だけの子として愛した。というのも彼は父の像をもち、はなはだ美しかったからである。すなわち父は本当に自分の似姿を愛したので、自分の全被造物をこれに委ねたのである」(16)と記している。『ビュッシイ・ダンボア』の冒頭の緑陰に棲む無垢で始原的な「全き人間」としてのビュッシイはこの原人（アントローポス）の一人と考えられる。しかし、原人（アントローポス）はビュッシイと同様に一元的に無垢な存在ではない。「ポイマンドレース」は続けて、原人（アントローポス）が本然的に二重存在であることを告げる。「原人（アントローポス）は他の生き物と異なって二重性を持つ。肉体のゆえに死ぬべき者であり、本質的人間のゆえに不死なるものである。不死であり万物の権威を有しながら、運命に服して死ぬべきものを負っている。こうして世界組織の上に立つ身でありながら、その中の奴隷と化している。男女（おめ）なる父から出て男女（おめ）であり、眠ることのない父から出ているゆえに眠りを要らぬ者であるのに、愛欲と眠りに支配されている」と(17)。

つまり原人（アントローポス）の一人としてビュッシイは純一で本質的な神の似姿であると同時に、物質性と地上的欲望に支配され、世界を支配する自由をもちながら奴隷状態にあるという二重存在なのである。

だが、「ポイマンドレース」とともによく読まれたヘルメス文書「アスクレピオス」は冒頭の部分で、ギリシャ的自然観の根底にある生成概念を強調し、(ギリシャ語の「自然(フェシス)」は「成長」を意味する)、自ら動く者として神的なものに向かって飛躍しうる人間の無限の可能性を、生気あふれる言葉で次のように称揚している。

人間は大いなる奇蹟である。尊び敬われるに相応しい。地と天との間に存在する不滅なるもの。地上の諸存在の間にあって唯一つ勢い熾な炎のごとく自らを超えて飛躍し、その活動をもって大地を支配し、諸元素に挑戦し、魔霊を認識し、精神(スピリット)と交わり、万物を変形し、神の像を彫り上げる。まことに詩人が述べているとおり、不死の神々も天上から降りてきて、芸術家の造ったその神々の顔に嫉妬を感じ給う程である。固定された事物の中にあって、人間は不定なることとあたかも万物を焼き尽くし、滅ぼし、また蘇らせる火のごときものである。人間に一定の顔はない。なぜなら人間はいかなる顔をも持ち得るからである。一定の形もない。すべての形を壊し、すべての形に生まれ変わりうるからである。(18)

造主(デミウルゴス)の似姿である人間(アントローポス)が全被造物を支配する権限を委ねられ、人工的に万物と自らを自由に形成してゆくというこのダイナミックな人間観はフィチーノやピーコに継承された。フィチーノは人間の理性的霊魂が宇宙全体を結びつける中核的絆であり、その精神の運動は最高善に向かって合理的に秩序づけられていることを強調した。[19] 更にピーコは人間に固定した地位をあてがわず、「人間は、あたかも自分自身の専断的な名誉ある造り主であり、形成者であるかのように、自分の選り好んだどんな姿形にでも自分自身を形つくることが出来る。獣であるところのより下位のものに堕落することも出来るであろうし、自らの意向次第では神的なものであるところの、より上位のものに再生することも出来る」[20] として、自由意志によって自ら選ぶものであり得る自由こそ人間の尊厳であると主張した。宇宙の中程に位置して下位の獣性への転落の危機を常に秘めながら、高次の神性を目指して能動的、積極的に自己形成してゆく人間の自律性と可能性を高らかに強調するこのヘルメス的新プラトン主義は、イエーツによればルネサンス期の「人々の見解の動向を変え、宇宙に対する人間の態度を変える発動者の役割を果したと看なさるべき運動であり、そうした変化はその後、多くの重大な結果を生むことになった」[21]。人間に物質の状態からぬけだし、精神によって肉体を克服統合する潜在力を認めるルネサンスの新プラトン主義は、時間も歴史もない、可能性を持たぬ不動固定のヒエラルキーに受動的な被造物として人間を閉じ込めていた中世のスコラ的世界像を粉砕し、人間が自力で開拓すべきあらゆる可能性を秘めた無限に開かれた世界を指し示した。十五―七世紀初頭という中世末期、あるいは近代の入口に立つ人々がヘルメス文書と新プラトン主義を圧倒的に歓迎したのは、彼らが古代の異教神話の中に、単なる美的逃避所を求めたのではなく、その中に人間の人間たる所以を全的に開放し開花させる試みを導く、新時代の革命的規範を感じ取ったからに他ならない。すなわち、彼らはそこに無限に伸び広がろうとする自分たち自立した人間の無尽蔵に豊かな未来を祝福するものを予感したのである。

チャップマンの『ビュッシイ・ダンボア』も、自ら動くものとしてのルネサンスの新しい人間の条件に目覚めた青年の自己形成の物語と読める。ビュッシイは潜在的に大きなエネルギーを秘めているとはいえ、いまだ宇宙の基底にまどろむ混沌とした未定形の物質的生命として登場するが、ようやく重い身を起こして自己超越による上昇を開始する。ただしルネサンスも末期、十六世紀の後半から十七世紀初頭に生きたチャップマンには、およそ百年前にフィチーノやピーコが抱いた人間に対する晴れやかな全幅の信頼は失われている。ビュッシイの動きを見つめる彼の眼差しには不安と懐疑がつきまとい、果たして人間は肉体を克服して神的なものと合一できるのか、自由意志によって自己の姿形を選びとることが出来るのかと問い続ける。

王弟は横たわるビュッシイを「立たせることでわたしの気前のよさを光らせよう」と目論んでいる。人の直立姿勢は、四つんばいで目を大地に落として生きる生物の中で、唯一理性によって天界を観照し、神の知恵に至るべく与えられた人間の特権である。ミケランジェロは貴公子たちや預言者の「坐像」(図3)で、半ば地上にありながら永遠的存在たる属性を兼ね備えた英雄や半神を、聖人や聖母子の丈高い長方形の「立像」(図4)で聖性と神性を

図3-1　ミケランジェロ
（左）「ジュリアーノ・デ・メディチ」（メディチ礼拝堂）
（右）「ロレンツォ・デ・メディチ」（メディチ礼拝堂）

図3-2　ミケランジェロ
「モーセ」（サン・ピエトロ・イン・ヴィンコリ聖堂）

図4-1　ミケランジェロ
「聖パウロ」（ピッコロ
ミーニ祭壇）

図4-2　ミケランジェロ
「聖母子像」（ユリウス
二世墓廟）

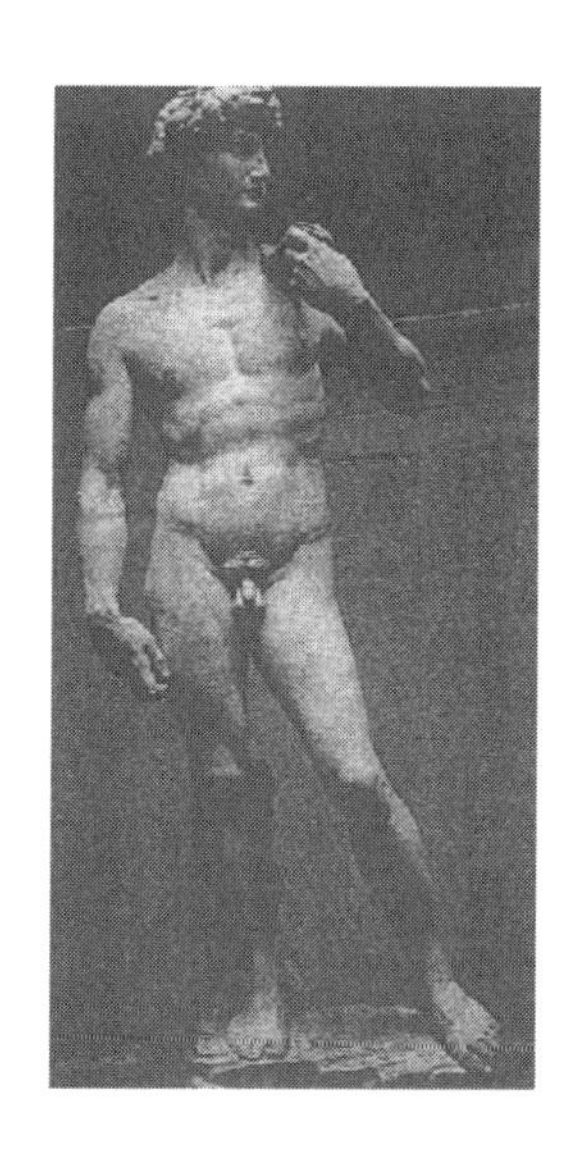

図5　ミケランジェロ
「ダヴィデ像」
（アカデミア美術館）

表現したが、中でも「ダヴィデ像」（図5）では、政治的理想と正義を秘めた意志的なまなざし、巨大な手、そして力感みなぎる脚部などに英雄的公益的活動をめざす「直立」姿勢の意味を物語らせた。王弟は離人症的瞑想生活の非生産性と反社会性を批判し、テミストクレスやエパミノンダスらの公益的活動の価値を鼓吹するが、ビュッシイは古代の偉人よりも同時代の冒険的船乗りたちの世界をめぐる果敢な活躍に胸躍らせる。

偉大な船乗りたちは、あらん限りの財と
技を注いで、大海原の深みに目には見えない道を探り、
見事に建造され、真鍮の肋材を張った丈高い船に乗って
世界にぐるりの帯を巻こうとする——
仕事をなし終えて、（郷里の港近くに戻り）
ほっと安心、号砲を鳴らして、郷里の陸影が見えない沖には
一度も出たことのない、貧しいが心落ち着いた漁夫を呼んで、
船を先導して港の中に引き入れて貰おうとする

一、一、二〇—二七

「世界にぐるりの帯を巻く」はドレイクの一五八〇年の世界周航を記念するエンブレムで、へさきに結んだ帯が世界を巡り、その一端を雲間から突き出た「神の摂理」の手が握ってい

る図柄（図6）である。プーレのいう「人間が、宇宙という円環の中心点としての点であることに満足が出来ず、限りなく円形を成して拡大してゆこうとするルネサンスの英雄的征服者の神話[22]」の表象である。大航海時代の当時、ドレイクの世界周航にとどまらず、東方の富を満載し、長い航海の辛苦を語る満身創痍の船が船底にびっしりとふじつぼや長い海藻をはりつかせて、祝砲とともにプリマスやロンドンに入港する光景は親しい日常風景であった。未知の世界に果敢に乗り出してゆく生命知らずの偉大な船乗りたちの光耀と危険に満ちた活動的生に憧れながら、「郷里の陸影が見えない沖には一度も出たことのない漁夫」のように安全な「緑陰の避難所」に隠れ棲むビュッシイは、今、「立て」と命ずる王弟に横臥から直立形に鋳造され意味ある生に導かれようとしている。

図6　ミケランジェロ「フランシス・ドレイク世界周航」、G. ウィットニー『寓意画集』（1586）

だがチャップマンの長詩「平和の涙」はカオスに「完全な形（イメージ）を刻印するのは“learning”であり」、「“learning”とは欲望を魂に変える法を」学ぶことであるという[23]。チャップマンのいう“learning”は、高い倫理性の習得を意味し、世俗的策略“policy”の対概念である。だが、皮肉にも王弟は「策略的意図“Politique regard”[24]」を以てビュッシイを王位簒奪の自れの野心に利用しようとしているのであるから、王弟がビュッシイに促す上昇への成形は始めから下降の契機を内包している。プラーツの指摘によれば、マキャヴェッリは"politico"の語を「悪政の」「失政の」の意である"corrotto"の反意語として肯定的に用いた。つまり"policy"は十五世紀のマキャヴェッリにあって豊かな政治経験に支えられた方策、対策、技術を意味したが、十六世紀末のチャップマンを含めたエリザベス朝劇詩人達にとっては"deceit", "dishonesty", "falsehood", "fraud"などの同義語として否定的な意味を持つ。[25] ビュッシイは王弟が公益的活動的生の最良の場として示す宮廷という「時めく人々の棲む水源の淵」を覗きこみ、虚栄と虚無を予感して戦慄する。

水の源だって？　ああ、その魔鏡で、
俺はどうしようというのか？　そこに見えるのは悪魔の姿？
それとも（娼婦のように）、何があっても、顔色一つ変えない術を学んだり、
ごまかして表情はあくまで硬く引き締めながら、
心はだらしなく緩める技を習おうか、
それとも、（女教師が謎々遊びをするように）
おためごかしの二枚舌を使い分けるとか。
お偉方に取り入って、なぜ彼らが高位の座に昇り詰めたかを
たえず思い出させたり、あるいは身のこなしの優れた
堂々たる貴婦人に、便秘薬がよく効くように

つまらぬ話をして差し上げるとか。男の一生を
お目通りと訪問に費やした挙句、女主人の心のように
虚ろな目付きになってしまうとか。

一、二、八四―九六

「女教師が謎々遊びをするように」の語句は、後に侍女ペロが王弟にもちかける「貞操」をめぐる bawdy な謎々遊びの場面で視覚化され、「なぜ彼らが高位の座に昇り詰めたか……」のせりふは、公爵夫人が新入りの廷臣のビュッシイに「ねえ、貴方、段々に上がっていかなければなりませんわ」と宮廷での出世術を指南するせりふで具体化される。

宮廷の頽廃を予測してためらうビュッシイに、王弟は「盲目の幸運の女神の翼ある強い手」を掴まないと好機は瞬時に飛び去ると囁く。劇の冒頭でビュッシイが「物事をきめるのは道理でなく、運なのだ」と独語していたように、この劇を支配するのはフィチーノのいう最高善に向かって合理的に順序立てられた神的秩序ではなく、予測しがたい蓋然性、偶因性、意外性、無秩序の法則としての「運命」である。長くビュッシイを見知っていた国王が彼の存在を無視してきたのは、仕立て屋である「運命」が王の認識をビュッシイの身丈にあわせて切り詰めてくれなかったからであり、王弟が彼を抱えようと考えたのは、王冠獲得の「あり得る幸運」に備えて、屈強な若者を身辺に置こうと思いついたからだ。それが熟慮でなく偶然の思いつきに過ぎなかったことは、やがて一夜で突出した「幸運のキノコ」のように権勢

図7　マンティーニャ派「急がばまわれ」
（ゴンザーガ家の宮殿）

を極めるビュッシイに、王弟の愛顧はたちまち憎悪に反転し、彼が「魔よけの円を書かないでうっかり呼び出してしまった悪魔」であるビュッシイ排撃の急先鋒となることからも察せられる。

F．ギルバートの指摘によれば、十五世紀のアルベルティやマキャヴェッリは運命と互角に闘う人間の能力“virtue”を認めたが、十六世紀人はもはや歴史の中に真直ぐな方向も合理的な目的も認めることができず、自ら推し測ることの出来ぬ運命という偶然の無秩序に身を任せたのである。[26] ビュッシイは「運命」がもたらした王弟の申し出を「個人の幸福を刻む時間の深い刻み目の合図」と受容し、マンテーニャ派の寓意画「急がばまわれ」（図７）の若者のように、慎重な「知恵」が引き止める言葉も聞かず、不安な球体を転がして逃げさる「好機」を捉えんと焦って緑陰を去る。ただし「わたしは偉くなるというより誠実に生きたい。宮廷で美徳によって出世するという新しい流行をつくりあげることが出来たら」という理想を掲げながら。

だがビュッシイが宮廷に出仕する直前、ギュイーズ公とチェスゲームに興じるアンリ三世は、フランスの宮廷は乱雑な市場のような無秩序状態だが、「純正な改革は失政よりも更にひどい結果となる」と言い、ビュッシイの目指す「新しい流行」を受け入れない宮廷の旧弊な体質を暗示している。実際、宮廷に初登場したビュッシイの在りようは、改革の志などどこへやら、「わたしはまだ廷臣ではないが廷臣になりたいと思う」と宮廷馴化に励み、「羽毛を厚く入れた服を着ないと認められない宮廷で」「美服のもたらす変貌」によって「王弟が投げ与えた服に感泣して王弟になったつもりの伊達者」ぶりである。王弟は「成熟するまえに腐ってしまった廷臣」に変貌したビュッシイを「着て」"wear"、廷臣たちや貴婦人たちの愛顧に「縫いつけよう」"enseam"と苦心する。「宮廷のすべての楽しみこと」を好み、「賭け事師のような」口調で、"enter"、"prick"、"leap"などの bawdy な軽口をたたいて公爵夫人に言い寄り、「やあダンボア殿の急な引越しか、債務者牢から公爵夫人の御寝所へ」と皮肉られ、「鞭うち」と「毛布なげ」で罰せられる彼の姿はまさしく宮廷道化のそれである。しかし、緑陰の場で、すでに彼はマフェから「木刀"wooden dagger"=bauble（道化の錫杖、陽物の象徴）」を下げた「道化（ジェスター）」と呼ばれていた。憂鬱質の下に潜在していた本人も気づかぬ反対物の道化性が意識を裏切って飛び出してきたようである。

ビュッシイの憂鬱質から宮廷道化への変貌は、彼の公益的英雄性への観客の期待を喜劇性の発見へと捻じ曲げるが、使者（ナンシイウス）が、武勲詩の壮重体でビュッシイと廷臣たちの決闘の模様を「まことに驚異に満ちた価値ある物語」として語りだすと、観客の気持ちは今一度英雄的行為への期待に向かう。使者は「アトラスやオリンポスの山が頭を挙げるあたり」「風によって発せられる言葉」「高みで仰ぎみられる姿、聞かれる言葉」など天上的、大気的イメージを頻用し、決闘者をヘクター、パリス、メネラウスなどの英雄に喩えることで彼らの決闘の華々しさと高揚感を強調する。しかし決闘の実体は、祖国の命運をかけたトロイ戦争の英雄たちの戦闘に比して、いかにも卑小な廷臣たちの嫉妬と私怨による「殺人鬼的勇気」の暴発に過ぎない。プラトンは人間の死すべき魂の中でも向こう見ずで宥めがたい怒気と勇敢さを備えた無知な魂を横隔膜と頸の間に住まわせたが、[27] ビュッシイの決闘は彼の魂の本性ではなく、激し易い勇気的部分が刺激された発作的所為に過ぎない。獅子奮迅のその勇姿には「公共の森の大かがり火」「火に投じられて火花と火の粉を散らす月桂樹」など土に対して高次の火のイメージが用いられるが、「すぐに燃え尽きる籾殻」「火であると同時に灰である紙」などもろくも消え去るはかない火のイメージも混入されてアイロニーを響かせている。

三対三の敵味方がくっきりと幾何学模様を描いて戦った後、ビュッシイとバリゾーの一騎打ちの経過は、敷衍すれば「三度ビュッシイは剣を引き抜き、三度突きを入れた。バリゾーから火の如く自由に飛びのいたビュッシイが剣を引き抜くと、バリゾーは突き、信じがたいことだが、ビュッシイは機敏な目、手、体をもって逃れ、ついに恐ろしい剣先を押し出し、いまだひるまない敵を力一杯打ち据えたので、バリゾーは傷を受けてますます猛り狂った。偉大なダンボアはひるみ少し地歩を譲ったが、たちまち盛り返し危険にあって勇気倍増、バリゾーの心臓に怒りの封印をした」となるが、原文の代名詞が表すものを括弧内の語で補うと次のようになる。

Thrice pluck'd he (Bussy) at it (Bussy's sword), and thrice drew on thrusts,
From him (Barrisor) that of himself (Bussy) was free as fire,
Who (Barrisor) thrust still as he (Bussy) pluck'd, yet (past belief!)
He (Bussy) with his subtle eye, hand, body, scap'd.
At last, the deadly bitten point (of Bussy) tugg'd off;
On fell his (Bussy's) yet undaunted foe so fiercely
That {only made more horrid with his (Barrisor's) wound}
Great D'Ambois shrunk and gave a little ground;
But soon return'd, redoubled in his (Bussy's) danger,
And at the heart of Barrisor seal'd his (Bussy's) anger.

二、一、八四—九三

チャップマンにとって、代名詞は同音異義語とともに存在の定め難さや多重性を表現するのに常に有効な手段である。"he", "him", "himself", "who", "his" 等の代名詞 はその都度ビュッシイまたはバリゾーを表すが、逆も可である。自由に交代し流動する二人の立場は旋風のような動きの中で混乱し見極めがつかず、やがて互いの名前も正体も大義も敵味方の区別さえつかない無記名性の中に溶解してしまう。代名詞の多用が彼らの戦いの無個性と無意味さを巧みに映し出している。最後に、「その剛直さゆえに何百万人もの殺人鬼の攻撃にも生き残る」

ビュッシイは唯一人、血の海に屹立する。

そして今や、六人の中で唯一人、ダンボアだけが無傷のまま
他の者たちが流した血潮の海に、立ち尽くしたのであります。

二、一、一三一—一三二

確かに緑陰に寝ていたビュッシイは起き上がり直立した。だが大義なき私闘で到達したその血まみれの直立姿形にはダヴィデの高邁な祖国愛や正義が欠落し、「形は立派でも中に瓦礫の詰まった空洞化した巨像」のそれである。彼は五人の廷臣の殺害を、「法を超えた正義」と自己弁護して法の裁きを逃れる。王からは「我が鷲」[28]（図8）と呼ばれ、宮廷第一の寵臣となった彼は、「満腔に風を孕んではためく旗」の勢いで、世の不正にたいする弾劾演説を獅子吼する。しかし、「貧しさだけがすべての人間に形相と価値を与える」という彼自身の緑陰の予感どおり、ビュッシイの権力と富への上昇は誤謬にみちた無形相への転落のはじまりであった。

図8　「アンリ三世のメダルからの素描」（1588）

出世に無縁の人間の多くは
上昇の第一時間目は、墜落の第一歩目だと言いた

がる。　一、一、一三六―三七

すべての男にとって、起つのは女と転ぶ為というわけだ。　三、二、一四四―四五

『ビュッシイ・ダンボア』のプロットは直線的に発展しない。ビュッシイの起立が示唆する公益的活動への志向は道化性へと捻じ曲がり、道化性は擬似英雄的闘争へと突出する。その稲妻形の動線が、今一度鋭角に逸脱するのはタミラとの「密通」によってである。この恋はいかなる整合的な動機も必然性も伏線もなく突発事として提示される。宮廷一の「貞潔のシンシア」と謳われ、権力者である王弟の執拗な誘惑を厳しく拒絶したタミラが、突然「女性であること、美徳、そして名声から逃走して狂ったように知らない男に走りよる」。この劇のプロットと性格が連続的発展と統一を欠いている点は、作者の視点の両義性（チャップマンが主人公の擁護者なのか批判者なのか不明）と芝居全体の意味の曖昧さとともに、劇作品としての致命的な弱点として大方の批判を浴びてきた。しかし、T. S. エリオットは「チャップマンは形式を欠き、劇的必然性に全く無頓着だが、彼の劇は劇的形式に向かう傾向において全く自立した劇なのだ」[29]と伝統的な作劇術と断絶したこの劇の独自性を示唆したが、示唆以上のことは述べていない。

チャップマンと同時代のモンテーニュは人間存在の不合理性について次のように述べている。

人間の本性のうちには暗黒の、表面には現れない状態、時にはその本人にさえも知られない状態があって、これが突然の場合に出現し目覚める。私の知恵がそれを洞察し、予見することが出来なかった時にも私はそのことに関してわたしの知恵を不満に思うことはない。知恵の役割はその限界の中にとどまっており、出来事がわたしを打ち負かしたのである。(30)

『ビュッシイ・ダンボア』では実体がつねに意識を裏切る。「わたしの動きは意志に反逆する」とつぶやくビュッシイは、「宮廷で美徳によって出世するという新しい流行をつくりあげる」という高い志を自分でも気づかぬ現実迎合的道化性に破られ、ひたすら宮廷に適応して「成熟する前に腐ってしまった廷臣」に堕し、意識する以前にタミラへの恋に囚われて自由を失う。彼と同じく「わたしの意志は生命に反逆する」タミラは、「最も憎むものを愛し、自身に死をもたらす者を抱き締めなければ生きられない」。「彼が一歩前にでるたびわたしの胸は高鳴るけれど、一番大切に想う人によそよそしくみえない位なら死んだほうがまし」である彼女は、「見知らぬ人」と答える時に最もビュッシイを知っており、「最後の審判の日のように彼を忌避する時に、最も彼に惹かれている」。要するに彼女は最も彼女自身でない時に彼女自身であるのだ。ビュッシイとタミラの恋の仲立ちをする修道士コモレットも「愛は逃げながらやってくる。一番激しい愛は拒まれる時に成就する」「愛するものすべてを得るよりも、女は男の愛をすこしも求めていないと男に思わせる方を選ぶ」と語る。ジョルダーノ・ブルーノは、愛の不条理について、ソネットで「ああ、狂気に強いられてわたしはわたしの悪にしがみつく。愛はわたしにそれが最高善だと思わせるのだから……わたしは帆を広げ、風は私から憎むべき善を奪い、嵐となって甘美な破滅へとわたしを導くのだ[31]」と詠いあげた。

モンテーニュは自分で自分を裏切る人間の自己矛盾について、「われわれはなぜか知らないが、われわれ自身において二重である。そのためにわれわれは自分の信じているものを信じない。われわれは自分が悪いと思っていることから抜け出せない[32]」と述べた。『ポイマンドレース』はすでに人間の霊肉の二重性を指摘していた。しかし、フィチーノやピーコは理性によって二重性を克服統合して神的なものへと自己を高めうる人間の可能性を信じ、自己と万物に働きかける人間の積極性に限りない希望を託した。しかし、チャップマンのビュッ

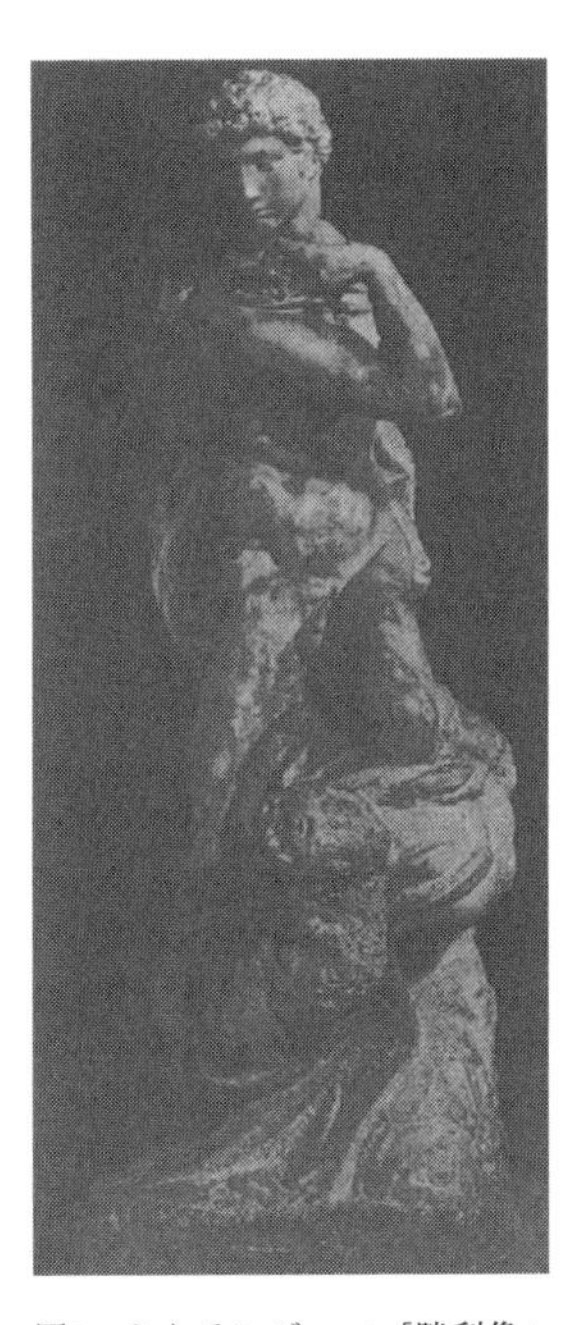

図9　ミケランジェロ「勝利像」
（パラッツォ・ヴェッキオ）

シイやタミラはつねに内在的な二重性に引き裂かれ、上昇を望みつつ下降するという逆説的自己矛盾に苦悩する。

意志と行為の不整合の自己矛盾に身をよじるビュッシイとタイラの姿は、ミケランジェロの「勝利像」（図9）の姿形を思わせる。「勝利」は「ダヴィデ」と似た顔だが、「ダヴィデ」は自信に満ちて外敵に身構え、「勝利」は内面に敵を抱え込むがゆえに悲しげに身を蛇のようにくねらせている。堕落した廷臣たちという外敵に対して「直立」して戦ったビュッシイは、いま自己の内に肉的欲情という最大の敵を見出して苦衷に身をねじる。『バイロンの悲劇』の主人公が「なぜ、わたしは魂をこんなに暗い光の中に置かなければいけないのか？　その黒い光はわたしを捉えて、自分自身を見失わせてしまうのに」[33]と自問するようにチャップマンは自己実現を阻む人間の反理性的な暗い情動に強い眼差しを注ぐ。

ビュッシイはさまざまな情動に駆動されて刻々と変幻してやまない自身への不安を訴える。

いつも同じものはありません。悲しみと喜びが、
我々の王国で代わる代わる支配権をもち、
時に応じて、最も強い影響力[4]を発揮するのです。

四、一、二五―二七

タミラは方向性のない時間の中で解体、細片化してゆく自らの生のはかなさを嘆く。

美徳の道を、常に弛まず歩くことは出来ない。
各部分がすべて同じものなどあるのかしら？
どの日も他の日とは違う。どの時間もどの分も違う。
そう、どの想いも、人生の狂った時計針のように
しばしば文字盤の円周を、逆回りしてしまう。
わたしたちは、ある時はこうだけど、また別の時にはああなの。

三、一、五三―五八

タミラのいう「(指針である) 考えがしばしば円周を逆回りする狂った生の時計」とは予測しがたい蓋然性、偶因性、無秩序の象徴としての時間の流れである。彼女にとって、個人の一生に生起することをその中で意味づけ、そこに帰納させるべき神の秩序、救済の確証、永世へと向かう時間はすでにない。彼女は単に流れ去り消えゆく非実在的な継起としての時間の中に取り残されている。十三世紀末から多用された機械時計は苛立たしい分刻の音で生を細分化し、刻一刻を虚無に突き落とす。その中で彼女は持続と成熟の機会を奪われ、いわば突発事から突発事へと飛び移るように細分化された生の瞬間を生き、非恒常性の原理に服して限りなく変貌してゆく。時間の中の「点」であると同時に空間の中でも「点」である自

己、一個の原子としての自意識は無意味と孤独とよるべなさの感覚を生む。「世界が元の原子となって再び砕け散った」と詠ったダンと同じように、タミラも科学によって中心を失った無限空間をあてどなく浮遊する塵の粒子と化した近代人の混迷と彷徨を知っている。

ああ、どうしたら出来るでしょう、太陽に比べたら
太陽の規則正しい光線の中で、あてどなくさ迷う塵に過ぎないわたしたち
地球全体から吐き出される蒸気よりもなお厚い、
黒い情念の煙を弱々しい努力で吹き払うことなどどうして出来るのでしょうか?

三、一、六四―六七

このような状況にあって、事件や人間が因果律に縛られて持続と完成を目指して一直線に進むアリストテレス的作劇術こそ真実に反した虚構であり、プロットや性格が瞬間ごとに新たな方向に向かって出発する非連続性、飛躍と跳躍のたびに意外な局面を見せる断片性、矛盾と両義性こそが人間の真実に即した新しい作劇術となる。『ビュッシイ・ダンボア』のプロットの不整合と曲折、性格の不統一はチャップマンの劇作家としての稚拙さや未熟さの証ではなく、それこそが彼が描こうとした初期近代の人間のあり方なのだ。同じ題材を描いてもデュマの『モンソローの奥方』は、王弟と愛を争うモンソロー伯がディアーヌ(タミラ)を誘拐、強制結婚した翌日にディアーヌとビュッシイが出会い恋におちるという古典的な因

果律に忠実なつくりである。デュマより二百年も前のチャップマンの方が現代からみて、よほど前衛的な作劇術の実験を行っていることに驚かされる。

ビュッシイの性格描写は表層のリアリズムとは対照的な非自然主義的な観念の図式——宇宙の中程に位置づけられた霊肉不可分の二重存在たる人間の上昇、下降、転生という新プラトン主義的ダイナミズムの図式——に縛られてやや生硬であるが、タミラには生身の女の情感と香りがあふれている。王弟の言によれば、彼女は「ご自分で選んで宮廷に住み、娯楽や行事にもよく参加し、若い男たちとのつきあいも欠かさない」。うら若い伯爵夫人として享楽的な宮廷生活を享受しながら、彼女はふと「形式のための結婚をしなければよかった」と癒しがたい精神的飢餓感を漏らす。「香水をつけた麝香猫」のような廷臣たちの群とは異質の、原初の人間らしい清新な野性味を感じさせるビュッシイの出現に衝撃を受ける彼女。タミラが王弟の献呈を拒み、ビュッシイに捧げるしっとりと輝く大粒の真珠の首飾りは、海、月、そして女性に集約される聖なる胎生の力を象徴すると同時に、"pearl" =variant of purl (knitting or union) (*OED*) の連想から、形式的ではない真実の契り（ユニオン）への彼女の切なる希求を表している。

タミラの情熱が突然理性の制御を突き破ってあふれでる時、まばゆい宮廷の光の中にあった彼女の世界は暗転して夜の闇となる。この劇における複雑な象徴体系では、光も闇もそれぞれが多義的である。冒頭の緑陰の暗がりは、魂の覚醒を促す聖なる闇であったが、タミラの夜は昼の明るい理性が眠り、意識下の欲望が目覚める時である。彼女は夫への背信を隠す夜の暗さと恋の盲目とが相乗して生じる特別に濃密な暗闇の中で、ビュッシイへの愛の加護を「夜を司る摂政たち」に祈る。

さあ、夜を司る静かな摂政たち、
音も無く滑り落ちる流れ星、
萎える風、噴水からしたたり落ちる雫の低い呟き、
やるせない心、不吉な安らぎ、
しびれる恍惚、死のような眠り、
人の命を蘇らせる休息のすべての友、
お前たちの力を精一杯尽くして、この魔法の時間を、
宇宙の不動の中心と定めておくれ！　小止みなく回る
時間と運命の怖ろしい車輪を止めておくれ、
そうすれば、今は見えない（創造主の宝である）大いなる実存が、
近づいてくる恋人とお坊様とわたしだけに姿を顕す。

二、二一、一五七―六七

これはジャコビアン悲劇の中でも希有な、異次元の宇宙的広がりを感じさせる恋愛歌である。「暗い愛（ダーク・ラヴ）」を深々と包み隠す夜。星が音もなくすべり、風が落ち、噴水のしたたりだけが低く呟くしじまの中で、万物は不吉な予感にしびれたように黙し息を殺して宿命の瞬間を

待っている。パノフスキーによれば、流星、風、水は新プラトン主義的宇宙観では腐朽するばかりではなく不具な効力を持たない、無数の欲望に支配された、行動すれば相互に争い合って滅んでしまう不完全な月下界の物質である。[34] だが、移ろい易い月下の影の世界に住みながら、タミラの愛が白熱高揚する恍惚の一瞬、彼女の魂は無限の高みに舞い上がり、生身にゆるされぬ「大いなる実在」"great existence"を垣間見る。この魔法の時、一切を食い尽くす強大冷酷な破壊者「時間」も、恣意的な無秩序で人間を翻弄する「運命」も静止して、真の実在としての超絶的イデア、単純で不動、対立的な混合物のない神の精神の内なるものの範例が顕現する。タミラの恋は、結婚蔑視と暗夜の愛の秘儀、死への愛慕、障害が大きければ大きい程燃え上がる情熱、神的なものとの合一において絶頂に達する性愛(エロス)において、ルージュモンのいうグノーシス派、マニ教、オルフェウス派、新プラトン主義、カタリ派に受けつがれた反キリスト教的な異教起源の愛の神秘哲学の世俗化された一形式である。[35] 彼女の魂は現世的愛欲の彼方に超出して神的実在を抱擁してその中に融け去ってしまうまでは決して安らぎを得ることができない。ジョルダーノ・ブルーノは『英雄的狂気』で、人間には合一することが許されない神的な美を一瞬垣間見る知性(アクタイオン)を描いたが、タミラの恋も人間的限界に止りながら感覚的愛が神的直観へと跳躍する瞬間を美しく描きだしている。

タミラは愛欲の不可避性について「わたし自身ではなく、差し迫った宿命が……わたしの罪に強いて、自身を正当化させてしまう」(三、一、四三—四六)と語る。劇の前半「運命」は無秩序な偶然性の原理であったが、後半になると避けがたい「宿命」や「必然」として人々を支配する。

『ポイマンドレース』は原人(アントローポス)（ロゴス logos、男性原理）とフェシス physis（女性原理、生長（変化）する自然、本性、四元素の母胎、可視的自然を生み出す質料）との不可避の愛欲を次のように描きだす。

そして、死ぬべきロゴス無き生き物に対する全権を持つ者（人間(アントローポス)）は、天蓋を突き破り、天界の枠面を通して覗き込み、下降するフェシスに神の美しい姿を見せた。フェシスは支配者たちの全作用力と神の似姿とを内に持つ者の尽きせぬ美しさを見た時、愛をもって微笑んだ。それは水の中に人間の甚だ美しい似姿の映像を見、地上にその影を見たからである。他方彼はフェシスの内に自分に似た姿が水に映っているのを見てこれに愛着してそこに住みたいと思った。すると思いと同時に作用力が働き、彼はロゴス無き姿に住みついてしまったのである。するとフェシスは愛する者を捕らえ、全身で抱きしめ互いに交わった。彼らは愛欲に陥ったからである。(36)

グノーシス主義特有の暗い美しさを湛えて『ポイマンドレース』中の白眉と讃えられるこの一節は、ビュッシイとタミラの契りの描写に不思議な程相応しい。タミラは初めてビュッシイに会った時「一見したところ廷臣のような方」とつぶやくが、これは彼女が史上に名高いビュッシイの美貌に心打たれた瞬間であり、神に似た美しい人間(アントローポス)の姿を見て嫣然と微笑むフェシスの姿を思わせる。そしてビュッシイは水面に浮かぶフェシスの面に己が美の写しを見て、天蓋を突きやぶって下界に落ちた人間のように、タミラの美に惹かれて禁を破って彼女の私室に侵入する。自己の反映と分身に魅入られ、互いに求めつつ求められるビュッシイとタミラの円環的想像力の中で、ナルキッソスのモチーフは明らかである。

『ポイマンドレース』の原人（アントローポス）とフェシスの結びつきとの関連で見る時、ビュッシイとタミラの愛欲は、フランス宮廷に語り継がれた偶発的なスキャンダルのかけらではなく、人間の不可避な運命の啓示と感じられる。二人の密通（ダークラヴ）は社会的侵犯として悲劇の転回点となり、愛欲は根源的悪として彼らを支配するが、彼らの愛は廷臣たちの「恋愛遊戯」“court service”とは異質の本質的絆（ユニオン）である。二人を結びつける女衒役の修道士も卑俗性と聖性と

図10　「神の単眼」ホラポロ『ヒエログリフィカ』（1551）

の正反同居（プロアンドコントラ）的存在である。
しかしタミラはつねに疚しさに身をよじり破局の予感に慄いている。彼女は恍惚の最中にあっても「一者」の目（図10）に射抜かれて安らぐことがない。

すべての扉を閉めても、すべての召使たちが
ぐっすり眠りについても、一者がおられます。
すべての者の上に座し、その目は眠りによって閉じられる事はありません。
その目は、扉も、暗闇も、わたくしたちの想いも突き抜けて見通すのです。

二、二一、二六〇―六三

「一人」とはプロティノス的な「大いなる実在」「一者」であり、万物をことごとく知る知者であるが、「一者」の目は劇中卑俗化されて、タミラの私室の壁とアラス織りの壁掛けの穴を通して女主人とビュッシイの逢瀬を窃視する侍女ペロの目となる。だが、タミラを最も脅かすのは他者の視線ではなく、彼女自身の自意識の眼差しである。彼女は夫の後ろ姿に向かってそっと呟く。

さようなら、我が光、そして命！　でもそれは夫にではない。
ああ、愛情が欠けてくると、

わざとらしい美辞麗句を一杯並べて不足を補おうとする。
そうしているうちに、うら若い生娘は母親になってしまうのだわ。
誘惑に負ける弱い心は子沢山で、一つの罪が別の罪を生む。

二、二、一四五―四九

タミラは自らの偽りにみちた二重性を直視している。彼女は近代人の視覚の中に類型づけられる本質的自我の凝視、「個人の自我が自我との対決の距離感の上に立って魅入られたように自我を凝視する眼差し」(37)の不気味さ、不安と圧迫感をすでに知っている。「敬虔な罪」を恥じて初々しく身をよじり、広大な宇宙に一人佇み己が運命を凝視する孤独なタミラ。チャップマンはタミラの中に近代的な自意識と憂愁美をあわせ持つ新しいヒロインを創造したのである。

ビュッシイは修道士の手引きで、"vault"「地下道あるいは地下の部屋」を通ってタミラの私室に忍び込む。"maze"「迷路」、"cavern"「洞窟」、"cave"「洞穴」、"gulf"「深い割れ目」などと言い換えられている"vault"は、ビュッシイの恋の通い路であり、修道士の遺体の隠し場所であり偽装のモンシュリ伯が届けるタミラの血染めの手紙に応えるビュッシイが暗殺の場に赴く旅路の出発点でもある。ダグラス・ブッシュが指摘するように、チャップマンはスペンサーやベン・ジョンソンと共に十六世紀の重要な神話学者（イタリア人のG．ジラルディ、N．コンティおよびV．カルターリ）による異教的神話提要のイメージを自作の詩に最も巧みに活用した英国詩人であった。[38]

『ビュッシイ・ダンボア』でも、修道士が地下の深淵から呼び出す「土の魔霊たち」ベヘモト（ヘブライ語で巨獣レビヤタンの意豊穣神であると同時に大食の悪魔でもある）、カルトフィラックス（文書の守護霊）、アストレト（竜にまたがった醜悪な堕落天使）などの下級の魔霊たちが松明をかざし、煙や花火と共に「奈落」から飛び出し、舞台を駆け回り、ビュッシイに秘密の警告を与える場面は、斬新な見世物（スペクタクル）としても喜劇的幕間演芸（コミック・インタルード）としても非常に効果的な見せ場であった。

チャップマンは喜劇『メイ・デイ』で梯子を使って日常世界と異次元の愛の世界を立体的に演出したが、[39]『ビュッシイ・ダンボア』でも“vault”を用いて、現実から幻想世界へ、理性から意識下の情念世界への推移を巧みに演出している。劇の冒頭、戸外の緑陰で始まるが、王弟に誘われたビュッシイは宮殿の入口でマフェに阻まれ、これを殴り倒して王宮の内部に闖入する。王侯貴族、貴婦人が談笑するまばゆい公的大広間を過ぎて内奥に進めば、陽のささぬ私的領域に四つの閉ざされた部屋——タミラの隠し扉のある私室、ビュッシイが悪霊たちに会いにゆく「暴力的な熱気のこもった」密室、モンシュリ伯がタミラを責めて黒い快楽を堪能する地下の窓のない拷問の部屋、そして王弟がビュッシイと密談する小部屋——がある。これら四つの「禁じられた部屋」は、主要四人の人物の秘密の内面世界の象徴である。

タミラの私室は夫やごく親しい者しか入れない小部屋で、隠し扉（舞台の「奈落」への落とし戸）をそっと開くと、宮廷という明るい祝祭的饗宴世界の垂直下に誰も知らない地下の

“vault”の広大な闇世界が広がる。

ほら、ほら、深い穴の入り口が開いて、
わたしとわたしの評判を永遠に飲み込もうとしている。入って、
自分自身を投げ捨てましょう。これまでの自分自身がなかったかのように。

二、二、一七六―七八

“vault”は弓なりのアーチ型天井を持つ閉ざされた空間、つまり子宮のシンボルである。緑陰の牢獄から自由を求めてさ迷い出たビュッシイは、結局タミラの体内の“gulf”,“cavern”,“cave”(それらの形態からタミラの genital や vagina のシンボルであることはあきらかである)に吸い込まれ、彼女の子宮の中に閉じ込められたのである。牢獄を出たらそこもまた牢獄で、という悪循環の牢獄めぐりの心理である。地下の“vault”が象徴する暗い情動に埋没することで理性を失ったビュッシイは、「わたしの落ち着いた精神はかつてこんな魔霊の教えや励ましを必要としたことは一度もなかったのに」と気弱く呟きながら、地下世界の魔霊たちの教唆を求めにゆく。その時、ビュッシイという小宇宙内の霊肉の和解し難い分裂という二重性を表して、「空気は密室の天井高くのぼり、怯えた大地は震えてわたしの足もとに縮こまってしまう」。

タミラの私室をめざしてビュッシイがしのびゆく地下の間道は、「彼の心の中の曲がりく

ねった細い道や洞穴」「彼の心の奥底に掘られた秘密の坑道」でもある。ビュッシイが心の中に秘密の迷路を隠し持つなら、タミラもまた、内面に荒野の迷路を抱えている。妻の密通という出口なしの荒野に迷い込んだモンシュリ伯は嘆く。

荒野を照らす彗星の灯りが明滅しても、
男には出口がみつからない。
蝮が微笑みながら日向にうずくまり、
バシリスクが蝮の目から毒を飲むのを知っていても、
男には荒野を這い出て、女の心に到達する道筋が分からない。
それでも男はさ迷い続け、ついにがんじがらめに絡めとられるまでは
止まるところを知らない。

五、一、七七―八三

嵐模様の荒野に明滅する彗星（大災厄の兆候）は、ビュッシイとタミラが初めて結ばれた時、暗い夜空をよぎった流星であり、修道士が「夜の最も深い神秘」から呼び出す魔霊たちの上に降る「星たち」であり、ビュッシイが死ぬ時「音もなく落ち、恒天に爆発する流星」でもある。地を這う蝮とバシリスクは大地の、そして土の女タミラの表象であり、土、蛇、水、月、女、死、は神秘的な連鎖でつながっている。

だが、意識下に暗い「心の坑道」や荒野の「迷路」を擁しているのはビュッシイやタミラだけではない。モンシュリ伯は、劇の前半、常に「朝」、「光」、「よき日」などの明るいイメージと共に登場する。彼は王弟やギュイーズ公程の野心家ではないが、組織化された宮廷のヒエラルキーに心地よくはめ込まれた高級官僚として快活に生きてきた。タミラとの結婚は閨閥形成のための「形式」に過ぎなかったとしても、宮廷一美しく貞淑な妻は「一点の汚点もない完全円の世界」であり彼の誇りであった。しかし、妻の背信が明らかになった瞬間、突然彼の「内部に夜が流れ、混沌がざわめきながら逆流する」。晴れ渡っていた伯の空は「見えざる女衒の姿を隠す濃霧」で翳り、清澄な朝の光は、「扉を開けて燃え上がる嫉妬の溶鉱炉」に変貌する。とりわけ敬愛する修道士が女衒であったことを知った伯は、衝撃に打ちのめされる。

飛んでもない異変をもたらした者だ！
どんな新しい炎が、天から飛び出し
前代未聞の説を唱え出したのだ？
地球が動き、天が静止するとは、本当か？
その天すらも腐敗を免れない。
世界は、あまりに傾いてしまったので
下半身をせりあげ、口を極めて嘲っていた

五、一、一五〇―五七

こちらの半球に向けて放屁する。

これは超新星の出現(一五七二年)、地動説、新大陸の発見による旧世界の没落など十六世紀をゆるがせた太変革の黙示録的ヴィジョンである。修道士女衒という前代未聞の新種は不気味な妖星の出現のよう。不動の地球は動き出し、足下をすくわれた伯は転倒する。「天」であるべき妻と修道士の失墜に、転倒した伯の世界は、新時代の世界地図と呼応して裏返しになった下半球、裏面、対蹠地の未知の相貌をむき出しにする。せりあがった下半身の世界(妻と修道士の裏面の醜態)は、旧世界(伯の旧来の価値体系)に向けて思いきり"brave"(挑戦、自慢、放屁する)。晴朗な理性を失った伯は、鍵のかかる密室の蝋燭明かりの灯のもとで、タミラの白い肉体を拷問にかけ、痛苦淫楽的、観淫症的嗜虐美を堪能する。

一方王弟は、モンシュリ伯とギューズ公以外は誰も入れるなとマフェに厳命し、扉を固く閉ざした私室にふいに闖入してきたビュッシイとやむなく対峙し、互いの胸中を探り合う。愛顧と敬愛の装いの下に憎悪を隠した両名の緊迫した対話が続く。ビュッシイがけたたましい警鐘のように繰り返す「国王殺し以外ならなんでも」の叫びが、ついに「殿下こそ国王殺しを望む唯一の源泉なのだ」という絶叫に極まる時、王弟の胸中奥深くしまいこまれていた王位簒奪の黒い欲望が顕わになる。[40] こうしてビュッシイ、タミラ、モンシュリ伯、王弟という四人の主要人物すべてを下層から駆動する暗い情動は人間に共通に生の病といえる。彼らの四つの小部屋は、他者と外界から遮断され、うち壁に凹面鑑をはりめぐらせ、内閉された自らの歪像を無限に増殖させて狂気と錯乱に導く迷宮の部屋である。劇の視点は外から内へ、表から裏へ、上から下へと内向し、壮麗な宮殿が、いや劇全体がいくつもの迷宮を擁した巨大な迷宮、あるいは人間の謎めいた暗い内面世界の肉体化されたヒエログリフとなる。

チャップマンの『ビュッシイ・ダンボア』は、科学的宇宙観や大航海時代の地理上の発見によって世界像が刻々と変化動揺した十六世紀の時代相を背景に、あくことなき自己超越を望む青年のもがきと挫折を描いた。主人公の緑陰から地下世界への道行きは、超俗的な瞑想生活に安住せず、公益的活動をめざして立ち上がった彼が、地下の“vault”が象徴する反理性的な愛欲にのみこまれて自滅する過程である。劇中、ビュッシイがタミラの私室の秘密の隠し戸を通って登り降りする地下の“vault”または“gulf”は、人間の理想や意図に反逆する暗い情念世界の表象として、演劇的にまことに効果的に用いられている。劇の終盤、魔霊の忠告を無視して刺客が待つタミラの私室に急ぐ「ダンボアが、“gulf”に現れる」というト書きは、盲目的な愛欲に殉ずる男の哀しい覚悟を示している。

わたしの太陽は血潮となった。その真っ赤な血潮の輝きの中で、
（純白の雪に埋もれて）わたしの心臓と肝臓の上にそそり立つ
ピンダスとオッサの両嶺から
血潮は流れて岩を食む二本の奔流のように

すべての人の生命の大洋に流れ込み、
大海原をわたしの血潮だけで苦く染めるのだ。

五、三、一八二一八七

死を前にしたビュッシイの幻想の中で、彼の大陽というべき理性は沸き立つ欲情の血潮と化し、そのために流されたビュッシイとタミラの鮮血が、陽を受けて燦然と輝く二本の激流となり、飛沫を挙げて岩山を駆け下る。赤々と朱を照り返す純白の雪を頂くピンダス、オッサの両嶺（がその上にそそり立つビュッシイの心臓と肝臓 my heart and liver は欲情の生まれる場所である）は血しぶきを浴びたタミラの真白い双胸を暗示する。その血潮はすべての人間の生命の大洋に流れ込み、理性を狂わせる激情は、ビュッシイ個人の悲劇にとどまらず、人間すべての宿命であることを告げるのである。救われざる者としての人間の本質が悲哀と寂寥感をもって詠われる。

人間は風に吹かれる松明の灯り、
その本質をあますところなく集めても、影の夢に過ぎないのだ。

一、二、一八一一九

まだ仕上がっていない儚い蜘蛛の巣を

必然という一陣の強風が、あっという間に吹き飛ばしてしまう

三、一、四九—五〇

蝋燭の灯りは上を仰ぎ見ながら
下に向かって我が身を焼き尽す、我らの愛もまた。

五、三、二五二—五三

大宇宙を貫く天軸の両端が接合することがないように、モンシュリ伯と妻タミラのこの世での和解はあり得ない。修道士コモレットの亡霊が結びの言葉で述べるように、英雄ヘラクレスがオイテ山上の火葬で生の懊悩を焼き尽くした後、天上の星になったように、ビュッシイの魂も死によって肉体を脱ぎ捨てて初めて原型的な「全き人間(コンプリートマン)」の「古き人間性の輝き」を取り戻して恒天を火花で生気づけることができるのである。

宇宙の中程に位置した人間に、自在に上下する可動性を認めるダイナミックなルネサンスのヘルメス的新プラトン主義をふまえながら、天の階梯をよじのぼる人間の偉大性より、上昇を切望しつつロゴスを失い無形相の情念世界に墜ちる人間の悲劇を描いた『ビュッシイ・ダンボア』は、フィチーノやピーコの楽天的上昇主義と統合主義に対するチャップマンの懐疑を示している。同じルネサンスの精神風土に育まれながら、チャップマンはフィチーノやピーコとは決別し、近代の懐疑主義に一歩踏み込んでいったといえる。それは理想を現実化

することも、現実を理想化することもできぬところから生ずる、解決し得ない存在の二元論である。また人間は自らそうと思考し、あるいは意図しているようには信じておらず、行動もしないという相反的な生の二重性の認識である。チャップマンにとって、矛盾に満ちた人間の二重性、分裂と未決の相克こそ、人間を人間たらしめ、真のドラマを生む根源的生命活動に他ならないのである。

注

（1）『ビュッシイ・ダンボア』には初版（一六〇七）と、加筆された再版（一六三四）の二種があるが、本稿で引用した text は後者の一つ George Chapman, *Bussy D'Ambois*, ed. R. J. Lordi, Edward Arnold, London である。
（2）三三二頁の人物紹介参照。
（3）Andrew Marvell, "The Garden", 6, 1, 48
（4）Henry Vaughan, "The Retreat", 2, 25-26
（5）Chapman, *An Humourous Days's Mirth*, IV, 15-29
（6）Chapman, "Hymnus in Noctem", 10-12
（7）フィチーノ著、佐藤三夫訳「人間の尊厳と悲惨についての手紙」『ルネサンスの人間観——原

典翻訳集』、有信堂高文社、一九八四、一七五頁

（8）Chapman, "To My Deare and Most Worthy Friend Master Mathew Roydon", 30-36

（9）E. G. Clark, *Ralegh and Marlowe: A Study in Elizabethan Fustian*, Russell and Russell, New York, 1965, pp. 265-67

（10）若桑みどり著「ミケランジェロの人体像における枠の原理――様式論の試み」、『ミケランジェロ研究』平凡社、一九七八、一六六―七九頁

（11）アレクサンドル・デュマ著、小川節子訳『モンソローの奥方』、日本図書刊行会、二〇〇四

（12）劇中の時事的言及は、ドレイク世界周航（一、一、二三）、一六〇四年の閏年（一、二、八一）、ジェームズ一世即位後の騎士爵位乱造（一、二、一二一）、ジェームズ一世とともに来英帰化した大勢のスコットランド人（一、二、一六九）、一五七二年の聖バルテルミオ大虐殺とカトリック教徒の指導者ギューズ公（一、二、一二五―二六）、ロンドンの債務者牢と貴族階級の困窮（一、二、一六五）。ビュッシイと廷臣たちの決闘（二、一）は、一五七八年四月二七日のアンリ三世の寵臣（ケラス、モージョン、リヴァロ）対ギューズ公の友人（ダントランゲ、リベラク、ショムバーグ）の決闘がモデル。「王殺し」（三、一、三九二）のせりふは一五七七年に王弟は王暗殺計画の嫌疑をかけられビュッシイも尋問を受けたが、間もなく釈放された事件をふまえている。アイルランド紛争の泥沼化（四、一、一五二―五三）、超新星出現、地動説、地理上の発見（五、一、一五八）、など。

（13）F. A. Yates, "The Hermetic Tradition in Renaissance Science" in C. S. Singleton ed., *Art, Science, and History*

in the Renaissance, Johns Hopkins Press, 1967, p. 255
E・ガレン著、清水純一・斎藤泰弘訳『イタリア・ルネサンスにおける市民生活と科学・魔術』
岩波書店、一九七五、二五〇—五六頁

(14) F. Yates, *Giordano Bruno and Hermetic Tradition*, Chicago University, Chicago, 1964, pp. 20-43

(15) J. Jacquot, *George Chapman (1559-1634), Sa Vie, Sa Poésie, Son Théâtre, Sa Pensée*, Annales de L'Universite de Lyon, Paris, 1951, pp. 73-76

(16) Walter Scott ed.and trans., *Hermetica: The Ancient Greek and Latin Writings Which Contain Religious or Philosophic Teachings Ascribed to Hermes Trismegistus*, Shambhala, Boston, 1993, p. 121

(17) *ibid.*, p. 123

(18) *ibid.*, pp. 295-97

(19) M. Ficino, "Five Questions Concerning the Mind" in E. Cassirer, P. O. Kristeller, J.H. Randall eds *The Renaissance Philosophy of Man*, Chicago University, 1948, pp. 193-212

(20) G. P. D. Mirandola, "Oration on the Digity of Man" in E. Cassirer, P. O. Kristeller, J.H. Randall eds., *op. cit.*, p. 225

(21) Yates, "The Hermetic Tradition in Renaissance Science" in C. S. Singleton ed., *op. cit.*, p. 255

(22) G・プーレ著、岡三郎訳、『円環の変貌』(上)国文社、一九七三、五三頁

(23) Chapman, "The Teares of Peace" 376-77; 559

(24) *ibid.*, p. 922

（25）M. Praz, *The Flaming Hearts*, A Doubleday Anchor Original, New York, 1958, pp. 91-145

（26）F. Gilbert, *Machiavelli and Guicciardini: Politics and History in Sixteenth-Century Florence*, Princeton University, Princeton, 1965, pp. 269-70

（27）プラトン著『ティマイオス』六九―C七〇―B

（28）アンリ三世は宿敵である神聖同盟（リーグ）の首領アンリ・ド・ギューズ公の死を祝って蛇に勝つ鷲のエンブレムを採用した。モットーでは悪を征服する勇者の代表として国王が登場する。R. ウィトカウアー著、大野芳材・西野嘉章訳『アレゴリーとシンボル――図像の東西交渉史』平凡社、一九九一、七六頁

（29）T. S. Eliot, *Selected Essays*, Faber and Faber, New York, 1950, p. 94

（30）モンテーニュ著、松浪信三郎訳『エセー』下、河出書房新社、一九七六、一八頁

（31）ジョルダーノ・ブルーノ著、加藤守通訳、『英雄的狂気』東信堂、二〇〇六、七六―七七頁

（32）モンテーニュ、前掲書、下、二〇頁

（33）Chapman, *The Tragedy of Byron*, 5, 4, 68-69

（34）E. パノフスキー著、浅野徹・阿天坊耀・塚田孝雄・永澤峻・福部信敬訳『イコノロジー研究――ルネサンス美術における人文主義の諸テーマ』美術出版社、一九七一、一一五頁

（35）ドニ・ド・ルージュモン著、鈴木健郎、川村克己訳、『愛について――エロスとアガペ』岩波書店、一九五九、七一―二五〇頁

（36）*Hermetica, op. cit.*, pp, 121-23

（37）中井正一著『美学的空間』新泉社、一九七三、九頁

（38）D. Bush, *Pagan Myth and Christian Tradition in English Poetry,* American Philosophical Society. Philadelphia, 1968, pp. 3-8, 40, 41.

（39）Chapman, *May Day,* II, I, 303-05

（40）一五七七年に王弟は国王暗殺計画の嫌疑がかけられ、ビュッシイも訊問を受けたが間もなく両名とも釈放された。

あとがき

本書は George Chapman, *Bussy d'Ambois*, ed. N. S. Brooke, The Revels Plays, Manchester University Press, 1964 の全訳である。付記したエッセイ「ヒッチンの丘の家——チャップマンの生家を訪ねて」は『東京経済大学報』(第二七巻第二号、一九九四年七月)より、解説「G. チャップマンの『ビュッシイ・ダンボア』——緑陰から地下世界へ」は英米文学研究雑誌『OBERON』(第三五巻、第一号、通巻六五号、南雲堂、二〇〇一年)より加筆修正して収録した。

*

ジョージ・チャップマンの『ビュッシイ・ダンボア』(一六〇四年頃)はフランス・ヴァロア王朝最後の国王アンリ三世(在位一五七四—八九)の宮廷に実在した美貌の剣士ルイ・クレルモン・ダンボアーズ(一五四九—七九)の短い生涯を素材に、ビュッシイ・ダンボアとモンシュリ伯爵夫人タミラとの情事にエリザベス女王への求婚者として知られた王弟(ムシュウ)や聖バルトロメオ祭日プロテスタント教徒大虐殺(一五七二年八月二四日)の大立者ギューズ公などを配した華麗なる歴史ロマンの枠組みにおいて、人間の根源的本性の二重性と宇宙内の地位、そしてその運命の行方を問う理念的ドラマである。

＊

シェイクスピアの『ハムレット』（一六〇一年頃）とチャップマンの『ビュッシイ・ダンボア』が十六世紀末から十七世紀初頭への曲がり角、即ち中世末から近代初期への激動の転換期の人間の不安ともがきを劇化した不朽の傑作であり、両作のプロットや人物の配置や劇の構造に共通性や並行が見られる点は「はじめに」で指摘した。反面、両作の相違点は、主人公が前作では自己の外部の敵と戦うのに対して、後作では自分自身の内部に存在する自己反逆的自己という内的敵との闘いと挫折を描く点にある。

ハムレットは叔父や母親の隠された悪徳や背信の事実の露見に幻滅、それまでの価値観が転倒し、美しかった世界が雑草の生い茂る荒れ果てた庭と化した現実に絶望するが、彼自身の内面の自己統一性を失うことはない。心ならずもポロニアスを殺害してレアティーズの恨みを買い、二人の学友を死地に送り、オフェリアを狂気に追い込むなど悲劇的所作も伴うが、ハムレットの高貴な人格への観客の信頼と共感は一貫して揺るがない。最後の剣術試合で悪辣な敵たちが毒剣や毒杯という「小細工」を凝らすことで逆にハムレットが「雅量に富み権謀術数を知らぬ性格」であることに迫真の真実性が生まれるのである。

一方、『ビュッシイ・ダンボア』の人物たちは「自分の敵をしっかりと自身の腕の中に抱きしめている」矛盾存在である。彼らは自分の内部にある二項対立的相反価値（理性と情欲、瞑想と行動、愛と憎しみ、理想と現実、献身と権力欲など）のどちらも選択できず、どちらにも安住できない未決状態にある。緑陰に瞑想する貧しい詩人兵士として登場したビュッシイは王弟の愛顧を得て、「美徳によって出世する新しい流行をつくる」という理想を掲げて宮廷に出仕するが、逆に宮廷の悪習に馴化して「成熟する前に腐ってしまった廷臣」に堕し、彼の公益的英雄的活動への憧憬は、私怨に基づく廷臣五人皆殺しの暴力沙汰に終わり、真実の愛への切なる希求は愛欲に囚われてタミラとの不義密通に至る。

ビュッシイの言動や性格が劇的必然性を欠いている点や、プロットが直線でなくジグザクの稲妻形に展開する不自然さは観客の当惑や不信を招き、作者は主人公の擁護者なのか、批判者なのか不明という不満を生み、チャップマンの劇作家としての未熟さと致命的な欠陥として批判の対象となってきた（たとえば Snare, G., *The Mystification of George Chapman*, Duke University Press, 1989, pp. 41-46）。

しかし、四百年前の激動の時代と比較にならないほど混迷の極に達した二十一世紀の今日、あらゆるものが揺れ動き、安易なカテゴライズが不可能となり複雑で難解、かつ答えのない、いや答えが移ろい続ける現代社会に生きる我々にとって、人物の立ち位置が絶えず揺れ動き、相反価値に引き裂かれ、一瞬一瞬自己の反対物に成り代わる『ビュッシイ・ダンボア』の世界は、奇異なものではなく、身近でリアルな世界であると感じられるようになってきた。欠点とされてきた作品のあいまいな不合理性が逆に現代世界の不条理性をあぶりだす革新性として見直されるようになったのである。

特に個我意識が強くなり、オンリーワンの自己形成と自己実現こそ人生の目的であるとの強迫観念に駆られて、真実の自分探しに狂奔する現代の我々にとって、本当の自己に出会おうとしてもがき、かえって自己を見失うビュッシイの悲劇は他人事と思えない。

自分で自分を裏切り、志の反対物に成り代わる人間の自己矛盾的な両義性について、チャップマンと同時代の哲学者モンテーニュ（一五三三―九二）は「人間の本性のうちには暗黒の、表面には表れない状態、時にはその本人にさえも知られない状態があって、これが突然の場合に目覚める」「われわれはなぜか知らないが、われわれ自身において二重である。其のため我々は自分の信じているものを信じない。我々は、我々が悪いと思っていることから抜け出せない」と喝破した。

＊

ビュッシイとタミラの恋は、いかなる整合的な動機も必然性も伏線もない突発事として提示される。宮廷一の貞淑な月女神（シンシア）（月は変幻の象徴でもあるが）と謳われ、王弟の執拗な求愛を一蹴したタミラが突然「女性であること、美徳、そして名声から逃走して狂ったたように知らない男に走り寄る」。「わたしの意志は生命に反逆する」彼女は「最も憎むものを愛し、自身に死をもたらす者を抱きしめなければ生きられない」。「わたしの動きは意志に反逆する」ビュッシイも又、意識する前にタミラへの愛欲に囚われて自由を失い、魔霊の警告を無視してタミラの召喚に応じて死地に赴く。二人の恋の仲立ちをするコモレットは敬虔な告解僧でありながら女衒でもある聖俗共存体である。王弟(ムシュウ)は誰よりも早くビュッシイの潜在能力を見出した先見の明 Prometheus であると同時に、後先考えずにその不義を暴いて悲劇を招く Epimetheus でもある。王弟とビュッシイの関係は親友であると同時にタミラを巡る最強の恋仇であり、なめらかな表面の裏に王冠への野心を隠し持つ共通性において双子の兄弟でもある。

「一点の汚点もない完全円の世界」であった妻タミラの背信を知った瞬間、突然モンシュリ伯の「内側に夜が流れ、混沌がざわめきながら逆流する」。晴れ渡った伯の朝の光は一転「扉を開けて燃え上がる嫉妬の溶鉱炉」に変貌し、伯は鍵のかかる地下の拷問部屋でタミラの白い肉体を責めて、狂気の嗜虐美を堪能する。

『ビュッシイ・ダンボア』にあっては、目くるめく万物照応(コレスポンダンス)の宇宙観のもと、一元的、固定的、完成した実在 being は一つもない。すべてが二重で未分化、連続的で生成途中の仮象 becoming である。善と悪、敵と味方、歴史と幻想の境界も曖昧で、「でもあり」「でもない」という両義的な存在である。タミラとビュッシイの恋は社会的侵犯として劇の後半の悲劇の原因となるが、タミラにとって、モンシュリ伯との結婚は閨閥形成を目的とする「形式」、あるいは「破るための約束」に過ぎず、ビュッシイとの密通こそ真正の union なのである。アンリ三世は内舞台でチェスゲームに興じ、英仏の宮廷の風俗の差を論じる史實の人物であると同時に、ふと運命の囁き声に耳をそばだて近づく危機の気配を察知する幻の予言者でもある。王弟とギュイーズ公は「一夜で生えた茸（ムシュウ）」のように突然王の寵臣に成り上がったビュッシイの失脚を企む急先鋒であると同時に、上舞台に現れると、ビュッシイの美質を認めつつ人間の普遍的な不完全性について詠嘆するコロス役も務める。

主要人物たちの背信行為や自己の反対物への変容は、より真っ当に生きたい、より真実の愛の絆を結びたいという意欲に発する故に単純に悪業はと割り切れない。タミラは夫への背信への自責に身を捩りつつ、自らの分身であり反映でもあるビュッシイに捧げる dark love の加護を、「夜の摂政たち」（流星、風、水流など移ろいゆく自然の諸力）に祈らずにいられない。

さあ、夜を司る静かな摂政たち、
音も無く滑り落ちる流れ星、
萎える風、噴水からしたたり落ちる雫の低い呟き、
やるせない心、不吉な安らぎ、
しびれる恍惚、死のような眠り、
人の命を蘇らせる休息のすべての友、
お前たちの力を精一杯尽くして、この魔法の時間を、
宇宙の不動の中心と定めておくれ！　小止みなく回る
時間と運命の怖ろしい車輪を止めておくれ、
そうすれば、今は見えない（創造主の宝である）大いなる実存が、

近づいてくる恋人とお坊様とわたしだけに姿を顕す。

二、二、一五七―六七

タミラの禁断の恋は、障害が大きければ大きい程白熱高揚し、絶頂に達した恍惚の瞬間、彼女の魂は現世的愛欲の彼方に超出して生身の人間には許されぬ「大いなる実在 great Existence」を抱擁してその中に融け去ってしまうまでは安らぎを得られない。これは夜の秘儀の陶酔において、広大無辺の宇宙的イメージの奥深さにおいて、時間と運命の束縛を超越した真実の愛への希求の純性において、エリザベス朝演劇の恋愛歌の中でも類を見ない絶唱である。その時ビュッシイとタミラの情事は、十六世紀ヴァロア王朝のフランス史を飾る有名なスキャンダルの断片であることをやめて、個人を超えた人間の根源的本性の啓示となる。すなわち、ヘルメス文書『ポイマンドレース』描くところの原型的「人間(アントローポス)」に本然的に備わった神性と肉体の二重性ゆえに、logos(理性、男性原理)は physis(不合理な情動、女性原理、生成する自然)と必然的に合体し、その支配を受けずにおかないという普遍的な人間の生の条件の開示である。

*

万物流転の世界で、宇宙の階位秩序内の位置を選択できる自由意志に人間の尊厳を見出した十五世紀盛期ルネサンスのフィチーノやピーコに対して十七世紀初頭の後期ルネサンス、あるいは初期近代のチャップマンの『ビュッシイ・ダンボア』では、天の階梯をよじ登る人間の偉大性よりも、「蝋燭の灯が上を仰ぎ見ながら下に向かって我が身を焼き尽くす」ように、美徳に憧れながら罪に赴き、不動の貞節を希求しつつ不義に至る人間の自己矛盾、不確実性と脆弱性が強調される。

世の汚辱に抵抗して辛くも内面の統一性を保ち剣術試合で毒剣毒杯の悪巧みに正義の鉄梃を下して復讐を遂げ、「軍鼓を打ち鳴らし、礼砲を放つ」武人の葬儀に相応しいハムレットの英雄的最期に我々は深く感動しつつ、不義の愛に殉じて背後からピストルに撃たれて死ぬビュッシイの辞世の句――「わたしの中に人間の弱さを見て、人々がつくため息は、雷(いかずち)となり、腑甲斐ないわたしの没落を償う葬儀に相応しい号砲となって響き渡るであろう」の哀切極まりない人間への哀しみといとおしみに心からの共感の涙を流す。

不倫に落ち、自己コントロール能力を喪失し、すべてを失ってもなお真実の愛に執着して葛藤し続けるビュッシイとタミラとモンシュリ伯の姿に、我々も又、自分が何者なのかさえ分からなくても迷い続け、人生の重大な判断を下し、自他を傷つけ、もがきながら生きていく他ない事を思い知らされる。そして生きている限り人間の相反的な生の二重性には平穏も和解もない事への覚悟を強いられる。

我々は、社会と自己の、自己と自己の分裂と融合という現代の最も繊細なテーマを、四百年以上も前にここまで雄弁に描ききったチャップマンの先見性に驚く。加えて、社会規範に反する不義の愛欲に溺れたビュッシイとタミラが、現実世界を逃れ、意識下の暗黒の異界に没入し、魔霊たちに助けを求める姿に、デジタルの異界に救いを求める今日の我々の姿——現実世界に生き辛さを感じる時、コンピューターで呼び出した仮想空間（メタバース）における分身（アバター）たちの活動ゲームに我を忘れて息抜きと生き甲斐を見出す我々自身のあり方——が二重写しになる。そして呼び出された魔霊たちの魔力が、ムシュウやギュイーズ公の現実の力に阻止されて無効に終る成り行きに、自分にとって居心地のよい味方ばかり集めて仮想のミニ宇宙に自閉する時、摩擦のある現実の対人関係への耐性を失い、非力化する我々自身の脆弱性も透けて見える。

　だが、現実逃避の仮想空間創設という現代的問題はさて置いても、エリザベス朝演劇の舞台の「奈落」から飛び出し、松明と煙と花火と共に駆け廻り謎めいた警告を発する異形の魔霊たちの跳梁は、当時も文句なしに面白い見世物（スペクタクル）であり喜劇的幕間演芸（コミック・インタルード）であった。人間存在の根源的二重性を問う『ビュッシイ・ダンボア』はそのテーマの重さに拘らず、現代の商業演劇でも人気を博すゴシック的要素——きらびやかな宮殿の表層の底に広がる地下の閉世界、隠し扉、人目を忍ぶ恋の通い路、謎めいた怪僧、異形の魔霊たち、血染めのラブレター、拷問の部屋など——が満載で、この劇作品が優れた新しい演出によって日本のエンターテイメント市場（演劇、映画、ミュージカル、スリラー、探偵もの、少女マンガなどの各種メディア）に受け入れられ、エリザベス朝演劇の多彩な魅力への関心の喚起に寄与する可能性は十二分にあると考えられる。都立大大学院の故小津次郎先生のクラスでエリザベス朝演劇の原点として『ビュッシイ・ダンボア』をはじめて読んで以来六十年以上、いまだにこの作品を完全に読み解いたという自信はないが、老い先短く迷っている時間はないのでひとまず現時点で精一杯の初訳をを次世代に渡すことで、この世でのささやかな務めを果たしたい。

春風社のご厚意によって本書を出版することができたことを衷心より感謝申し上げる。特別のご配慮をいただいた春風社編集部の韓智仁氏と装丁デザイナーの中島衣美氏に改めて心よりの感謝を申し上げる。

二〇二一年　十一月

川井万里子

主要参考文献

Texts

Chapman, George, *Bussy D'Ambois*, ed. N.S. Brooke, The Revels Plays, Manchester University Preas, Manchester and New York. 1964

Chapman, George, *Bussy D'Ambois*, ed. R.J. Lordi, Edward Arnold, London, 1964

The Tragedies of George Chapman, 2 vols., ed. T. M. Parrott, Russell and Russell, New York, 1961

The Comedies of George Chapman, 2 vols. ed. T. M. Parrott, Russell and Russell, New York, 1961

Hermes Trismegistus, *Divine Pymander*, ed. P. B. Randolph, Yogi Publications Society, 1871

The Poems of George Chapman, ed. P. B. Bartlett., Russell and Russell, New York, 1962

Homer, vols. II, ed. Allardyce Nicoll, Pantheon Books, New York, 1962

Complete Works of Shakespeare, ed. Peter Alexander, Collins, London and Glasgow, 1951

Shakespeare, W. *Hamlet*, ed.J.Dover Wilson, Cambridge University, Cambridge Press, 1957

Mirandola, G.P. D., "Oration on the Dignity of Man" in E.Cassirer, P. O. Kristeller, J.H.Randall eds. *The Renaissance Philosophy of Man*, Chicago University Press, Chicago and Illinois 1948

Scott, Walter ed. And trans., *Hermetica: The Ancient Greek and Latin Writings Which Coontain Religious or Philosophic Teachings Ascribed to Hermes Trismegistus*, Shambhala, Boston, 1993

ジョージ・チャップマン著『みんな愚か者』川井万里子訳、成美堂、一九九三

Selected References

Acheson, A., *Shakespeare and the Rival Poet*, The Bodley Head, London, 1971

Beach, V.W., *George Chapman*, Macmillan, NewYork, 1952

Bement, P., *George Chapman: Action and Contemplation in his Tragedies*, Universität Salzburg, Austria, 1974

Bentley, G. E., *The Profession of Dramatist in Shakespeare's Time, 1590-1642*, Princeton University Press, New Jersey, 1971

Bradbrook, M.C. *The School of Night: A Study in the Literary Relationships of Sir Walter Ralegh*, The University Press, Cambridge, 1936

Braumuller, A.R., *Natural Fiction: George Chapman's Major Tragedies*, University of Delawarer Press, Newark, 1992

Bush, D., *Mythology and the Renaissance Tradition in English Poetry*, Minesota University, Mineapolis, 1932

Bush D., Pagan, *Myth and Christian Tradition in English Poetry*, American Philosophical Society. Philadelphia, 1968.

Crawley, D., *Character in Relation to Action in the Tragedies of George Chapman*, Universitat Salzburg, Austria, 1974

Davies, W, R. *Shakespeare's Boy Actors*, J.M.Dent and Sons, London, 1939

Eliot, T.S., *Selected Essays*, Faber and Faber, London, 1932

Farley-Hills, D., *Jacobean Drama: A Critical Study of the Professional Drama, 1600–25*, Macmillan Press, London, 1988

Farley-Hills, D., *Shakespeare and the Rival Playwrights, 1600-1606*, Routledge, London and New York, 1990

Ficino, M., "Five Questions Concerning the Mind" in E.Cassirer, P. O. Kristeller, J.H.Randall eds. *The Renaissance Philosophy of Man*, Chicago University Press, 1948

Freer, C., *The Poetics of Jacobean Drama*, John Hopkins University Press, London, 1981

Harbage, A., *Annals of English Drama, 975-1700*, Revised by S. Schroenbaum, Methuen, London, 1964

Harbage, A., *Shakespeare and the Rival Traditions*, Barnes and Noble, New York, 1941

Henslowe, P., *Henslowe's Diary* ed. W.W. Greg., A.H.Bullen, London, 1904

Hilebrand, H.N., *The Child Actors: A Chapter in Elizabethan Stage History*, Urbane, Illinois, 1926

Kinsman, R.ed. *The Darker Vision of the Renaissance: Beyond the Fields of Reason*, California University Press, Los Angeles, 1974

Maclure, M., *George Chapman: A Critical Study*, University of Tronto Press, Tronto, 1966

McGinn, D. J., *Shakespeare's Influence on the Drama of His Age: Studied in "Hamlet"*, Rutgers University Press, New Brunswick, NJ1938

Gilbert, F., F. *Machiaveli and Guicciardini: Politics and History in Sixteenth-Century Florence*, Princeton University Press, Princeton, 1965

Goldstein, I,, *George Chapman: Aspects of Decadence in Early Seventeenth Century Drama*, 2vols., Universität Salzburg,

Austria, 1975
Grimeston, Edward, *A General Inventory of the History of France*, London, 1607
Hine, R. L. *Hitchin Worthies: Four Centuries of English Life*, George Allen and Unwin Ltd., 1932
Ide, Richard S., *Possessed with Greatness: The Heroic Tragedies of Chapman and Shakespeare*, The University of North Carolina Press, Chapel Hill 1980
Jacquot, J., *George Chapman, 1559-1634: Sa Vie, Sa Poésie, Son Théâtre, Sa Pensée*, Université de Lyon, Paris, 1951
Orgel, S.ed., *The Renaissance Imagination: Essays and Lectures* by D. J. Gordon, University of California, California, 1975
Rees, E, *The Tragedies of George Chapman*, Harvard University Press, Cambridge, 1954
Praz, M., *The Flaming Hearts*, A Doubleday Anchor Original, New York, 1958
Snare, G., *The Mystification of George Chapman*, Duke University Press, Durham and London, 1989
Spencer, Theodore, *Death and Elizabethan Tragedy: A Study of Convention and Opinion in the Elizabethan Drama*, Pageant Books, New York, 1960
Spivack, C., *George Chapman*, Twayne Publishers, New York, 1967
Waddington, R. B., *The Mind's Empire: Myth and Form in George Chapman's Narrative Poems*, John Hopkins University Press, Baltimore and London, 1974
Yates, F.A., *Giordano Bruno and Hermetic Tradition*, Chicago University Press, Chicago, 1964
Yates, F.A., "The Hermetic Tradition in Renaissance Science", C. S. Singleton ed., *Art, Science and History in the Renaissance*, Johns Hopkins Press, Baltimore, 1967
ウィレー、B．著『十七世紀の思想的風土』深瀬基寛訳、創文社、一九五八
ウィント、エドガー著『ルネサンスの異教秘儀』田中英道、藤田博、加藤雅之訳、晶文社、一九八六
ガレン、E．著『イタリア・ルネサンスにおける市民生活と科学・魔術』清水純一・斎藤泰弘訳、岩波書店、一九七五
桐生操著『王妃マルグリッド・ド・ヴァロア——フランス宮廷の悪の華』新書館、一九八三
ダーシー、M．C．著『愛のロゴスとパトス』井筒俊彦、三邊文子訳、創文社、一九五七

デュマ、A．著『モンソローの奥方』小川節子訳、日本図書刊行会、二〇〇四
ハウザー、A．著『マニエリスム――ルネサンスの危機と近代芸術の始源』上中下、若桑みどり訳、岩崎美術社、一九七〇
パノフスキー、E．著『イコノロジー研究――ルネサンス美術における人文主義の諸テーマ』浅野徹・阿天坊耀・塚田孝雄・永澤峻・福部信敬訳、美術出版社、一九七一
フィチーノ、M．著「人間の尊厳と悲惨についての手紙」『ルネサンスの人間論――原典翻訳集』佐藤三夫訳編、有信堂高文社、一九八四
『プトレマイオス世界図――大航海時代への序章』L．パガーニ解説、竹内啓一訳、岩波書店、一九七八
ブルーノ、ジョルダーノ著『英雄的狂気』加藤守通訳、東信堂、二〇〇六
ブルーノ、ジョルダーノ著『無限宇宙あるいは諸世界について』清水純一訳、岩波書店、一九八〇
プーレ、G．著『円環の変貌』上下、岡三郎訳、国文社、一九七三
プーレ、G．著『人間的時間の研究』井上究一郎・山崎庸一郎・二宮フサ・山田嶺・小林善彦・篠田浩一郎訳、筑摩書房、一九六九
『プラトン全集』全十五巻、別巻一、岩波書店、一九八〇
マン、H．著『アンリ四世の完成』小栗浩訳、晶文社、一九八九
マン、H．著『アンリ四世の青春』小栗浩訳、晶文社、一九七三
モンテーニュ、M．著『エセー』上下、松浪信三郎、河出書房新社、一九七六
ルーイス、C．S．著『愛のアレゴリー――ヨーロッパ中世文学の伝統』玉泉八州男訳、筑摩書房、一九七二
ルージュモン、ドニ・ド著『愛について――エロスとアガペ』鈴木健郎・河村克己訳、岩波書店、一九五九
若桑みどり著『マニエリスム芸術論』岩崎美術社、一九八〇
若桑みどり著「ミケランジェロの人体像における枠の原理――様式論の試み」『ミケランジェロ研究』平凡社、一九七八

【訳者】川井万里子（かわい・まりこ）

一九三八年生。東京女子大学英文科卒、東京都立大学大学院英文科修士課程修了。現在東京経済大学名誉教授。

主な著作に、『「空間」のエリザベス朝演劇――劇作家たちの初期近代』（九州大学出版会、二〇一三）、『トロイア戦争の三人の英雄たち――アキレウスとアイアスとオデッセウス』（春風社、二〇一八）、『十七世紀英文学を歴史的に読む』（十七世紀英文学研究会編、金星堂、二〇一五）、『甦るシェイクスピア――没後四〇〇周年記念論集』（日本シェイクスピア協会編、研究社、二〇一六）、「盛期英国ルネサンス・牧歌文学の最高峰――サー・フィリップ・シドニー『アーケイディア』について」（『ペディラヴィウム』七六、二〇二一）。

主な訳書に、ジョージ・チャップマン『みんな愚か者』（成美堂、一九九三）、『フェヴァシャムのアーデン』（成美堂、二〇〇四）、サー・フィリップ・シドニー『アーケイディア』（九州大学出版会、一九九九、共訳）、カール・J．ヘルトゲン『英国におけるエンブレムの伝統――ルネサンスの視覚文化の一面』（慶應義塾大学出版会、二〇〇五、共訳）、キャサリン・ダンカン・ジョーンズ『廷臣詩人サー・フィリップ・シドニー』（九州大学出版会、二〇一〇、共訳）、サー・フィリップ・シドニー『アーケイディア［新装版］』（九州大学出版会、二〇二一、共訳）。

ビュッシイ・ダンボア

二〇二二年二月二三日　初版発行

著者　ジョージ・チャップマン

訳者　川井万里子　かわい まりこ

発行者　三浦衛

発行所　春風社　*Shumpusha Publishing Co.,Ltd.*

横浜市西区紅葉ヶ丘五三　横浜市教育会館三階

〈電話〉〇四五・二六一・三一六八　〈FAX〉〇四五・二六一・三一六九

〈振替〉〇〇二〇〇・一・三七五二四

http://www.shumpu.com　✉ info@shumpu.com

装丁　中島衣美

印刷・製本　シナノ書籍印刷株式会社

ISBN 978-4-86110-777-1 C0098 ¥3100E